KB236730

한국 현대시의 정신과 무늬

손진은 평론집

새미

국립중앙도서관 출판시도서목록(CIP)

(한국 현대시의)정신과 무늬 : 손진은 평론집 / 손진은 지음. -- 서
울 : 새미, 2003
    p. ;   cm

ISBN 89-562-8079-7 93800 : ₩11000

811.609-KDC4
895.7109-DDC21   CIP2003000972

한국 현대시의 정신과 무늬

한국 현대시의 정신과 무늬

책머리에

한국 시사의 곁불을 쬐면서 이끌려간 시와 시인의 봉우리 밑에서 필자의 학부와 대학원 시절은 훌쩍 지나갔다. 미지의 얼굴이거나 너무 많이 걸어 이제는 새로울 것이 없다고 생각하던 길 가운데서 섬광처럼 발견한 시사적인 의미망을 낡은 노트에 또박또박 기입하는 것도 내밀한 즐거움이었지만, 자신이 몸담고 있는 당대의 거리에서 만난 시어들의 풍경에 몸을 데어보는 것은 또 다른 기쁨이었다. 그 때 어떤 불은 가슴 속에서 시가 되어 봉오릴 맺었고, 미처 터져나오지 못한 불들은 훗날 평론으로 맺혀져 나왔다.

그런 점에서 이 평론집은 동시대 선후배 시인들이 가진 오롯한 감각과 예지와 정신의 내면풍경 속을 시인의 더듬이와 사유구조로 파고들어가는 과정 속에서 지어진 하나의 집이다. 1부가 총론 혹은 우리 시단의 전체풍경에 대한 소묘라면, 2부는 동시대 시인들의 사유 구조와 정신의 무늬에 대한 직조이다. 3부에서는 개별시에 다가가 체취를 맡고 시의 몸 속으로 들어가는 방법을 택했다. 해석과 평가는 내 손에 쥐어진 두 개의 날이었지만 베기 보다는 보듬으려는 자세를 유지했고, 언어와 정신의 옷에 주름을 펴 반듯하게 놓으면서도 너무 무겁게 쓰지 않으려 노력했다. 이는 어떤 경우에 있어서라도 문학담론은 소통의 장으로 열려야 한다는 평소의 생각을 반영한 것이다.

새로운 세기가 열린지도 몇해가 지났지만 시는 여전히 생성 중에 있다. 생활세계가 우리를 간섭하고 해체와 분산의 기운 속에서 언어들은 육감이나 환상으로 세계를 가로지르기도 한다. 거대담론이 사라진 자리에 작은 서사의 미세한 움직임과 자기 성찰, 개성의 창출이 새로운 밑그림을 짜며 출렁거리고 있다. 그리고 상생의 정신에 입각한 생명가치들에 대한 발견과 사랑, 연대의 움직임들. 싹들을 밀어올리는 주체적 자아들은 상실과 퇴행의 늪으로 빠트리는 환경들에 온몸으로 버팅기지 않으면 안 될 것이다.

그러나 어차피 세월의 풍화작용에 살아남을 '공력'을 갖춘 시들은 많지 않을 것이다. 그 중에서도 애써 표정을 감추고 있는 서정시의 이데올로기와 마력은 끝까지 살아서 광휘를 발할 것이다. 시는 변화 가운데서도 변화하지 않는 본질을 갖고 있는 '날것'임을 가슴으로 믿는다. 그리하여 시는 운동이고, 끊임없는 생성이며, 또한 사랑임을 기억한다. 계절의 변화를 감지하는 뭇생명들이 그러하듯 시인은 우리 삶의 터전 위에 그런 질서의 호흡들을 불어넣는 자가 아닐 것인가. 아무리 시의 위기를 이야기해도 정신은, 시는 위대할 것이라는 믿음은 아직 유효하다.

삶과 문학에 오롯한 버팀돌이신 하나님, 정신의 자양을 제공해주신 모교의 권기호, 유기룡, 이주형 선생님, 언제나 선한 격려와 자극을 아끼지 아니하시는 오세영 선생님, 그리고 최승호 선생님을 비롯한 학교와 문단의 선후배 동료, 어려운 여건 가운데서도 이 책의 출간을 허락해 주신 정찬용 사장님과 이인순 과장님을 비롯한 출판사 식구들께 감사드린다.

2003년 초여름

손진은

차 례

제3부　　섬세함의 옹호

제1부

성찰과 직관

시와 '작은 서사'의 문제

서정주의 「上里果園」이라는 시의 앞부분을 먼저 인용하고 논의를 시작
한다.

> 꽃밭은 그 향기만으로 볼진대 한강수나 낙동강 상류와도 같은 융융한 흐름
> 이다. 그러나 그 낱낱의 얼골들로 볼진대 우리 조카딸년들이나 그 조카딸년들
> 의 친구들의 웃음판과도 같은 굉장히 질거운 웃음판이다.

"굉장히 질거운 웃음판"으로서의 시를 각기 자기의 목소리로 만들어가고
있는 우리 시인들의 낱낱의 '얼골'을 아우르는 융융한 흐름인 향기는 어떤
것일까. 우리는 90년대 이래의 특징적인 시적 경향을 소략하게나마 일별할
필요를 느낀다.

90년대 이후의 세계관과 상응하는 시의 두드러진 화법은 '작은 서사'라고
명명할 수 있다. 사회적이며 집단적인 거대 담론이 사라진 지점에서 촉발된
이 작은 서사는 그렇다고 사회적이며 역사적인 거대담론들을 회피하는 것은

아니라, 그 담론들을 주변화하고 배경화한다. 이를 효과적으로 담기 위한 전략이 무거운 것을 가볍게 하거나, 역으로 가벼운 것을 무겁게 하는 방식이다. 앞에서 우리가 '화법'이라는 말을 썼던 이유가 여기에 있다. 이 의미 심장한 전략은 80년대를 풍미했던 해체시와 90년대 중반을 넘어서까지도 지속되었던 다변과 요설의 언어가 뚜렷하게 자취를 감추는 대신, 절제된 언어와 부드럽고 차분해진 어조가 지배적 경향이 되어가고 있는 현 시단의 추세와 무관하지 않다. 전통적인 서정시의 기법을 재구성한 신서정의 시들도 거대 담론을 말하지 않는다는 측면에서 넓게는 작은 서사에 포함시킬 수 있을 것이다.

그런 의미에서 필자는 90년대 말과 이천 년대를 아우르는 시단의 풍경을 1)전통적인 서정시의 어법을 새로이 구성한 시들과, 2)가벼운 것을 무겁게 하거나, 역으로 3)무거운 것을 가볍게 하는 방식을 취하고 있는 시들로 나눌 수 있지 않을까 한다. 기존의 시 문법 위에 80년대 후반, 혹은 90년대 초에 등단한 시인들을 중심으로 이 '작은 서사'들이 우리 시단의 새로운 모습으로 자리 잡은 느낌이다.

첫 번째 경향의 시들이 대체로 진지한 어조를 채용하고 있다면, 두 번째와 세 번째 경향의 작품들은 풍자와 역설이 주가 된 어조를 구사한다.

대체로 장석남, 나희덕, 안도현, 이정록 등의 최근의 서정시들은 서정 본연의 정서를 우리 가슴에 침윤시키면서 '여백의 미'라는 자장을 퍼뜨리는 첫 번째 경향의 특징을 보여주고 있다.

> 피로회복 자양강장
> 하늘색 파란 박카스 곽
> 곽 위의 타다 남은 모기향
> 마룻장 끝엔 까맣게 반원의 삶을 살고 간 이가 있었다고.
> 빗물받이 사금파리
> 애먼 기억력

지붕에 민들레
들에 민들레
늘어진 대발 안에 두런두런 라디오 소리
외딴 병무 상담
기침 한 개비에 수염이 까칠한 홀애비가 한 개비
허벅까지 말려올라 구쿰한 파자마
혼자서 시드는 마당귀의
붉디붉은 칸나꽃
붉디붉은 칸나꽃
명년에도 또 피나
여가 좋아 여가 좋아
명년에도 또 피나
다른 빛깔도 아니고 그 빛깔로

— 장석남, 「산골」

소나기 한차례 쏟아진 뒤에
다시 햇빛의 잔치판이다

비맞은 흔직을 지우려고
새 잎을 반 뼘쯤 내민 감나무가
빗물을 털고 일어서자
마늘밭에 줄지어 선 마늘순이 덩달아 몸을 떤다
비의 기억을 빨리 잊어버려야 한다는 듯
돌멩이는 돌멩이끼리 모여 이마를 내어 말리고
돌 틈 사이 풀들도
가는 손을 뻗어 볕을 쬐려고 옹송거린다

그래도 태연한 것들은
일찍이 버려진 것들이다

마당가에 나뒹구는 스테인레스 밥그릇,
다 삭은 고무신 한 짝,
이 빠진 옹기
오래 전부터 퍼질러 앉은 확독,
둥근 입이 몸인 것들이
온몸으로
고요히 빗물을 받쳐 안고 있다

— 안도현, 「흔적」

개 밥그릇에
빗물이 고여 있다

흙먼지가
그 빗물 위에 떠 있다

혓바닥이 닿자
말갛게 자리를 비켜주는
먼지의 마음, 위로

퉁퉁 분 밥풀이
따라나온다

찰보동 찰보동
맹물 넘어가는 저 아름다운 소리

뒷간 너머,
개나리 꽃망울들이
노랗게 귀를 연다

밤늦게 빈집이 열린다
누운 채로, 땅바닥에
꼬리를 치는 늙은 개

밥그릇에 다시
흙비 내린다

— 이정록, 「봄비 내린 뒤」

　세 시가 공통적으로 사물 중심의 묘사를 하면서 의도적으로 인간의 흔적과 의미를 덜어낸다. 그러나 그 시들이 말하고자 하는 것은 사물을 내세워 그들이 퍼뜨리는 파장을 중심으로 결국은 인간사에 대하여 말하고 있다고 할 수 있다.
　미세한 편차를 보여주고 있지만 이들은 대체로 자연과 일상에서 우리들 생의 의미를 짚어내는데, 이는 결국 자본주의적 삶을 견제하는 근원적 서정성과 연결된다는 점에서 현실 비판력도 아울러 가지고 있다고 생각된다. 최근 김용택과 정호승, 안도현, 도종환 등의 작품에서 두드러지는 연시적 경향의 시들도 넓게는 이 범주에 들어간다. 80년대에 민중과 이웃을 향했던 이들의 시선들이 왜 이 쪽으로 향하고 있는가 하는 문제는 주목할 만한데, 이것은 민중적 비전이 소멸된 자리에서 그들에게 향했던 촉수들이 현대인들이 가지는 마음의 본향 같은 곳으로 미세하게 뻗어가고 있는 데서 나온다고 보면 될 것이다. 자연의 우주적 총화를 노래하거나 넓게는 자연을 다루면서 생명, 생태 쪽으로 촉각을 드리우는 고재종 등의 생명시들도 이 범주에 포함될 수 있을 것이다.

실베짱이 실베짱이가
어둠의 아홉세배를 짜 둘러치는 원두막,
저 동그란 램프불 둘레로
시방 왼갖 날기운들이 모람모람 몰리는 것인데

거기 이제 막 탐스런 포도송이를
두 손 모아 받쳐드는
저 포도추럼 온 연인들의 호동그래진 눈동자라니!

그들 이내 포도알 하나씩 입에 따넣고
아흐흐 아흐흐, 퍼지지 않고는 못 배기는 단내와
젖지 않고는 못 배기는
못 배기는 가슴에 취할 것이니

그 모습일랑 하도 보기 좋아서는
옛다, 한 송이쯤 더 주고도 좋아서는
입 못 닫는 쥔영감도 잠시 사람 형용은 아니렸다!

그러면 또 이제부턴 저 램프불로부터
왼갖 날기운들이 속속 밖으로 퍼져나가는 것인데
그들 푸우푸우, 내뱉는 포도씨들도 흩어져
하늘의 별 되어 총총 박힌다 해서 왜 아니랴.

실베짱이 실베짱이야
이젠 어둠의 아홉세배를 뒤흔들어
거기 또 이슬알 떼를 마구 쏟는다 해서, 내 무슨
생생한 저편을 엿보았다고는 차마 못 하지만.
— 고재종, 「원두막 한 채를 치다」

고재종의 「원두막 한 채를 치다」에서 우리는 인간과 자연 사이의 한 치의
어긋남이 없는 맥박을 느낄 수 있다. 인간과 자연, 원과 근, 어둠과 빛 등의
구별은 무화되어 있다. 세상의 모든 생물들, 심지어 무기물들까지 하나의 우주
적 리듬 속에 놓여 있다는 인식이 이 시를 구성하고 있는 것이다. 이 시는

전체적으로 1연의 "저 동그란 램프불 둘레로/시방 왼갖 날기운들이 모람모람 몰리는 것인데", 5연 "그러면 또 이제부턴 저 램프불로부터/왼갖 날기운들이 속속 밖으로 퍼져나가는 것인데"의 응집과 확산 구조로 이루어져 있다. 어둠은 배경이 아니다. 들끓는 생명의 날기운들을 보듬고 펼쳐주는 곳이다. 시에는 드러나지 않지만 "모람모람 몰리는" 날기운에는 모기와 하루살이떼도 포함된 미물들의 움직임이 들어 있다. 시인은 그것을 깔고는 시각과 후각, 촉각을 동원해 "포도추럼 온 연인들의 호동그래진 눈동자"와 "퍼지지 않고는 못 배기는 단내와/젖지 않고는 못 배기는/가슴"이라는 생명의 자장을 뿌려놓는다. 그 생명은 자연스럽게 감염되면서 "한 송이쯤 더 주고도 좋아서는/입 못 닫는 쥔영감"을 신선쯤으로 풀어놓는 것이다. 여기서 안쪽으로 몰려들었던 움직임이 우주로 퍼져나가면서 시는 아연 힘을 발휘한다. 바로 내뱉는 포도씨들이 하늘의 별이 되는 장면이다. 이 때 실베짱이는 어둠의 아홉세배를 뒤흔들어 이슬알 떼를 떨어뜨려놓는다. 피륙 밑으로 줄줄 흘러 떨어지는 알로 가득한 여름밤. 여름밤은 들끓는 생명의 풀무이다. 그 풀무를 호흡하는 허파를 가지고 있는 시인만이 잡을 수 있는 풍경이다. 이는 물론 현상으로서는 거짓말이다. 그러나 우주적 감기(感氣)에 접하므로 이 그림은 세상에서 가장 소름끼칠 만큼 진실된 거짓말이 될 수 있는 것이다. 이는 마치 월명의 피리 소리를 달이 지나가며 귀를 기울였다는 『삼국유사』의 이야기과도 통하는 세계이다. 월명은 그런 점에서 음악으로 천지에 하모니가 가능했던 인물이었다. 고재종은 원두막의 한 풍경을 통해 그 우주적 맥박에 다가가고 있는 것이다. 시인은 이 우주적 호흡에 자신의 숨결을 연결할 수 있는 자이다. 사실 서구 근대의 빛은 어떤 도구를 써서도 인간이 자연을 다스리고 착취할 수 있다는 신념과 연결되어 있었다. 자연을 학대하는 데에는 남녀가 따로 없이 한 덩어리였다. 르네상스 이후 모더니즘은 그런 꼴이었다. 이런 폐해의 극복을 우리는 동양사상의 원뿌리에서 찾아가고 있는 형국이다. 그러나 요즘의 생태시들은 "문 열어라 꽃아"(서정주, 「사소 단장」)라고 절규하면서 닫힌 문 앞에서 기대어 있던 한 시인처럼 자연에 다가가는 충분한 고투의 흔적 없이 이루어지고 있다는 데 문제가 있다. 어떤 논자의 지적처럼[1] 우리는 지금 한편으로는 문명에 의해 파괴되는 자연 앞에서 느끼는 공포와 의심, 다른 한편으로는 자연의 생명력에 대한 믿음과 낭만성이 공존하고 있다는 의식의 없는 상태에서의 생태시란 허망한 뜬구름 잡기일 수도 있는 것이다.

　한편 함민복, 이윤학, 송찬호, 이대흠, 김기택 등 일군의 시인들의 시들은 세계에 대한 부정적인 인식 가운데 가벼운 것을 무겁게 하는 방식으로 시 세계를 열어가고 있다. 그들은 이 지상의 삶에 대한 허무, 절망, 권태, 소멸, 속물성 등의 의식을 다룬다. 그들은 비뚤어진 시어 채택을 주무기로 하는데, 이는 결국 거대 서사 밑에 깔려있는 개인의 내밀한 작은 서사를 다루면서 현대성을 인식하는 태도와 긴밀히 연결되고 있다는 점에서 문제적이라 할 수 있다. 그래서 그들의 시에서 두드러지게 차용하는 어법도 풍자와 역설, 해학과 아이러니가 주가 되어 있다. 그들은 사물 속에 편만해 있는 신성을 본다거나, 심지어 기존의 우리의 인식을 완전히 바꾸면서 역발상을 기초로 세계관을 진하게 노출시키는 시들을 만들어 내는 것이다.

> 사각의 공간에 구더기들은
> 활자처럼 꼬물거린다
> 화장실은
> 작고 촘촘한 글씨로 가득찬
> 불경 같다
> 살아 꿈틀대는 말씀들을
> 나는 본다.
>
> — 이대흠, 「이동식 화장실에서」

---

1) 나희덕, 「생태적인 것과 여성적인 것, 그리고 시」, 『창작과 비평』 2000. 겨울, 51면.

　　더러움과 징그러움의 대명사인 구더기들은 성스러운 종교적 진리를 구현하
는 불경으로 변화된다. 비뚤어진 시어 채택에 의한 사물 묘사를 그들의 시작의
중요한 모티프임을 알 수 있는 이 시인의 세계는 일면 세계에 미만해 있는
모순과 흑백논리의 시각을 넘어서서 그것들을 포괄하려는 성숙한 정신이면서
다른 한편으로는 절망적 세계인식의 반영이라고 볼 수 있을 것이다. 말하자면
구더기에서 불경을 볼 수밖에 없는 현실 같은 것 말이다.

　　　　시 한 편에 삼만원이면
　　　　너무 박하다 싶다가도
　　　　쌀이 두말인데 생각하면
　　　　금방 마음이 따뜻한 밥이 되네

　　　　시집 한 권에 삼천원이면
　　　　든 공에 비해 헐하다 싶다가도
　　　　국밥이 한 그릇인데
　　　　내 시집이 국밥 한 그릇만큼
　　　　사람들 가슴을 따뜻하게 덮여줄 수 있을까
　　　　생각하면 아직 멀기만 하네

　　　　시집이 한 권 팔리면
　　　　내게 삼백 원이 돌아온다
　　　　박리다 싶다가도
　　　　굵은 소금이 한 됫박인데 생각하면
　　　　푸른 바다처럼 상할 마음 하나 없네

　　　　　　　　　　　　　　　　　　　　　— 함민복, 「긍정적인 밥」

　　보기에는 뜨거운 마음으로 세계를 긍정하는 단단하고도 깊이 있는 시라고
읽을 수 있는 이 시는 근저에는 시인의 현실불만이 깔려 있다. 때로는 따뜻한

밥이, 때로는 국밥 한 그릇, 푸른 바다가 되기도 하는 시인의 넓고도 깊은(?)
마음은 실은 시 한편에 삼 만원이라는 데 대한 불만의 완곡한 표현이다. 그는
그 불만을 해학으로 감싼다. '긍정적인' 밥이라는 제목 자체가 해학을 깔고
있는 것이다. 가장 궁핍한 시인이 가장 부자로 산다는 어느 날의 생각 밑에
도사린 그 시인의 마음의 정체를 읽는 일이 온전한 독자의 몫이다.
　　가벼운 것을 무겁게 표현하는 이런 방법적 전략은 생명의 황홀을 다룬 정현
종의 시들에서 효과적으로 드러난다.

　　　　오늘 산보하다가 숲길에서
　　　　죽어 떨어진 까치를 보았을 때
　　　　그게 왜 청천벽력이 아니었겠느냐

　　　　하늘 무너지고
　　　　길은 죽고
　　　　나는 수심에 잠겼으니

　　　　새들아
　　　　세상의 기적들아

— 정현종, 「무너진 하늘」 부분

　　까치 한 마리의 죽음은 시인에게 하늘의 무너짐과 길의 죽음으로 각인된다.
그것은 새가 하나의 동물을 넘어서서 "세상의 기적"으로 "하늘의 化처/바람
의 정령", "보이는 神들/영원한 전설"이기 때문이다. 우주만물의 경이로운
공생을 노래하는 시인에게 미물 한 마리의 죽음이 청천벽력으로 인식될 수
있는 소지가 여기에 있는 것이다. 이는 "불빛은 천둥이 올 것 같은 번개를
일으키며/검은 자위 다 지워지도록 눈동자를 지지고 또 지진다/텔레비전은
그렇게 밤 늦도록 지치지도 않고/너의 멍한 얼굴을 이글이글 태우며 쳐다본

다.”(김기택, 「누군가 매일 너를 보고 있다」) 같은 구절에서는 주체와 대상 바꾸기라는 전략을 통해 극적으로 표현되고 있기도 하다. 그런 점에서 이 작은 서사들은 거대 담론들을 주변화한다고 할 수 있다. ‘山徑’을 메타 텍스트로 식물이 동물로, 사람으로 변용되는 송찬호의 「동백」, 「山徑」연작 역시 같은 맥락에서 읽을 수 있다. 그의 일련의 시들은 무릉이 사라진 이 시대의 폐허를 말하고 무엇보다 ‘언어’의 절망상태를 말하고 있지 아니한가.

　그러나 같이 가벼운 것을 무겁게 하는 방식으로 시 세계를 열어가고 있으면서도 세상을 따스한 애정으로 감싸고 있는 시 역시 있다. 일상의 차원으로 내려온 하느님을 유머러스하게 묘사한 다음과 같은 시이다.

영덕 식당 아주머니가
청국장 백반을 이고 온다
신문지 한가운데 둥근 투가리에서
김이 폴폴 오르고, 그걸 맛보겠다고
하느님이 눈발이 되어 뛰어내린다
하느님도 무게가 제법인지
아주머니가 허리를 펴고 멈춰 선다
여관 신축 공사장 삼층으로 오르면
눈발 하느님은 국물도 없을 것이다
시멘트 범벅인 장화 하느님들이
단체손님을 받을 제일 큰 방에서
신문지를 확 걷어 치울 것이기 때문이다
삽자루나 질통에 이마를 부딪힌 채
선배님들의 입 속으로 후룩후룩 넘어가는
청국장을 아름다이 바라볼 것이다
그들 가운데 젊은 운동화가
컵라면 빈 그릇에 남은 반찬을 쓸어담아
소주 됫병 옆에 밀어놓는다

저걸 한 모금 들이켰으면 좋겠다고
눈발 하느님이 몸서리를 치자
크윽, 눈길도 없이 녹아 버린다.

— 이정록, 「청국장」

  이 시에서 눈발이나 인부들은 하느님이라는 언어를 받으면서 아연 생기를
띤다. 세계를 살아 있는 존재들의 거소로 읽으려는 시인의 마음이 드러나는
예이다. 이대흠의 「이동식 화장실에서」와 같은 역발상의 일종이라 볼 수 있지
만 사물과 인간이 차등 없이 존재하는 새로운 미적 공간을 만들어내는 시인의
능력이 돋보이는 긍정적인 세계관을 우리는 엿볼 수 있는 것이다.
  세 번째 경향 즉, 무거운 것을 가볍게 표현하는 방식의 시들은 우리 시단에
가장 편만해 있다. 이런 경향은 표현에 강조를 두면서 의미에 무게가 실린
시에서 흔하게 나타난다. 이를 테면 다음 시.

꽃이란 참 뜨거운 것이군
자신을 태워 열매를 익히다니

남자는 여자에게 꽃을 바치네
여자는 남자에게 꽃이 되네

왜 하필 꽃이라 해서 너를 사랑하게 하느냐
똥이라 하지 않고

여자는 남자에게 똥을 바치네
남자는 여자에게 똥이 되네

똥이란 참 뜨거운 것이군

똥을 꺾다가 화상을 입었네

— 차창룡, 「花傷」

에서 보이듯 꽃과 똥의 경계를 무너뜨리는 데서 단적으로 드러난다. 그들은
가벼움(유희)의 방식으로 무거운 것(진실)을 드러내며, 또 한편 실재(현실)와
허구(환상) 사이에 그들의 시를 끼워넣기도 한다.

최근 이들 시에 '그림자'가 많이 드러나는 것은 이와 무관하지 않을 것이다.
오규원의 '날 이미지'와 그 맥을 닿고 있는 '그림자 시' 들은 본질과 현상이라
는 이분법적 사고의 미망을 깨트리고 있다는 점에서도 여간 소망스럽지 않다.

물 잡아 논 논배미에 산 그림자 드리워져
낮은 물 깊어지네

산 그림자 산 높이의 열배 쯤
한 십여 리
어떻게 와서 저리 몸 담그고 있는지

거꾸로 박힌 산 그림자 속
바위는 굴러 떨어지지 않고
나무는 움트네

개구리 울음 소리 산 그림자
깜깜하게 풀어놓던 며칠 밤 지나

흙을 향해 허리 굽히는 게 모든 일의 시작인
농부들 푸른 모춤을 지고
산 그림자 속으로 걸어 들어가네
바위 위에도 모를 꽂아 놓았네

산 그림자 속에서 백로 한 마리 날아 나와
편 목 다시 구부리며
젖지 않은 발 적시며
산 그림자 위로 내려앉네

— 함민복「논 속의 산 그림자」

사물들의 중력이 제거되면서 현실적 욕망과 의미가 무화된다. 사실적인 것들을 자기 것으로 끌어들여서 엮어내는 방법으로 대상간의 경계 역시 허물어진다. 그림자는 사실 겹쳐 있으나 자유로운 어떤 음영의 공간이다. 여기서 일상적 관습이나 인식은 무효가 된다. 사물들이 그 중력을 버리면서 오히려 무용지용의 세계랄까, 그림자는 생명을 키우는 존재로까지 화한다.

우리 집에 놀러 와, 목련 그늘이 좋아.
꽃 지기 전에 놀러 와.
나지막한 목소리로 전화하던 그에게
나는 끝내 놀러 가지 못했다

해 저문 겨울날
너무 늦게 그에게 놀러 간다

나 왔어.
문을 열고 들어서면
그는 못 들은 척 나오지 않고
이봐, 어서 나와.
목련이 피려면 아직 멀었잖아.
짐짓 큰소리까지 치면서 문을 두드리면
조등 하나
꽃이 질 듯 꽃이 질 듯

혼들거리고, 그 그늘 아래서
너무 늦게 놀러 온 이들끼리 술잔을 기울이겠지
밤새 목련 지는 소리 듣고 있겠지

너무 늦게 그에게 놀러 간다
그가 너무 일찍 피워 올린 목련 그늘 아래로
— 나희덕, 「너무 늦게 그에게 놀러 가다」

'너무 늦다'라는 크게 무겁지 않은 말 속에 죽음이라는 무거운 주제가 얹혀 있는 상황이다. 그에게 한번 간다고 하는 것이 죽어서야 겨우 가게 된 화자의 절규 같은 것이 녹아 있는 시이다. 특히 망자인 그는 "못 들은 척 나오지 않"는데, "이봐, 어서 나와./목련이 피려면 아직 멀었잖아."고 발화하는 화자의 심정은 어찌 할 수 없는 생의 탄식을 온 몸으로 부르는 형국이다. 화자는 그가 너무 일찍 죽어서 간 곳, "그가 너무 일찍 피워 올린 목련 그늘 아래"에서 다른 산 자들을 만나고 자신의 삶의 내면에서 들리는 "목련 지는 소리 듣"게 되는 것이다. 즉 죽음은 생명의 초대라는 새로운 공간을 만들어내고 있다는 인식의 일단을 드러내고 있는 것이다. 그런 공간은 젖먹이 송아지가 다른 젖 바꿔 물며 들이받는 힘에 조금씩 밀리며 지그시 눈감고 되새김질하는 어미 소의 표정(장석남, 「젖먹이 송아지가 젖 먹을 때 다른 젖 바꿔 물며 들이받는 힘」)에서 우리 가야 할 곳, 나온 곳을 보는 시선과도 맞닿아 있는 것이다.
　어떤 체험의 한 국면을 통해서 우리 삶의 가장 심각한 어떤 현상의 이면을 들춰내는 시들에 이르면 작은 서사가 그 바탕에 얼마나 깊고도 본질적인 뿌리를 갖고 있는가를 우리는 알게 될 것이다.

여름이 빈틈없이 젖어 있다
후여후여 백로가 날아오르자
젖은 공기들이 두어 뼘씩 물러났다

이내 제자리로 돌아간다
모발 습도계처럼 가느다란 공기의 현들이 떨린다
귀청이 멍멍해진다
배경으로 물러나 있던 산이
산의 전모를 되찾는다
저수지에 낚싯대를 드리우고
귀로 한눈을 판다
낚싯대는 내 눈이 아니고 내 손이다
비가 오자 저수지의 속사정이 시끄러워진다
참빗으로 빗어내리듯 여름을 훑고 내려온
빗방울들이 수면에다 파파파파
수천 수만의 나팔꽃 피워내는 소리를 낸다
멀리 가 있던 먼 곳을 불러오는
연한 촉발 ─ 이 얼마나 오랜만인가
내 몸이 전부 귀다 귀

─ 이문재, 「귀는 얼마나 큰 눈인가」

눈의 감각에 빼앗겼던 다른 감각(여기서는 청각)을 되찾는 어떤 순간을 감동적으로 기록하고 있는 시다. 귀는 "이 얼마나 오랜만인가"에서 드러나듯 우리들의 일상을 규정하고 있는 것은 시각이다. "나를 나라고 부를 사람이 나밖에 없는"(「어처구니」) 이 물신화와 빠름의 시대에 자신의 균형을 찾게 해 주는 것은 눈에 뺏긴 감각들을 찾는 일에 있다는·것을 이 시는 하나의 에피소드를 통해 보여준다. 그런 점에서 이 시는 저수지에서 있었던 하나의 사건에 불과한 이야기를 통해 우리 사회의 어떤 심각한 징후와 국면을 되짚고 있는 것. 이문재는 그 동안 일련의 작은 서사를 다룬 시들을 통해 광고와 대중문화로 표상되는 시각 문화에 뺏긴 감각의 회복과, 빠름에 저항하는 느림의 방식(이는 시집 『산책시편』의 가장 큰 흐름이다.), 그리고 농업마저 박물관에 들어갈 날이 임박한 '오래된 미래'의 묵시록적 상황('농업박물관' 연작)을 섬뜩하게 묘사하는 일에 누구보다도 앞장서 왔다. 이는 자본주의 일상의 틈새를 들여다보고 있는 김기택, 함민복 등의 시들과 함께 작은 서사가 얼마나 현대에 대한 시적 대응 전략이 될 수 있는가를 보여주는 하나의 징표로 작용하고 있다고 할 수 있다. "멀리 가 있던 먼 곳"까지를 불러오는 이 촉발이 어쩌면 이 시대에도 시가 필요한 이유로 작용한다.

필자는 거칠고 소략하게나마 90년대 말과 이천년대 시단의 특징적인 풍경을 '말하기 방식'이라는 틀을 이용해서 개관해 보았다. 필자의 관심은 중심이 사라진 이 시대에도 이 땅의 시인들은 '작은 서사'라는 크게 눈에 띄지 않는 형식을 통해 나름의 방식으로 시의 영토를 지키면서 체제에 길항하는 글쓰기를 지속적으로 해오고 있다는 것을 드러내는 데 있었다. 거대 담론이 사라진 지점에서 촉발된 이 작은 서사가 거대담론들을 회피하는 것은 아니라, 그 담론들을 주변화하고 배경화함으로써 문학성을 확보하면서 시의 존재이유를 스스로 증명해나가고 있는 것이다. 이 작은 서사를 주제별로 갈라본다는 것은 자칫 논지가 산만해질 가능성이 있다. 그래서 필자는 오히려 화법을 통해 그 정신을 역으로 추출해내 보는 방법으로, 1)전통적인 서정시의 어법을 새로이 구성한 시들, 2)가벼운 것을 무겁게 말하는 방식을 취하고 있는 시들, 3)무거운 것을 가볍게 하는 방식을 취하고 있는 시들로 나누어 우리 시단의 현주소를 조명해 본 것이다. 이는 결국 이천 년대 시의 방향을 짚어보는 일과도 내밀하게 연결되어 있는 문제라는 판단이다. 물론 사회적이며 집단적인 관심이 퇴조한 자리에 언제부터 자리를 잡아가고 있는 이들 작은 서사의 시들이 어떻게 방향을 잡아갈 것인가는 우리들이 더 지켜 보아야 할 과제다. 이는 변화의 속도가 우리의 예상을 훨씬 넘어서서 진행되고 있는 시대를 살고 있기 때문이다. 현재로서 우리가 맞닥뜨리고 있는 서사는 '근대'와 '근대 이후'라는 괴물이다. 우리는 이미 변화가 일상이 되고 있는 이 곳으로 깊숙이 들어와 있으며 더 들어갈 수밖에 없는 입장이다. 문제는 우리 시들이 시대의 문명이

뽑어내고 있는 악취와 대결하면서, 또 자아를 발견하기 위한 힘겨운 싸움들을 감당하면서, 또 합리와 이성이라는 이름으로 이들이 은폐하고 있는 죽음의 논리며 음험한 기획을 찾아내고 그것을 무너뜨리는 데로 가느냐 일 것이다. 여전히 '작은 서사'는 이 일들을 수행하는 매우 중요한 전략의 하나가 될 것이라는 게 필자의 판단이다.

해체의 새로운 모습과 그 언술적 독법

1. 해체의 사적 맥락과 새 기운

시사(詩史)는 시적인 것과 비시적인 것의 길항과 조화로 발전되어 간다. 단아하고 정제된 내용과 형식을 갖춘 일군의 시인들이 시단의 한 맥을 형성하고 있다면 기존의 시적인 테두리를 파괴하는 반시(反詩)적인 형식과 내용으로 무장한 다른 한편의 시인들은 기존의 문학관습에 하나의 반동을 형성하면서 때로는 불온하게 때로운 신선하게 독자들의 가슴을 파고 든다. 여기서 반동적이라는 것은 형식적으로는 과격한 산문성의 시도나, 인접 장르 혹은 비시적인 형식의 도입 등을 통한 기존의 문학 관습에 대한 위반으로 나타나며, 내용에 있어서는 정치적 억압과 사회 문화적 금기를 파괴하면서 기성사회 질서의 위협으로 작용하는 반획일주의와 반순응주의 의식과 손을 잡게 된다.

물론 이는 기술적으로 추구될 문제인 것만은 아니다. 문학적 관습과 사회적 현실이 시인의 의식과 무의식을 자극하면서 자연스럽게 표출되는 것이다. 의식과 무의식은 같은 한 장의 종이 위에 쓰여진 두 개의 본문이다. '무의식은 마치 브란덴부르크 협주곡 사이로 예기치 않게 새어나오는 째즈와 같은 것'(라깡)이어서, 의식이라는 필사본 본문 위에 덮여 있는 무의식의 본문을 해독하기 위해서는 종이를 뒤로부터 들어 비춰보거나 현상액의 도움을 받아 언술의 틈 사이로 슬쩍슬쩍 얼굴을 내미는 무의식의 흐름의 단서를 잡아야 한다. 이는 크리스테바의 '글쓰는 주체'의 문제와 연관시켜 고찰할 수도 있을 것이다. 그녀에 의하면 시적 언어란 단일의미를 지닌 언술이 아니고 '과정 중에 있는 주체, 시련에 처한 주체'(Subject in Press/on Trial)가 무의식의 논리에 의해 다의미적으로, 무한한 부정성의 충동으로 구축하고 허무는 기호화의 과정으로 본다. 인간은 거울단계를 거쳐 상징계로 진입할 때 큰 타자의 언술체계—부권중심적 언어 질서 속으로 들어가 자기주체성을 획득하게 되는데, 이때 무의식이 생기고 결핍이 생긴다. 여기서 자의식이나 주체분열 이후의 모더니즘에 대한 글쓰기를 시도하는 일련의 시인들의 문제가 야기된다.

우리 문학사에서 그러한 '과정 중에 있는 주체'를 가장 대표적으로 보여준 시인은 李箱이다. 근대문학을 통틀어 가장 난해한 작가로 규정되는 그의 시는 오늘날의 시점에서도 여전히 문제적이다. 시사적으로 거칠게 일별한다면 이상 시의 이러한 경향은 김춘수의 이른 바 '무의미시'(의미의 해체라는 의미에서)와 그와 극단적인 지점에 서 있는 김수영의 '불온의 미학'이라고 불리우는 '반시'(Anti—poetry)적인 경향을 거쳐서 80년대의 이성복, 황지우, 박남철, 장정일, 김영승 등으로 이어진다. 해체시의 원리는 반미학이다. 전통미학의 소재가 되는 현실이 바로 문학적 텍스트가 되는 자리에 해체시가 있다(김준오, 「해체시를 넘어」, 『도시시와 해체시』, 141면.). 80년대 초에 부상한 일군의 해체시 경향은 시대적 부채를 지고 악전고투한 시인들의 문학적 응전 양식으로 기능했다. 그들의 시는 시적 소재나 시작 방법, 시어의 운용 면에서 상상할 수 없을 정도의 실험과 함께 이루어졌으며, 전통적 서정시에 대한 통념을 전복하면서 무거운 정치 현실과 자잘한 일상성들이 시의 전면으로 부각시키는 결과를 가져왔다.

그러나 전면적인 후기산업사회 속에 발을 담그고 있는 90년대의 시인들의 응전 양상은 다르다. 짧게 요약한다면 그것은 미래가 보이지 않는 시대 속에서의 정체성의 확인, 혹은 황폐화된 지상의 텅빈 껍질을 깨고 뛰쳐나가려는 방만한 일탈과 자유의 몸짓이라 말할 수 있다. 정전을 끊임없이 위반하고 전복하는 이런 일련의 시들이 우리 문학을 위협하며 긴장하게 한다. 문학하는 것의 심연을 보여 주는 일군의 젊은 시인들의 작업은 비슷한 시들이 양산되는 문학풍토에서 뚜렷한 의미를 던진다.

이 글은 이러한 맥락에서 경쾌한 보법으로 전세대의 틀을 부수고 있는 젊은 시인들의 의식세계를 살펴보기 위해 쓰여진다. 박상순, 장경기, 김요일, 함성호, 김태형 다섯 시인을 중심으로, 편의상 앞의 세 시인과 뒤의 두 시인을 각각 하나의 장으로 따로 묶어서 고찰하기로 한다. 왜냐하면 시의 성격상 전자가 더 해독이 어려운 무의식의 흐름을 보여주고 있고, 후자는 다소간 현실세계와의 연관을 표층에 노출하는 경향을 보이고 있기 때문이다.

2. 심리적 투사로서의 해체 — 박상순, 김요일, 장경기

박상순, 김요일, 장경기의 시는 형식부터가 별반 다르지 않은 양상을 보인다. 해체주의자들에게 있어 안정과 질서는 현실의 허상에 지나지 않는다. 따라서 그들은 대상의 배열에 있어서 논리적 일관성과 의미를 무화시키는 양상을 띤다.

박상순 시의 형식적인 특징은 별로 보이지 않는다. 다만 알 수 없는 단문들의 병치와 그림의 삽입이 특징적이다. 그림이 나타나는 것은 장경기에 있어서도 마찬가지이지만 그는 형식적인 장치를 많이 만들지는 않는다. 언술체계의 파괴를 가장 많이 적극적으로 시도하는 시인은 김요일이라 할 수 있다. 그의 시의 모든 문장은 띄어쓰기 규칙이 위반되어 있다. 뿐만 아니라 휴지부가

없고 같은 행 속에 다른 내용이 들어서며 크기와 모양을 달리하는 글자가
나타남은 물론 접속사를 사용하지 않은 짧은 행의 불규칙적 나열이 빈번히
출몰한다. 심지어 채 끝나지 않는 문장을 끝에 매달아 놓는다거나 앞에 위치시
키는 경우도 다반사로 나타난다. 아예 시집의 한쪽면들은 전부 검은 감광지로
채워져 있다.

그들의 이러한 해체적 어법은 상징적인 경향을 띠고 있다는 점에서 공통적
이다. 그들의 시는 일상적인 어법으로는 읽히지 않는 시니피앙의 흐름, 혹은
연속적인 의식의 흐름 같은 전(前) 주체로 돌아가려는 끊임없는 운동(이를
크리스테바는 코라 Chora라고 한다) 같은 것들로 충만해 있다. 그들 시에 있어
나라는 주체는 없다. 박상순은 '나'는 "뒤통수를 맡긴 채/거울 속에 허옇게
앉아 있었다"(「이발소의 봄」, 전문)고 하며, "내 얼굴도 뜯어내서//도대체 이게
뭐야/이건 뭐야?/뭐야, 뭐야, 뭐야"(「포장지를 뜯는 사람」)고 반문한다. 김요일
의 주체는 '붉은신호등'에 걸려 '깜박, 깜박'(장시 「붉은 기호등」 69면.)이고
있으며, 장경기의 '나'는 누군가에 의해 의해 얼굴이 계속 깎이고(「신경과민」),
"이미 한 무더기 허무란 이름을 달고 누런 똥덩어리로/늙은 계란 속에 노오란
잠 같은 유년"(「幼年」)을 살게 된다.

이는 이들의 시들이 거울단계의 특징인 동일시와 나르시시즘이 전혀 보이
지 않은 채로 소외되고 분열된 주체 상태로 있음을 보여 준다. 그것은 상상계
적 동일시 이전에 상징계의 큰 타자의 침범이 이루어졌기 때문이다. 큰 타자의
시선 속에서 나는 뜯겨져 '도대체 이게 뭐야/이건 뭐야?'라고 이물질 대하듯이
공포 어린 어투로 중얼거리거나, '누런 똥덩어리'로 떠 있을 수밖에 없다. 거울
속의 나는 이미 쪼개진 주체이다. 어머니의 몸과의 원초적 동일시는 이루어지
지 않는다. 분열은 결핍을, 결핍은 욕망을 연쇄적으로 낳는다.

    1.주홍색 열매를 뿌리며 그 여자는 죽었다

나는 쓰러진 꽃나무 위에 앉아 있었다

2.나의 일곱번째 어머니가
나의 일곱번째 여행지에서 꽃나무처럼 쓰러졌다

3.쓰러진 꽃나무 속에서
나의 여덟번째 어머니가 목을 매달게 되는
미래의 소리가 들렸다

—「4시간 동안의 침묵」 부분

박상순의 이 시에서 주체는 결핍을 채우기 위해 끊임없이 어머니의 몸을 욕망한다. 그것은 언술체계 안에서 계속적인 자리바꿈을 하지만(첫번째 어머니 ~ 일곱번째 어머니) 결핍을 낳는 그 욕망은 채워지는 법이 없다. 마침내 "여덟번째 어머니가 목을 매달게 되는/미래의 소리"를 당겨서 듣게 된다. "내 허리에서 쏟아지는" 끊임없이 그 빛깔마저 바꾸는(붉은/푸른/갈색의/노란) 길 (「마라나,포르노 만화의 여주인공2」) 속에 어머니의 시체는 쌓인다.

첫번째 기차가 아버지의 머리를 깨고 지나갔다
두번째 기차가 어머니의 배를 가르고 지나갔다
세번째 기차가 내 눈동자 속에서 덜컹거렸고
할머니의 피묻은 손가락들이 내 반바지 위에
뚝뚝 떨어지고 있었다

기차가 지나갔다
나는 뒤집힌 벌레처럼 발버둥쳤다

—「빵공장으로 통하는 철도」 부분

박상순의 시에서 기차는 거대한 굴뚝, 변전소, 공장처럼 상징계의 제도나 문화적 표상으로 나타나며 그것은 현실욕구의 충족물인 '빵'과 연결되어 있다. 그 기차가 어머니의 배를 가르고, 아버지의 머리를 깨고 지나간다. 박상순의 시에서 아버지는 사회 문화적 코드로서의 큰 타자(A)의 상징계가 아니다. 아버지는 어머니, 할머니와 함께 가족구조와 환경구조의 코드 속에 포괄된 존재로 라깡의 '어머니의 욕망'에 가까운 존재이다. 이 점이 李箱의 시와 달라진다. 말하자면 박상순의 시는 이상의 시대보다 전면적으로 이루어지고 있는 부권 상실의 현대적 의미를 담고 있는 것으로 보인다. 기차로 표상되는 큰 타자는 압도적 지배력을 가지고 최초의 어머니와의 분리 고통에 이어 가족과의 분리 고통을 안기게 되며, 그 결과 분열된 주체는 시각적인 혼란과 와해("세번째 기차가 내 눈동자 속에서 덜컹거렸고")에 이른다. 이 단계는 「내가 본 마지막 겨울」의 "두 눈에 조개껍질을 박은 사람이 안개 속에서/내 눈동자를 빼가는 소리" 같은 구절에서는 더욱 심화된다. 시각은 거울단계에서 외부로부터 보여지는 육체의 통합성을 제공하는 지각이다. 아이의 에고는 육체적 통합성의 이미지에 동일시할 능력에 의해 발달되는 것이다. 그러나 가혹한 소외와 분열을 겪은 주체는 자신의 나르시즘적 상상계를 세울 기력도 없이 '뒤집힌 벌레'로 버둥거리며 비틀린다. 나르시시즘적 동일시가 결핍된 가운데 상상계의 진입을 받은 주체형성의 불안정성이 벌레의 시니피앙이다.

그러나 박상순의 미학의 출구는 폐허 속에서도 번식하고 생산하는 여성성의 풍요와 다산에 있다. 즉 '소녀', '자네트', '마라나', '비에 젖는 처녀', '오필리아라는 이름을 가진 처녀'의 시니피앙을 가지는 여성성은 신비한 복원력을 행사한다.

그녀의 그것이 자꾸 늘어나
그 속에서 별이 지고
그 속에서 비 내리고

딸기밭이 생기고
포도밭이 서고
옥수수가 자라고

별자리도 커지고
빗방울도 커지고

수박처럼 큰 딸기
집채만한 포도알
옥수수도 커지고

—「그녀의 그것이 자꾸 늘어나」 부분

　신화주의자들의 문맥에서 자주 드러나는 여성 생식기의 풍요와 다산 상징은 박상순 시에서도 여전히 유효하다. 딸기밭과 옥수수, 수박, 심지어 별을 키우는 여성의 '그것'은 박상순 시가 결국 이 세계의 폐허를 농경문화적 맥락에서 극복하고자 하는 의지를 보여준다고 말할 수 있다. 그러나 기호와 의미의 혼란, 즉 말로 표현할 수 없는 세계를 다루는 박상순의 문맥을 잘 따라가기는 여전히 어렵고, 그 이랑 속에서 우리는 자주 길을 잃는다.

　김요일 시의 바탕은 '어느 것 하나 새것이 없'(11, 이하 숫자는 장시 「붉은 기호등」의 면수를 가리킴.)는 불모의 도시이다. 번들거리는 문명은 '슬픔'조차 없는 것처럼 위장되어 있으며, "색과 소리와 꿈으로 가득차 있"(77)기도 하다. "내가 놓여 있는 진열대인 세상은 너무 낡아 내가 놓이기에 적합하지 않다"(79)고 말한다.

붉은신호등에걸린삶이깜박, 깜박인다(69)
안개에갖힌날들(13)
그의온몸에는수백수천의기호가화살처럼죽창처럼꽂혀있다(57)

현실 원칙, 즉 큰 타자의 억압과 지배 하에서 '나'는 붉은 신호등에 걸려 이러지도 저러지도 못하고 있으며, "비통스럽게 찢어"(83)진 분열된 시니피앙 으로 전치(displacement)되어 있다. 지상에서의 삶은 안개의 삶이 되고, 수백 수천의 기호로 된 사물과 인간을 그는 읽을 수 없게 된다. 나는 "길들여진 껍질"(59)을 벗겨야 한다고, 그 가면을 찢어야 한다고 생각하고, 거대한 체제 에 화염병을 던지기도 하고, "불을 질러라"(71)고 외치지만 세상은 꿈쩍도 않는 든든함으로 버티고 있다. 이 '아름다운 악몽'의 '가도가도끝없는길'(71) 을 절뚝이며 가는 동안 '나'는 붉은 신호등 아래 서 있는 '독,재,자'(37)인 '그'를 만나기도 하고, '신나냄새'(43)를 풍기며 '쩍갈라지는'(11) 그녀의 안으 로 들어가기도 하는 것이다. 또 '영안실에누워싸늘히웃는'(49) '불속에서죽어 간한얼굴'(25)을 만지는가 하면, 담벼락에 기대서서 '고추를 조물락'(61)거리 며 울고 있는 아이와 조우하기도 하는 것이다. 그러나 이 인물들은 '나'가 현실적으로 만났던 인물이라기보다 '나'의 내면에 겹겹이 스크랩되어 있었던 상처난 '나'의 시니피앙으로 읽어야 한다. 마침내 어디에도 교두보를 두지 못하는 자아는 자결을 꿈꾸고("자결하라 내 마음!"(67)) 종교에 기대보기도 하지만 종교 역시 황폐한 모습을 띤다. "재림한 그가 골목 끝에서 울고 있 다"(61).

큰 타자가 덮어 씌운 규범과 의무, 요구와 금지 등의 사회적 질서 속에서 머뭇거리는 자아의 태도는 아래와 같은 구절에서 드러난다.

> 나는몹시겁이난다나는
> 선언을하려는것인가?(7)

말해야 함과 말할 수 없음이 길항하면서 나는 망설인다. 선언을 하려는 대상을 나 자신이 보고 있는 형국이다. 사실 "어둠속에서그의차가운미소에/맞 닿은순간/이미나의심장은멎어있"(31)었던 것이다. '나'는 이 시 전편을 통해서 줄곧 파편화되고 흩어져 있다. 결핍의 충족대상으로 선택한 것이 '그녀'이다. 따라서 이 시는 '사랑에 관한 이야기'(13)라 할만하다.

 그녀의보지가쩍갈라진다(11)
 그가피를닦고나를씻어준다(15)
 그녀가나의길게뻗은자지를움켜쥐고달리기시작했다(65)
 그녀의유방에서젖과꿀이흐른다(73)
 그녀의가랑이에서은하수가흘러나왔다(63)

 세계의 불모는 여성의 음부를 갈라놓게 하기도 하지만, 그녀는 내가 세상에서 받은 상처를 위무하고 치유해 주는 기능을 한다. 일면 가학적이며 자극적인 성적 유희로 보이는 성적 행위는 금기위반의 충동으로 출렁거리는 욕망의 희열과 광기를 보여 주게 된다. 그 성은 세계의 타락과 불모를 허물고 소통하려는 시인의 적극적 의지 작용의 산물이다. "가랑이에서 은하수가 흘러나왔다", "유방에서 젖과 꿀이 흐흔다"와 같은 구절은 그녀가 생명성과 리듬을 가진 수용체임을 증명하는 구절이 된다. 자극적인 섹스는 그 문을 통해 세계 내로 미끌어져 들어가려는 시인의 욕망의 운동, 크리스테바의 용어대로 하면 코라라 할 만하다. 그러나 이를 뒤집어 보면 이 장시의 '나'와 '그', '그녀'는 다른 인물이면서 같은 인물이다. "나는/그아름답던꿈을추억한다"로 시작되는 시의 서두와 "그는 이아름다움을추억한다"로 마감되는 시의 결말은 이 장시가 분열된 에고의 일치를 위해 쓰여진 것임을 확인하게 한다. "그는내속으로 들어와야한다그를기다린다벌린다(43)"는 구절도 분열된 나가 통합으로 이르는 길임도 말할 필요가 없다.
 장경시의 「夢想의 피」 연작에서 우리는 금기위반의 충동으로 가득차 있는 육체의 열락과 광기의 축제를 보게 된다. '싸소', '게요' 등으로 끝나는 문장은 이러한 그의 주제를 효과적으로 전달하는 리듬의 역할을 하고 있다. 그것은 크리스테바가 그의 『시적 언어의 혁명』 *Revolution in Poetic Language*에서 밝혔듯이 상징계가 억압해 버린 기호계의 오이디푸스 이전 단계의 코라 Chora적 충동이 상징계를 위반하려는 욕망에 의해 생산된 것이다. 시인은 먼저 광인에게서 그 역동적 힘을 본다.

> 그의 눈빛이 닿으면,
> 벌판은 한순간 휘황한 리듬의 불꽃으로 타올랐고
> 숨쉬는 것들은 정수리를 꿰뚫는 전율에 소름이 끼쳤다.

—「어느 狂人의 죽음」 부분

광인이란 큰타자의 욕망인 현실 원칙을 가로지르는 육체의 소유자이다. 그는 금기과 억압에서 자유로운 사람이며, 따라서 안과 밖이 구별되지 않는 인물이다. 그것은 상징계에 진입한 '나'의 욕망의 대리 충족자로 기능한다. '나'는 역사, 사회, 문화적 규범 안에 감금되어서 상징적 질서를 벗어날 수 없지만, 이러한 욕망은 나의 속에서 억압되어 잠들지 않고 상징적 질서를 전복시키려는 다른 욕망을 연쇄적으로 낳는다. 결핍이 가닿은 지점이 바로 근친상간의 욕망이다.

> 1)오! 누나의 姦淫을 품는다
> 禁斷 같은 아비의 주검이 물컹거리는
> 노오란 陰部 속
> 흐드러지는 살빛 노을을 지나

—「姦淫」 부분

> 2)푸르스름한 빛이 연하게 감도는 방안엔
> 아이와 형수님이 인형마냥 놓여 있소
> 형수는 내가 손끝으로 만진 후로
> 아이보다 더 작은 모습으로 졸아들어 비스듬히 누워있소

여러 날 그런 상태로 있기에 어머니가 형님에게 눈짓으로 왜 그러냐 물으매,
형님이 '동생이 만져서' 하며 말꼬리를 흐리는데
그나마 형수님 모습은 아예 보이지 않게 되었소
녹아사라진 게요.

—「형수님 생각」 부분

근친상간은 가족내의 교환과 문화적 코드에서 금기로 공유하는 부분이다. 바따이유는 "에로티즘에서의 금기는 인간성이며, 에로티즘은 그것을 범하는 것"이라고 말한다. 에로티즘을 통해 인간성은 위반되고 모독되고 더럽혀진다. 아름다움이 크면 클수록 더럽힘의 의미는 그만큼 커진다. "저만치 버려져 있는 하체의 골반에/귀두를 처박은 채 회오리친다"(「지금은 짐승의 시간」)와 같은 구절은 그러한 속성을 보여 주는 예이다. 에로티즘은 두려움을 주는 동시에 매력적인 폭력 충동이다.

1)시에서 '나'는 누나(와)의 간음을 상상한다. 그러나 그것은 실현된 것이 아니라 그것은 '현실원칙'인 '禁斷 같은 아비의 주검'을 밟고서야 가능하게 되어 있다. '노오란', '흐드러지는 살빛'이라는 육체의 광란과 열락은 이미 그의 상상 속에 출렁인다. 상징계를 위반하면서 자신을 도덕적 문화적 질서 밖에 위치시키고자 하는 욕망은 2)시에서도 이어진다. '나'는 형의 시선을 두려워하지 않고 형수를 범한다. 형수는 내 손끝에서 졸아든다. 어머니가 그 이유를 형에게 물어도, 형은 사실만 이야기할 뿐, 나를 가해하지 않는다. 이 행위들은 모두가 타자의 시선으로 내가 존재하지 않는 기호계 속에서 가능한 일이다.

그러나 장경기 시의 독특한 점은 그 속에 실체와 현상의 경계가 소멸되는 힘을 내장하고 있다는 것이다. 장경기의 시에서 실체와 현상은 의식 속에서 하나로 수용하고 있다. 위 시에서 형수님은 '인형'으로, 졸아든 모습으로, '아예 보이지 않'는 그림자로 '녹아사라'지는 굴신을 할 수 있는 것이다. 이런

맥락에서 "나는 내가 죽은 줄도 모르고 주검 위로 벌떡 일어나/ 여전히 짙은 그림자를 드리우며 그 길로 지나다"(「금성아파트」)닐 수 있으며, "머리 없는 소들,/허벅지, 엉덩이 없는 몸뚱어리 끌고/끼억끼억 안개 자욱한 서울거리로 걸어나와/음매음매 고향 찾아간다"(「소」)는 유연한 사유를 할 수 있는 것이다. 시인의 이러한 사유의 풀밭에서 삶과 죽음, 열정과 평정, 초월과 집착 같은 양가적인 가치가 통합되고 조율될 수 있는 것이다. 넓어진 시선은 아래의 시에서도 폭넓게 수용된다.

> 땅에서 하늘로 턱뼈가 올라가고 있소
> 땅에서 하늘로 창자가 올라가고 있소
> 땅에서 하늘로 이빨과 코와 눈알이 올라가고 있소
> 땅에서 하늘로 머리털이 풀어헤치며 올라가고 있소
> 땅에서 하늘로 음경이 씰룩거리며 올라가고 있소
> 땅에서 하늘로 해골이 번뜩거리며 올라가고 있소
> 땅에서 하늘로 수많은 갈비뼈와 창자와 위와 쓸개가 올라가고 있소
> 땅에서 하늘로 수많은 몸뚱어리들이 매연처럼 올라가고 있소
>
> —「하늘로 턱뼈가 올라가고 있소」 부분

지상에 육신의 욕망을 남기고 사자가 되어 연기로 하늘에 올라가는 장면을 잡은 시인의 시선은 신선하다. 우리는 여기서 환상적인 풍경으로만 제시되지 않은 균형잡힌 리얼리티를 본다.

장경기의 경계소멸을 통한 시의 환상, 현실 결합 방식은 물론 "분열되기 이전의/맨 처음/태초로 가고 싶"(「새벽」)은 주체의 욕망이 도달한 지점이다.

3. 문명사적 비판, 혹은 해체 이후의 서정 — 함성호, 김태형

함성호와 김태형은 해체를 훨씬 현실적 문맥 안에서 실현시킨 시인들이다.

도시라는 공간 속에서 그들의 감수성은 돌올하게 솟아오른다. 습기찬 도시의 진창에서 그 어둠을 어둡지 않게 신선한 비유와 패러디로, 근엄의 옷을 벗은 대신 매우 당돌하고 불경스러우며 경쾌한 어법을 구사한다. 무엇보다 현실의 진창을 두루 쏘다니면서 그들의 몸이 잡은 풍경을 생생한 느낌으로 발산하는 언어감각과 스케일이 만만치 않다. 말하자면 그들에게 있어서 몸과 사유는 분리되어 있지 않아 보인다.

함성호 시의 형식의 새로움은 별로 보이지 않는다. 기껏 그것은 시 제목 뒤의 사진 삽입이나, 두편의 시가 같은 지면에 연속적으로 나타나는 정도이지만, 이는 80년대 초의 황지우나 최근의 신현림, 이승하의 경우에도 미치지 못할 정도이다. 그러나 함성호는 '건축 사회학'이라 이름붙일 수 있는 나름의 미학을 가지고 있다. 그것은 현대산업사회의 실상을 주시하면서 무의식의 풍경을 드러내기에 가장 적합한 장치로 기능한다. 그에게 있어 건축은 실물 그 자체이기도 하지만, 현대 문명을 통괄하는 개념이기도 하며, 생명이 지속되는 한 창조와 파괴를 계속할 그의 시쓰기라는 층위까지를 갖고 있다. 분명히 그에게 이 지상의 삶, 특히 도시는 개판이다. 그것은 그의 사유의 신축성만큼이나 종횡무진의 비유로 묘사되고 있다. "약물 중독의 건물들이 사지를 뒤틀며 환각을 꿈꾸"는 빌딩의 숲 속을 떠나지 않고 "날고 있는 '비둘기'(「비둘기는 왜 도시를 떠나지 않는가」)를 통해서, 혹은 파리채에 맞아 죽은 파리를 통해서 인간의 목숨을 희화(「어느 파리의 죽음에 관한 보고서」)하기도 하고, "살해의 도구를 피하려 안간힘 쓰는 자궁내의 태아"(「타르쵸」)로 비유하기도 한다. 또한 기호로 상징되는 현대문명에 대한 야유(「경조 전보 약호 문례」)도, 심지어 신들이 이룩한 문명 속에서 거꾸로 신들이 죽어가는 정황(「타르쵸」)을 포괄하고 있기도 하다.

그러나 어느 경우이든 그는 그 현실을 절망적 제스쳐로 성급하게 재단하지 않는다.

(네로는 더 이상 견딜 수가 없었다) 세운상가는 일제의 문신이다 전태일씨
가 온 몸에 신나를 뿌리고 청계천 고가도로를 불덩어리로 질주한다 교통 혼잡
의 차량들이 경적을 울리고 서울은 뜨지 않는 간장독처럼 부글부글 끓는다
네로는 야경에 신나를 뿌리고 불을 질렀다(다시 지을 것이다 순결한 도시를
위해)—

—「파괴공학」 부분

시인은 욕망의 간장독으로 비유되는 도시의 새로운 건설을 위하여 시대를
넘는 인물들을 시에 이끌어 온다. 교통혼잡으로 들끓는(차량의 껌뻑이는 불빛
을 생각하라) 도시 위에 전태일이 온 몸에 불을 붙이고 질주한다. 거기에 네로
의 로마 방화사건이 차용됨으로써 이 시는 다층적인 의미로 변주되고 힘을
얻는다. 우리는 여기서 막혀 있는 에네르기를 싱싱하게 출렁이는 몸짓으로
걸러내는 한 정신의 힘을 만난다. 그것은 생기이다. 그것도 새로운 세대의
신인만이 보여 줄 수 있는 생기이다. 이는 전세대에 대한 강한 부정에서 발로
한다. 황지우를 비롯한 몇몇 시인을 제외하고(실제로 함성호의 시에서 황지우
의 영향을 받은 구절이 적잖게 눈에 뜨이기도 한다.) 기성세대들은 책상물림과
책을 통해 학습할 수 있는 인문주의적 상상력을 통해 현대문명을 비판하고
초월을 이야기한다. 그러나 함성호를 비롯한 생기있는 젊은 시인들은 낭만적
상상력과 발랄한 사고에 근거한 힘으로 이 껍질을 가볍게 부숴버린다.

그는 분단의 막힌 체제를 허무는 힘도 무력에서 발견하지 않는다.

헤헤
그렇습니다요 무릇, 깨우치려고 하는 者는
살인의 죄명을 가장 가혹하게
자기 것으로 해야 옳고, 말 것입니다요
이녁은, 썩은 해골의 물을 단숨에 삼키고

우주의 척추를 관통하고 있는 신비한 회로를 열어
이녁의 회음에서 잠자고 있는 그 뱀을 깨워
저 정점으로 순환케 해야, 바람직할 것입니다요
통일은 개체의 통일입니까요?
이녁, 그제서야 이녁의 정수리에 핀,
모든 색채가요, 모든 힘이요, 모든 촉수가요,
동시에 응집되어 잇는
광채, 광휘의 모습일 것입니다요,— 헤헤헤

우리들의 막힌 벽을 허무는 것은 이념이나 논리가 아니며, 강변(强辯)은
더더욱 아니다. 그것은 '가슴에서 자라고 있는 뱀'같이 서늘하게 관통하는
우리들의 지혜이다. 매우 가볍고 발랄한 어법을 통해 시인은 우리의 사유의
틀을 부숴버린다. 예사로운 문맥 속에 깊이를 내장하고 있는 시라는 것은
눈 있는 독자라면 알 수 있으리라. 선(禪)적인 요소는 물론 원효의 일화까지도
담고 있는 이 시는 한없이 가볍고 유연한 것이 무겁고 두꺼운 것을 관통한다는
진리를 암시하고 있는 것 같기도 하다. 달리 말하면 함성호의 많은 시들은
이렇듯 시적 방법으로서 해체를 쓰고 있기도 하지만 일상의 때묻은 관습을
해체시키기도 한다.
　　마찬가지로 다음과 같은 구절,

정신착란증의 서울을 치유하는 조계사의 관음 대성종
<......>
먼지에 덮인 건물들이
종소리에 물을 길어 목욕재계한다

—「정신착란증의 서울」

에서도 우리는 범상한 정신의 깊이를 느낄 수 있을 것이다. 여기서 함성호
의 요설은 전략적이다. 그는 현실의 물신화와 소비화를 통해 "체제의 권력이

얼마나 집요하게 우리의 일상과 몸과 마음 속에서 작용하고 있는가를 요설과
장광설을 통해 '비극적인 추상의 문체'로 드러"(김진수, 「실재성 부재와의
싸움」— 요설과 장광설, 또는 기지의 한 형식)내는 것이다. 파괴되어야 할
"먼지에 덮인 건물들이/종소리에 물을 길어 목욕재계"한다는 구절은 패러디
가 완전히 새로운 옷을 갈아 입은 형국이라 아니할 수 없다. 그는 "새벽마다
상승기류를 타고 몰리는, 혈액의 거석 신화"(「모닝좆」)로 잡은 남성의 성기에
서, 아들이 남긴 밥 '붉은 흙'을 '퍽퍽 가슴에 채우시는'(「식은 밥」) 어머니
속에서 남과 북의 화해의 숭고한 힘을 찾으며, 인류로 유비되는 병든 육신의
송장메뚜기가 "태양이 나를 치유하고/바람이 나를 살릴 것이다//별은 타오른
다"는 도저한 낙관을 잃지 않는다. "별이 타오른다"는 마지막 구절은 윤동주
의 「서시」 "오늘도 바람이 내게 스치운다"에서 나타나는 정신의 기지가 들어
있다.

함성호의 시는 이렇듯 문명사적 문맥뿐만 아니라 우리의 현실과 핏줄을
대고 있다는 점에서 의미의 자장과 진폭을 넓혀간다.

마지막으로 우리는 그의 시의 문장에 대해 언급해야 하리라. 피상적인 관찰
로 느낄 수 있는 불만은 우선 지나치게 긴 줄글의 형태로 그의 시가 늘어지지
않는가 하는 점이다. 그러나 김진수가 그의 시집 해설에서 적절히 지적했다시
피, 함성호 시에서 "단어들의 행렬은 무시무시한 자본주의적 일상의 속도감과
욕망을 패러디"한 것으로 봐야 한다. 우리는 거기에서 자본주의적 일상의 표
정을 겹쳐 읽어야 할 것이다. 무엇보다 그것은 그가 짓는 언어의 건축이다.
이 세계의 성감대 속으로 유영해 들어가 표정없는 존재와 물상들에 내재하고
있는 의미를 끌어냈던 그 서늘한 문법이 깊이를 획득한다면 우리는 그에게서
든든한 희망을 발견할 수 있으리라.

김태형은 패기만만한 젊은 시인이지만 그가 열고 있는 서정의 틀과 깊이는
결코 만만치 않은 수준을 보여 준다. 김태형에게서 느낄 수 있는 첫 인상

역시 길게 늘어지는 화법이다. 그의 시의 길이는 배경묘사와 심리묘사를 이미지와 결합시키는 그의 시작 방법에서 기인한다. 그것은 「명사십리」, 「장사곶」을 비롯한 몇 편의 훌륭한 짧은 시를 그가 썼음에서도 드러난다. 김태형 시의 형식적 특징은 이외에도 시의 시작과 끝 부분에 관습적 어투를 깨트리는 어법을 쓰는 데서도 드러나고 있다. 이는

하지만 제 온 곳으로부터 다시 세상 첫 추위가 몰려오는 늦은 저녁
—「히말라야시다에게 쓰다」

그리고 보면 언제부터인지 서로 서로 겉돌고 있었던 것이다
—「뒷문 밖에는 갈잎의 노래」

자네 소리 한번 허지 그래 왜
—「명사십리」

와 같은 시의 밑줄 친 부분에서 드러난다. 이와 같은 형식적 특성도 그가 의도적으로 기획한 것이라는 데는 의심의 여지가 없다. 시작 부분이 접속부사를 배치해 놓은 것이나 마침 부분을 정상적으로 마무리하지 않은 것은 독자가 전후 문맥을 따라가면서 새로이 구성하기를 바라는 의도의 발현이다. 김태형은 이런 형식적 특성에 더하여, 긴 화법 속에 인간과 자연이 서로 투과하고 있는 정서를 이끌어내면서 주목을 받아왔다.

불빛들 잠시도 멈추지 않고 ①히말라야시다 검은 몸의 일부를
흩어놓는다 황급히 ①'내 그림자도 따라서 흩어진다
모두들 돌아간 빈 건물 앞 군데군데 사람들이 남긴
자신들의 주소가 끈적하게 게워져 있고 히말라야시다와
내가 서 있는 곳의 간격은 길 하나를 사이에 두고 묶여 있다
어느 목장갑 낀 정체 모를 낯선 손들이 억세게 거머쥔

②제 몸뚱이가 이곳까지 실려 오면서 힘겹게 저 나무는
애써 흙 한줌 부여잡고 굵은 새끼줄에 단단히 묶인 채
옮겨져야 했을 것이다 한구석 카바이드 포장집 부어 오른 위장처럼 불을
켜고
어느덧 군청색의 남자가 허적허적 쓸고 지나간 썰렁한 도로변
급히 지나치는 차량의 불빛에 떠밀려 검은 잎사귀
텅 빈 건물 구석으로 긴 그림자 흩어지고 잠시 동안 내게로 덮쳐와
②'질질 끌려 집으로 돌아가려는 내 몸을 안쓰럽게 붙들고 있지만
기어코 자기를 살아 내는 마지막 체온조차
뿌리 밑으로 차갑게 흘려 보내고 누구도 모를 것이다
③히말라야시다 딱딱한 울음처럼 건물들 사이
세상 첫추위를 불러들여 유록빛 갠지스까지
사각사각 부서지는 ③'갠지스 강변까지 거친 흙속으로 뿌리채 얼음을 만드는
것을
③"내 꾸글쭈글한 허파로부터 숨막힌 굵은 얼음을 꺼내는 것을

—「히말라야시다에게 쓰다」 부분

이 시는 김태형 시의 특질을 알게 해 주는 중요한 근거가 된다. 김태형 시의 문맥은 쉽사리 이해의 실마리를 드러내지 않는다. 그러나 밑줄 친 글을 중심으로 읽으면 우리는 그의 시의 이해에 이르는 중요한 길에 들어서게 될 것이다. ①과 ①', ②와 ②'의 문장에서 우리는 히말라야시다와 술 취한 남자인 '나'가 피붙이처럼 끈끈한 친근성을 가지고 있다는 것을 알 수 있다. 그것은 외로운, 언제 뿌리를 뽑힐지 모르는 어떤 영혼의 표상으로 와 닿는 것이다. 5행의 줄친 부분 '묶여 있다'는 이 두 대상 사이의 거리조차도 없음을 의도적으로 암시한다. ③과 ③', ③"의 문장은 대상뿐만 아니라 배경과 대상, 그것도 보이지 않는 곳까지 대응시키려는 시인의 의도를 읽을 수 있게 한다. 부연하면 히말라야시다의 울음은 내 울음과 접맥되어 있을 뿐만 아니라, 인도의 갠지스 강변의 흙속의 얼음까지 연결되어 있다. 이는 그가 인간과 자연간의 소통을

위해 시를 구성하고 있음을 보여주는 예가 된다. 김태형의 거의 모든 시들은 이러한 친연성을 가지고 있고, 이는 그의 시가 정황묘사로 기울어지는 이유가 된다. 김태형은 대상간의 화해와 일치, 나아가 그 대상이 함의하는 현실과 삶의 풍경을 녹여 담아내는 특유의 자질을 가지고 있다. 이는 기존의 시적 문법에 대한 재구성으로 해체라면 해체라고 부를 수 있으리라.

그러나 김태형의 해체적 시적 특징은 대중문화에 무방비로 노출되어 있는 젊은이들의 삶을 다룬 일련의 시들, 「커트 코베인 듣는 밤」, 「짐 모리슨 듣는 밤」, 「락 매니아 케이스 바」, 「락 페스티발 퍽 유」, 「그런지 보이」, 「펑키 걸」, 「메탈 지프」, 「모터사이클 온리」, 「석양까지 개를 데리고」 등에서 잘 드러난다.

> 아아 드러난 배꼽들이 태양의 줄기처럼 억센 한쪽팔은 슬머시
> 그러니 힘있게 가는 허리를 감싼다 섬머 페스티발
> 서서히 조명을 달아 올리는 가설무대 한켠으로
> 이글이글 타오르는 등 뒤의 석양을 대신한 눈빛들 오오
> 한없이 섬세한 손가락들 그아아앙 징징 일렉트릭 기타를 두르고
> 한번 가볍게 긁어 내리는 사내 자 이제부터 퍽유
> 해변의 락 페스티발 그런지 하드코어 펑그락
>
> —「락 페스티발 퍽 유」 부분

인용은 길게 하지 못하지만 제목이 암시하듯이 위의 시들은 음악과 춤, 오토바이와 섹스 등의 문명의 그늘에 몸을 적시고 있는 젊은이들의 원색적인 언어와 불경스런 행동이 문맥 속에 걸러지지 않고, 때로는 비유로 발랄한 리듬을 형성하면서 그대로 노출된다. 그것은 장정일이 80년대말에 싹을 보인 바 있지만, 속도로 표상되는 근대적 삶에 자신의 발을 담그고 있는, 혹은 자신도 모르게 생을 소모하고 있는 젊은이들을 통해 기존의 시 문법에 대한 해체적 징후를 보이면서 전세대와는 다른 감수성을 열어가고 있는 것이다. 어렵지

않은 문구, 발랄한 화법을 통해 우리는 현대적 삶이 감추고 있는 탄력적인 에네르기, 혹은 산업사회에서 불감증이 되어 가고 있는 인간성에 대한 암시 같은 것을 읽을 수 있다. 그의 이런 시 작업이 독자적인 어법과 문장을 가꾸어 나간다면 우리는 새로운 도시적 서정의 한 표정을 만들 수 있을 것으로 보인다.

말들이 놓인 자리

시는 언어를 사용하여 이루어진다. 언어의 무늬와 표정이 시를 결정하고 시인의 정신을 알게 해 준다. 시인이 화가와 무용가와는 달리 말을 사용하여 세계를 보며, 언어의 집짓기를 계속하고 있다는 것은 언어를 통하여 시에 접근해야한다는 당위를 말해주고도 남는다. 시가 영상이나 전자 매체와 결합 되었을 때에라도 시의 본질적인 삼동은 언어를 통해서 온다. 인쇄된 텍스트가 쉬이 사라지지 않을 것이란 전망은 바로 이런 믿음에서 온다. 이 때 언어는 음절이나 단어만이 아니라 행과 연의 배치, 시의 전체 표정에 연결되어 있고, 당연히 기의와 기표 양쪽에 다 젖줄을 대고 있다. 언어 자체를 즐기는 것도 시에 근접하는 것이지만 언어의 표정에서 세계를 읽어내는 것도 의미 있는 일이다. 언어는 시인이 세계에 대하여 비전을 가지고 있을 때에 세계와 융합하고자 하는 꿈을 간직하고 있지만, 불화할 때는 그 몸을 낮추어 지시대상에서 미끄러져 나간다. 전자가 대상 속으로 들어가고자 하는 욕망을 보여주고 있다면 후자는 초월 혹은 자아 탐닉에의 욕망을 보여준다. 우리는 시인이 언어를 다루는 층위가 어디에서 연유한 것인가 하는 것과, 기호와 지시대상 간의 관계는 어떤 양태를 띠고 있는가 하는 부분들을 통해 그 시인의 세계에 접근할 수 있을 것이다. 이 글에서는 다양한 세계 인식을 보여주는 시인들의 언어를 세 가지의 빛깔로 나누어 따라가보기로 한다.

1. 의미를 덜어낸 언어들

손남천의 두 편의 시에서 특이한 몸짓을 보았다. 무엇보다도 언어가 딱딱하거나 무겁지 않고 적당히 힘을 빼고 있다는 것이 이채로웠다. 시어는 큰 의미 공간을 의식하지 않고도 시 전체의 표정에 길들이고 있다. 물결을 타고 오르는 물고기들처럼 말은 의미에서 비교적 자유롭다.

> 땅이 뛰어 오른다. 땡볕에 달아 뜨거운 몸을, 장대비를 붙잡고 순간 튕겨 올린다. 잠 속에서 사랑하는 여자는 산드러지게 허리를 들어올리고, 뛰어오르는 땅들은 무용수처럼 무릎 관절을 다치지 않는다. 풀숲에 숨어 있던 풀 내음도 닫힌 체관부를 열고 시위대처럼 와 와 와 함성을 지르며 내닫는다. 살짝 곰보처럼 마음의 낭떠러지 한 구석에 웅크리고 있던 다친 짐승의 그리움도 고삐가 풀려 온몸을 들쑤신다, 장대비를 맞으며.
>
> — 손남천, 「장대비」 전문

> 갓구워 낸 빵처럼 잘 마른 바람을 껴안으며 씨방에 깨를 가득 품은 참깨 군단이 깨꽃을 흔들며 말뚱히 쳐다본다. 길가 수수꽃들도, 과수원의 사과나무들도, 꽃잎을 반쯤 막 오므린 오전의 풀숲 달맞이꽃들도, 합창을 하듯, 왜들 저러지? 하며 눈을 치뜨고 쳐다본다. 안동에서 영덕으로 가는 국도에서 오가지도 못 한 채 땀을 뻘뻘 흘리며 서있는 차들을,
>
> — 손남천, 「피서길」 전문

말뚱히 젖은 눈으로 사물이 포착되는 순간이 만져진다. 이런 순간의 임재로

시는 쓰여지는 것이리라.

　첫 번째 시는 장대비가 쏟아지면서 함께 들려 올라가는 흙먼지를 잡은 것이다. 이 때 촉발되는 연상과 감각의 율동이 이 시의 무늬를 결정하고 있는데, "잠 속에서 산드러지게 허리를 들어올리는" 사랑하는 이의 모습은 실제로 의미에서 자유로우면서도 묘한 자장을 거느리면서 시에 활력을 더하고 있다. 이어 터지는 '풀 내음의 시위'들이나, 심리적 음영이 살짝 드러나는, "마음 구석에 웅크리고 있는 다친 짐승의 그리움" 같은 것들을 통해서도 우리는 의미의 부담을 벗어버린 언어의 담백한 맛을 볼 수 있다. 선명한 장면들이 몇 개 연결되어 있을 뿐, 그것은 어떤 내용을 심각하게 만들려는 의도를 애초부터 가지고 있지 않다. 이 장면들이 이 시의 존재이유랄까. 시인은 존재론적 뉘앙스마저 거의 빼버린 감각으로 일관하고 있는 것이다.

　두 번째 시도 마찬가지다. 참깨, 사과나무, 수수꽃, 달맞이꽃이 말똥히 젖어 땀 뻘뻘흘리는 무거운 인간의 것들을 치어다보는 한 때의 풍경. 시어에 의도가 없는 것은 아니나, 그것은 무슨 풍자처럼 뾰족뾰족한 언어가 아니라 인제는 의미에서는 반쯤 떠나버린 결 좋은 익살이 살짝 스며 있어서 읽는 이로 하여금 시어의 맛을 음미하게 한다. 지시적 의미가 사라진 것도 아니면서 엄숙하지 않은 어법으로 말을, 사물의 생기를 즐기는 시인 때문에 이 세상은 살 만한 가치가 있는 것이 아니겠는가.

　언어가 심각한 의미를 거느리고 있지 않기는 아래의 시도 마찬가지지만, 앞의 시들이 개인적인 감각을 거느리고 있다면 하종오의 아래 시는 언어라는 것이 여러 대에 걸쳐 우리들 피부 속으로 스며든 산물이라는 점에서 다르다. 모든 것이 엄숙하고 근엄한 것으로 채색된 유식한 언어의 사용 층위가 아니라 대지와 자연이 길러낸 생활인들, 무식하게 보이나 진실하게 자연의 이법과 호흡하는 이들이 쓰는 말의 매력을 하종오의 시는 거느리고 있다.

외지 떠돌다가 돌아온 좀 모자라는 아들놈이/꿰차고 온 좀 모자라는 며느
리년 앞세우고/시어미는 콩 담은 봉지 들고 호미 들고/저물녘에 밭으로 가고//
입이 한 발 튀어나온 며느리년 보고/밥 먹으려면 일해야 한다고 핀잔주지는
않고/쪼그려 앉아 두렁을 타악타악 쪼고/두 눈 멀뚱멀뚱 딴전 피는 며느리년
보고/어둡기 전에 일 마쳐야 한다고 눈치 주지는 않고/콩 세 알씩 집어 톡톡톡
넣어 묻고//시어미가 밭둑 한 바퀴 다 돌아오니/며느리년도 밭둑 한 바퀴 뒤따
라 돌아와서는,/저 너른 밭을 놔두고 뭣 땜에 둑에 심는다요?/이 긴 하루에
뭣 땜에 둑에 심는다요?/며느리년이 어스름에 묻혀 군지렁거리고/가장자리부
터 기름져야 한복판이 잘 돼지./새들도 볼 건 다 보는데 보는 데서는 못 심지./
시어미도 어스름에 묻혀 군지렁거리고//다 어두운 때 집에 돌아와 아들놈 코
고는 소리 듣고/히죽 웃는 며느리년에게 콩 남은 봉지와 호미 쥐여주고/시어
미가 먼저 들어가 방문 쾅 닫고//

— 하종오, 「시어미가 며느리년에게 콩심는 법을 가르치다」 전문

하종오는 "비가 아래로 떨어지면 저녁은 처마 위로 올라가네"같은 심리적
음영을 감각으로 처리하고 있는 「비오는 날에 오는 저녁」을 함께 발표하고
있는데 이 작품의 언어 역시 적절한 탄력으로 너무 잘 녹아 있어 이 시인의
언어의 숙성을 짐작하게 해 준다.

저물녘에 밭일 나가는 시어머니와 며느리의 이야기는 이 땅 민간의 풍습과
습속, 지혜가 껴안은 일화다. 그것을 시인은 또 여러 삶의 계층들이 자연발생
적으로 만들어낸 언어로 그리고 있다. 이 시의 재미는 우선 '시어미', '며느리
년'이라는 말에서 드러나듯 나이가 지긋이 든 조선조의 講談師와 같은 화자
의 설정에서 온다. 시어머니와 며느리는 완전히 다른 인물이면서도 알고 보면
같은 속성도 공유하고 있다. 다르다는 말은 저녁답에, 그것도 너른 밭이 아니
라 둑에 콩을 심는 이유를 한 사람은 꿰뚫고 있는데, 한 사람은 전혀 눈치를
못 채고 있다는 것이다. 또 같다는 것은 '핀잔도' '눈치도' 안 주며 인자하기만
하던 시어머니가 아들 때문에 히죽 웃는 며느리를 보고 방문 꽉 닫는 인물로

그려지고 있다는 것이다. 얼마나 해학적인가. 그러나 우리 땅은 그런저런 인물을 다 받아주면서 인간과 함께 호흡하고 있는 것이다.

자연 속에서 만물들과 호흡하면서 자연의 순리를 깨닫고, 미물에게조차도 마음을 쓰는 심성을 소유하고 있는 시어머니는 농경사회의 언저리에서 길러낸 한 인물이다. 그런 그의 집에 다른 공기가 섞인다. '좀 모자라는 며느리'가 감염시킨 공기다. "두렁을 타악타악 쪼"는 시어머니와 "멀뚱멀뚱 딴전 피는 며느리", 그리고 시어머니가 한 마디 하면 그에 뒤지지 않을 새라 "어스름에 묻혀 군지렁거리는" 며느리의 대꾸는 시가 유식한 언어를 표준으로 하기보다는 이 땅에서 살아가는 생활인들의 오랜 습속에서 맺어진 말들의 매력에서 건져질 때 훨씬 더 깊이를 내장할 수 있음을 보여준다. 거기다가 이 시는 시어머니를 완전한 인물로 일관시키지 않고 투박하게 질투도 하는 인물로 그리면서 입체성마저 드러내고 있는 것이다. 이 시에서 시의 의미를 덜어내고 있다고 할 때 그것은 여러 삶의 계층들이 자연발생적으로 만들어낸 언어가 표면적인 의미의 심각성을 벗어버리고 있다는 의미에서다. 우리 땅에서 숙성 발효된 언어를 구슬리며 다루는 시인의 화법은 표면적인 것과는 달리 대립이나 적의를 만들지 않는다. 이 때 말은 인정, 즉 인간의 체취를 담고 있으면서 현실의 공간을 견뎌낼 수 있는 힘을 만들고 있는 것이다. 이 언어는 "가장자리부터 기름져야 한복판이 잘 되지", "새들도 볼 건 다 보는데 보는 데서는 못 심지" 라는 민간의 습속에서 발효된 지혜에서 발원한다. 농경사회의 언저리에서 탄생한, 우리네 삶의 어스름과 몸을 나누는 이러한 말법은 그 풍토 안에서 몸을 담고 사는 인간들을 적의가 아니라 해학과 익살로 감싸안으며, 나아가 인간과 생물들이 하나로 반응하며 살아간다는 인식마저도 감싸안은 자리에 놓인다. 이는 상생의 사고와 함께 세계와의 근원적인 화해를 기저로 하는 세계관의 소산이다.

2. 자연과 인간의 경계를 벗어버린 언어들

　박라연의 아래 시도 인정의 냄새를 맡은 언어라는 점에서는 하종오와 닮은
점이 있다. 다만 박라연은 자연 쪽에서 사람의 체취를 그리워하는 방식으로
언어를 형상화하고 있다는 점에서 다르다.

　　가도가도 산뿐이다가/겨우 몇 평의 감자밭 옥수수밭이 보이면/그 둘레의
　　산들이 먼저 우쭐댄다/제 몸을 가득 채운 것들을 신의 흔적이다,/라고 믿고
　　살지만/두 눈으로는 아직 본 적이 없다/사람의 흔적인 옥수수의 흔들림 감자
　　꽃 향기는/왕산이 본 것 중 가장 귀한 것이다//가도가도 산뿐이다가/차 파는
　　오두막집이 보인다/그 주인은 이미 산의 일부이면서/바람의 일부일 것이다/적
　　막 속 어딘가에 집 한 채만 보여도/왕산은 그 기(氣)를 바꾼다/수천 평의 산을
　　거뜬히 먹여 살리는 것은/한 됫박쯤 될까 말까 한/몇 사람의 숨소리일 것이다
　　　　　　　　　　　　　　　　　　　　　— 박라연, 「목계리에서」 전문

　"겨우 몇 평의 감자밭 옥수수밭이"라도 발견할라 치면 그 둘레의 산들이
먼저 알아 우쭐대는, 인정의 냄새를 맡는 자연이라는 풍경은 '자연과 인간의
한 살이 의식'을 드러내주는 시인의 세계관을 엿보게 한다. 대부분의 시인들이
자연에게 다가가는 인간을 그렸지만, 박라연은 인간에게 다가오는 자연을 그
리고 있다는 것이 특이하다면 특이하다. 시인의 이러한 세계이해 방식은 "제
몸을 가득 채운 것들을 신의 흔적"이라는 믿음을 "두 눈으로는 아직 본 적이
없다"는 겸손한 어법으로 발화함으로써 유기체적 우주인식에서조차 함부로
접근하지 않는 신중함에서 더 빛을 발한다. 그러나 결국 시인은 "수천 평의
산을 거뜬히 먹여 살리는 것은/한 됫박쯤 될까 말까 한/몇 사람의 숨소리일
것이다"라는 조심스런 진술을 통해 사람이 자연을 먹여 살리고 있다는 쪽으로
방향을 잡고 있다. 시인의 이런 진술은 인간이 빠진 자연은 온전하지 못하다는

인간긍정의 태도에서 연유한다. 그런데 그 인간은 "그 주인은 이미 산의 일부이면서/바람의 일부일 것이다"에서 드러나듯, 내가 세계인지 세계가 나인지 구분도 안 되는, 세계와 몸을 나누고 있는 개인인 것이다. 박라연의 시에서는 인간이 우주의 일원으로서 자연과 호흡을 하고 있다는 점에서는 제유적인 세계관을 보이고 있지만, 그래도 이 인간에 더 많은 신뢰를 두고 있고, '마을 앞에서 겸손해지는 자연'이라는 측면에서 인간을 주체로 내세우며 본질과 진리에 대한 믿음을 보이고 있다는 점에서 은유적인 세계관을 드러내고 있다. 말하자면 수사학적으로는 제유와 은유적인 세계관이 혼합되어 있다고 보여진다.[1]

자연과 삶을 넉넉하고도 따뜻하게 껴안고 가는 이런 시작 방식은 의식의 촉발 방향에 따라서 의인화와 의물화로 나뉠 수 있지만 어느 쪽이든 인간과 자연이 하나로 연결되어 있고, 따라서 언어 역시 그 사이에서 한치의 경계도 없이 섞인다는 공통점을 보인다. 박이화의 시가 그렇다.

> 호박잎처럼 크고 넓은 기다림 위로 투다다닥 빗방울 건너 뛰어오듯 아, 그에게서 전화가 왔다 불볕 아래 시든 잎처럼 그 아래 지친 그늘처럼 맥없이 손목 떨구고 늘어지던 내 그리움의 촉수들이 마침내 하나 둘 앞다투어 눈떠 사방 꽃무늬 벽지처럼 내 마음 온통 분간없이 휘감아 뻗고, 예고없이 들이친 소나비의 행렬에 또 한바탕 허둥대며 젖는 잎, 잎들 전선이 젖고 그 선을 타고오는 그의 목소리 열대어처럼 미끈한 물비늘로 젖어와 어느새 내 몸은 출렁출렁 심해로 열리고

> — 박이화, 「여름비」 전문

"호박잎처럼 크고 넓은 기다림", "투다다닥 빗방울 건너 뛰어오듯", "불볕

---

1) 시와 수사학에 관한 이런 관계 맺기는 최승호(서림) 「서정시의 미메시스적 읽기」(『오세영 시 깊이와 넓이』, 국학자료원, 2002), 「신석정 시의 미메시스적 읽기」(『어문학』 78집, 2002.) 참조. 「근원에 대한 옹호로서의 서정시」에서도 필자는 이들 글에서 착안하여 은유적 사고와 제유적 사고로 작품을 분석한 바 있다.

아래 시든 잎처럼 그 아래 지친 그늘처럼” 등 식물적인 비유가 웅성거리는 이 시에서 자연은 사물의 움직임과 인간의 감정을 표현하는 훌륭한 매개체가 되고 있다. 인간의 감정과 자연의 몸짓은 마치 들숨과 날숨처럼 하나로 연결되어 인위의 가감을 허락하지 않을 정도이다. 자연을 매개로 한 인간의 감정이 화육되어 만드는 생성의 유연한 리듬과 특유의 활달한 어법에 실려 언어는 빛을 발한다. 특히 “예고없이 들이친 소낙비의 행렬에 또 한바탕 허둥대며 젖는 잎, 잎들 전선이 젖고 그 선을 타고오는 그의 목소리”에 이르면 정말 자연과 완전히 연결된 내밀하고도 깊숙한 끈을 보는 것 같다. 그만큼 그의 언어와 비유는 자연스럽다. 툭툭 던지는 직유와 의성어의 사용, 산문투의 문장은 또 어떤가. 빗방울→열대어→심해로 열리는 상상력의 전개과정도 자연스럽다. 자연이 인간화된 박이화의 시는 위의 시에서와 같이 식물적 이미지의 차용으로 두드러지는데 「여기 그 증거가 있다」(『현대시학』 7월호), 「정오의 벚꽃」(『애지』 가을호)에서는 “벗을수록 아름다운 나무가 있네/검은 스타킹에/풍만한 상체 다 드러낸/ 누드의 나무/이제 저 구겨진 햇살 위로/티타임의 정사가 있을 거네/보라!/바람 앞에 훨훨 다 벗어던지고/봄날의 화폭 속에 드러누운/저 고야의 마야부인을”(「정오의 벚꽃」)에서처럼 ‘꽃’이 능동성의 정염과 건강미와 겹치면서 에로티시즘의 한 세계를 열어내고 있다. 에둘러가지 않는 직설적 어법에서 이렇게 자연과 인간을 하나로 어우르는 그의 힘은 관능을 밀어붙이는 데서 나오고 있다. 많은 시인들이 쓰고 있는 방식이면서도 그가 도달한 무르익은 언어와 에로티시즘의 결합은 눈여겨볼 만하다.

인간의 일에 자연이 개입하는 언어 운용 방식은 오태환과 유종인에 이르면 자연에서 세상의 이치를 깨닫는 쪽으로 뻗는다.

감나무에서 감잎지는 사정을/말해서 무엇하리/하, 몸의 지천으로 창궐터니/
귓불마다 辰砂무늬 鐵華무늬로/가생이를 두르며 쟁강쟁강 잉걸불 켜더니/참
지 못하고/참지 못하고/지네들끼리 저 지경으로 붐비며 지는/사정을 더 말해

무엇하리/아슴아슴 꿈으로나 재우는/내 어린 첫사랑쯤 들키건 말건/검은 가지 곁가지 어름마다/하필이면 제일 깊고 투명한 하늘을 골라/무슨 참 독하기도 한 脚韻처럼/툭!툭! 당기며 끊는/지네들 사정이야 말해 무엇하리

— 오태환, 「감나무에서 감잎 지는 사정을」 전문

벼 이삭이 패기 시작하고/벼의 허리가 다소곳이 굽어가기 시작한다/모든 시작은 죽을 때까지 처음을 낳는다/이 때 연두빛이 다시 찾아오는 건/봄날 누렇게 뜬 초록의 몸살을/다 셈하지 않은 탓일까 거칠 것 없이/바둑판논에서 자란 벼들마저 밭모가지 베어져/넘어가는 죽음의 누런 황금들판도/잠시 초록의 물빛으로 달려가던 연두빛/그 가늘고 여린 숨결을 불러내는 거다/한없이 여리기만 하던 연두빛, 그 경계의 빛깔이 황금빛을 잠시 물려두고/봄날의 갈증과 몸살 속에 쓰라리게 몸을 비벼넣는 거다

— 유종인, 「연두빛 기억」 부분

새벽에 상가 골목을 걸었다/하얀 플라스틱 의자 열댓 개가/충충이 포개진 채/굵은 쇠사슬에 묶여 있었다//(2연 생략)//의자가 제 안에 의자를 앉히는 것보다/사람이 제 안에 사람을 품는 것이 아득해서/새벽에 몰래 잠든 딸애를 안아본다/오래도록 빈 둥지였구나

— 유종인, 「탑」 부분

두 시인의 언어를 다루는 방식은 비슷하다. 사물에서 인간 세사를 발견하고 자아를 각성시키는 방식이다. 이는 바로 자연이 감추고 있는 무장무장한 비밀을 한 꺼풀씩 벗겨내어 자아를 그 속에 편입시켜 자아의 안정을 도모하며 세계 내 존재로서의 위치를 깨닫는 것이다. "사정을 말해서 무엇하리", "비벼넣는 거다", "빈 둥지였구나" 같은 어사에서 우리는 자연이 얼마나 시인에게는 세계로 향하는 창이 되는지를, 그리고 그 앞에서 우리는 얼마나 겸허히 무릎을 꿇어야 하는지를 실감한다. 이런 점에서 이 시인들의 시는 앞의 박라연, 박이화 시인들과는 달리 인간과 자연 중에서 자연을 더 우위에 두고 인간은

그 자연이 열어두는 비의 속에서 질서를 찾아가는 존재로 드러난다. 그러면 이 때의 자연은 순수한 자연인가. 반드시 그렇지만은 않다. 자연과 사물들의 존재양식도 그렇지만, 거기에 더하여 시인의 상상력이 촉발되는 방향에 따라 재구성된 하나의 풍경이기 때문이다.

오태환은 감나무에서 떨어지는 감잎에서 생장의 과정과 불붙는 햇살 바람과의 교감("귓불마다 辰砂무늬 鐵華무늬로/가생이를 두르며 쟁강쟁강 잉걸불 켜더니")은 물론, "내 어린 첫사랑"의 개인사까지가 들키고 마는 발견을 이끌어내고 있다. 이런 화자의 태도는 리듬처럼 삽입되는 "지네들 사정"이라는 의뭉한 화법을 통해 실은 지는 사물에 빗댄 화자 자신의 안타까움과 허전을 역설적으로 드러내려는 의도를 깔고 있는 것이다. 오태환의 시는 그 서정의 빛깔과 언어의 운용에서 자연물에 의탁해서 인간의 심사를 표현하는 전통시가 어떻게 계승되고 있는가를 보여주는 작품이다.

벼 베고 남은 그루터기에서 올라오는 어린 벼, 포개진 플라스틱 의자에서 촉발된 유종인의 상상력은 이지적이고 직관적인 그의 언어감각으로 새로운 세계를 열어놓는다. 첫 번째 시에서 누런 벼들이 다시 연두로 돌아가는 것은 어린 시절의 원형적 기억이 몸에 각인되어 있기 때문이다. 이는 자신의 근원에 대한 통찰로도 읽히며 시간적으로 보자면 단선적인 시간관에 대한 저항이요 신화적 시간으로의 회귀이기도 하다. 연두는 모든 빛의 시작이요 다른 빛으로 건너가는 경계의 빛깔이면서 "갈증과 몸살"의 고통의 시간이긴 하지만 자기의 근원을 간직한 빛깔이기도 한 것이다. 이는 포개져서 묶여 있는 플라스틱 의자의 처연함에서 돌보지 않아 빈 둥지 같았던 가족에게로 자신을 세우는 것과 같은 정신의 궤적이다.

인간과 자연 중에서 어느 쪽이 상대적으로 무게가 더한가에 따라 두 계열로 나누어 봤지만, 이들 두 경향들은 자연으로 표상된 객체와 자아로 나타나는 주체의 미분의 경지를 보이고 있다. 이 둘이 융합되는 언저리에서 탄생한 언어들의 층위인 것이다. 말하자면 언어는 세계와 융합되고자 하는 꿈을 간직하고 있었다.

3. 세계와 불화하는 언어들

천양희에 이르면 언어는 세계와 불화한다. 언어는 자신의 의도를 감춘다. 그것은 세계의 두려움에서 촉발된 언어다.

> 조약돌 줍다 본다 물 속이 대낮 같다/물에도 힘이 있어 돌을 굴린 탓이다/구르는 것들은 모서리가 없어 모서리/없는 것들이 나는 무섭다 이리 저리/구르는 것들이 더 무섭다 돌도 한 자리/못 앉아 구를 때 깊이 잠긴다 물먹은/속이 돌보다 단단해 돌을 던지며/돌을 맞으며 사는 게 삶이다 돌을/맞아본 사람들은 안다 물을 삼킨 듯/단단해진 돌들 돌은 언제나 뒤에서/날아온다 날아라 돌아, 내 너를/힘껏 던지고야 말겠다
>
> — 천양희, 「구르는 돌은 둥글다」 전문

이 시에서는 사물이 훨씬 더 인간적으로 육화되어 나타난다. 사물이 시인의 의도, 내용에 이끌리고 있다. 시인의 어조는 담담하고 절제되어 있으며 문장은 별로 수식어를 거느리지 않고 있다. 그런 만큼 돌이 인생의 은유로 쓰일 때도 억지나 과장이 나타나지 않는다. 이 점에서 우리는 이 시를 '예지의 시'라 불러도 되리라. 조약돌 줍다가 우연이 눈에 뜨인 물 속의 세계는 시인을 처연하게 한다. "물 속이 대낮 같다"는 일견 '고요하다'로 읽히지만, 그것은 다음 행 "물에도 힘이 있어 돌을 굴린 탓이다"에 이르면 그 물이 단순한 물이 아니고 인간화된 물임을 눈치챈다. 거기에는 두려움이 게재한다. 물속에까지 작용하는 힘의 실체를 본 까닭이다. 이 시는 두 가지 이미지 축의 방향을 가지고 있다. 하방과 상방이다. 물 속의 돌이 하방이라면 인간관계의 돌은 상방이다. 그러나 둘은 보이지 않는 힘의 작용에 의해 굴려지거나 날아온다는 점에서

공통적이다.

물 속의 돌은 구른다. 이리 저리 방향을 예측할 수 없을 정도로 구른다. 굴러서 잠긴다. 그래서 보이지 않는다. 그것은 모서리가 없어 무섭고, 예측할 수 없는 방향 때문에 더 무섭다. 화자에게 돌이 무서운 것은 이렇듯 한 자리 앉아 있지 않고 잠겨 있어 보이지 않는다는 이유 때문이다. 이런 물 속의 보이지 않던 잠긴 돌은 어느 날 불현듯 날아온다. 그것도 뒤에서. 상방의 인간 관계의 돌이다. 우리는 물 속의 돌에 대한 화자의 무서움이 실은 뒤에서 날아올 때의 것을 예측하면서 촉발된 것이라는 것을 알고는 놀란다. 이 때 돌은 '물 먹은 돌→ 물 삼킨 돌→물 먹은 속'으로 이미지의 비약을 이루면서 상승된다. 이는 "물 먹은 속이 돌보다 더 단단하다"는 인식을 바탕으로 깔고 있음은 물론이다.

이 둘을 통합해서 보면 이 시에서 동사는 '잠긴다'와 '날아온다'의 둘을 거느리고 있고, 돌들은 인간화되어 있다. 일상적으로 돌이 보이지 않아 대낮같은 풍경은 우리를 무장해제시킨다. 이는 모서리가 없는 돌이 우리를 안심시키는 것과 마찬가지다. 일상의 평안과 고요의 밑바닥에는 그러나 적의가 자란다. 언어는 곡절된다. 천양희 특유의 펀(pun)의 사용 능력은 여기서도 유감없이 발휘된다. '물 속'은 '물 먹은 속'으로, 다시 '물먹다'는 배신당하다, 상처받다로, '단단하다'·'깊이 잠기다'는 적의(혹은 상처)의 단단함과 깊이로, '돌을 던지며 돌을 맞는다'는 '폭력'과 '상처'로 각각 전이된다.

이 때 화자가 할 수 있는 일은 '날아오르는 돌의 순간'을 발견하고, 그 세계를 무화시키는 일이다. "날아라 돌아, 내 너를/힘껏 던지고야 말겠다"는 시구에서 우리는 보이지 않는 돌의 정체를 발견하려는, 그것을 힘껏 다시 되돌려 버리려는 의지를 읽을 수 있다. 그러나 그렇다고 세계의 적의가, 두려움이 없어지겠는가. 두려운 세계에서 촉발된 그의 언어는 증오를 돌려버리려는 의지를 내장하고 있지만 아직도 떨고 있지 않은가.

두려움에 기초하고 있는 세계와의 불화의식은 이수명에게도 이어진다. 그의 언어는 환상도 거느리고 있지만 실은 화자가 처한 의식, 존재의 현기증 같은 의식을 하나의 시점으로 그리고 있다.

> 마룻바닥/내가 앉은 마룻바닥/내가 닦아내는 마룻바닥은 금이 간다./내 손가락, 내 발바닥은 금이 간다.//내가 여는 문/내가 미끄러지는 타일/내가 마주친 벽은 금이 간다./나는 금 속으로 들어선다.//금은 금과 부딪친다./금을 부수고/금의 시체를 먹으며/금은 자란다.//나는 금을 따라 걷는다./금들이 부딪치는 한 가운데/꽃이 피어 있다./나는 몸을 구부린다.//내가 몸을 구부리자/꽃이 많아진다./더 작은 꽃/더 미세한 꽃들이 피어난다.//분할되고 분할되고 분할되는 기계들이/다시 분할될 준비를 하고 있다./더 작은 금/더 미세한 금 속으로/소용돌이가 되어 사라질 준비를 하고 있다.//나는 금을 긋는다/금 속에서/움직이는 금을/그 보이지 않는 한 토막의 누드를 그린다.
>
> — 이수명, 「금」 전문

일견 난해성의 풍경으로 보이지만 이수명은 자신의 시작에 대한 명확한 태도를 가지고 있는 시인이다. 그것은 세계와의 근원적인 불화의식과 단절의식이 빚어낸 무늬로서의 시로서 나타난다. 그에 의하면 세계가 불안정하고, 그와 관계 맺는 자아 역시 불안정하다. 내가 앉고 닦아내는 마룻바닥이 금이 간다고 화자는 말하다가, 다시 내 손가락 발가락이 금이간다고 말한다. 그것은 대상과의 인과관계를 상실하고, 나마저 분열되고 있다는 것의 표현이다. 내가 관계를 맺고자 하는 대상은 여지 없이 나를 밀어내고 나마저 분열되어 있다. 그것은 금이 만든 것이다. 금이란 무엇인가. 분열이고 찢어짐이 아니던가. 찢어짐, 분열은 가속화되고, 입을 벌리고 살이 찐다. "분할되고 분할되고 분할되는 기계들이/다시 분할될 준비를 하고 있다."에서 '기계'라는 말을 썼다고 해서 우리는 성급히 기술공포증으로 인한 불안을 읽을 필요는 없다. 이 시는 내포로서조차도 문명비판을 담고 있지는 않다. 찢어짐의 소용돌이, 착잡함이 빚어내는 불안의식의 기표일 따름이다. 이런 상황이 가속화되면 대상은, 세계는 사라지고 없어지는 것이다.

그러나 정작 우리가 이 시에서 발견해야 할 것은 4, 7연에서 발견할 수 있는 존재의 현기증에서 배태되는 생명적인 움직임이다. 이는 이상의 「절벽」의 세계와 이어지는 모습을 보이고 있는데, 「절벽」에서처럼 이 시 역시 "금들이 부딪치는 한 가운데"라는 의식의 심층을 거느리고 있다. 극도의 불안의식이 빚어낸 존재의 현기증 속에서 시적 화자는 "피어 있는 꽃"을, "몸을 구부리자 많아지"는 꽃을 본다. 여기까지는 이상의 시와 많이 닮아 있다. 그러나 7연에서는 이상에게서 더 나아간 하나의 지점을 보인다. 금에 대해 "움직이는 금", "한 토막의 누드"로 대응하려는 몸짓을 보이는 것이다.

이수명은 함께 발표한 「해부」에서도 나타나듯 눈이 없고 입이 없고, 눈대신 입대신 피가 눈을 뜨고 입을 벌리는, 빛과 어둠이 섞였다가 다시 빛과 빛이 교직되는, 피가 없는데 피투성이인 자신을 바라봐야 하는, 피가 디자인하는 이 세계의 혼란과 분열 속에서 그만의 독창적인 공간을 창조한다. 심리의 하층에 환영처럼 피워내는 생명의 움직임이 있는 공간 말이다. 이수명의 '꽃', '움직이는 금', '누드'는 실체가 없는 미끄러지는 언어들이면서도 생명이라는 하나의 환유로서 기능한다. 그것은 세계와의 근원적인 불화의식과 주체의 상실에서 견뎌내려는 과정중의 주체의 안간힘이라 볼 수 있다.

조말선의 시는 또 어떤가.

아가야, 햇빛이 보드랍구나 담뿍 받아라 아버지 팔 벌려 공중 높이 나를
들어 올리네 아가야 빗물이 달구나 꿀꺽꿀꺽 받아 마셔라 아버지 팔 벌려
공중 높이 나를 들어 올리네 아가야, 번개날이 누구의 메시지인지 모르겠구나
해독 좀 해 주겠니? 아버지 팔 벌려 공중 높이 나를 들어 올리네 아가야,
엄동설한에 꽁꽁 얼어라 추위를 잊거라 아버지 팔 벌려 공중 높이 나를 들어
올리네 아가야 보드라운 네 살결이 참 좋구나 쑥쑥 자라는 네 적의가 참 든든

하구나 아버지 음탕한 신발을 발에 끼우고 어쩌겠니 어쩌겠니 팔 벌려 나를
자꾸 공중 높이 들어 올리네

이수명의 시보다 해독하기는 훨씬 수월하지만, 세계를 부정적으로 읽는
태도에서는 동질적이다. 다만 이수명보다는 사회적인 의미를 내포하고 있다.
제목에서도 암시되고 있지만, 이 시는 '아버지'와 '나'를 통해 아버지라는 상
징계가 부여하는 폭력이 음험스럽게 제시되고 있다. 아버지가 팔 벌려 공중
높이 아이를 들어올리는 장면이 여섯 개의 작은 의미단락으로 구성되어 있는
데, 그 장면은 각각 '햇빛', '빗물', '번개날', '엄동설한', '보드라운 살결 · 쑥
쑥 자라는 적의', '음탕한 신발' 등 이질적으로 구성된다. '아가야, —해라(하
겠니), 공중 높이 나를 들어올리네' 라는 모형문장이 반복되면서 의미의 점층
을 이루는 방식이다. 이질적으로 장면이 구성되어 있다고 했지만 첫 번째
의미단락을 제외하고는 표면적으로도 모두 부정적인 양상을 띤다. 그러나 실
제로는 첫 번째 문장 역시 아버지로 표상되는 남근이 지배하는 상징계의 교활
함을 은폐하기 위해 드러냈을 따름이다. 시인은 '빗물', '번개날', '엄동설한',
'보드라운 살결 · 쑥쑥 자라는 적의', '음탕한 신발' 등의 지배 화소를 배치하
면서 불화의 세계에 대응하는 방식으로 아이러니라는 장치를 깔고 있음은
물론이다. '음탕한 신발에 발을 끼운 아버지'라는 상징계의 기획에 함몰되지
않으려는 화자의 장치가 비틀린 언어로 드러나고 있는 것이다.

세계와 불화하는 이수명과 조말선의 언어들은 개성을 거느리고 있다. 다만
전자가 심리적이라면 후자는 존재론적이고 도덕적이다.

서정시와 자아의 문제

　'자아'는 우리 시의 오랜 관심 분야라는 점에서 낡은 주제요 대상이다. 그러면서도 그것에 대한 탐구는 여전히 미지의 새로움으로 우리를 이끈다. 이상과 서정주, 윤동주, 백석, 김수영의 시들은 여러 것들이 착종하여 흔들리는, 혹은 그 물결이 잔잔해져 모든 것이 드러나기 시작하는 자신의 거울을 유심히 들여다 본 자의 그림이었다. 그 속에는 사회와 역사, 그리고 개인의 기억으로 한없이 깊고 넓게 자신의 뿌리와 촉수를 뻗으며 다가가고 돌아오며, 열고 닫으며, 던지고 지키려는 그림자와 실존의 흔적이 묻어 있다. 때로는 고백과 성찰로, 때로는 세계와 우주로 자신을 열어놓는 당당한 목소리로 그들은 한국시사의 근간을 이루는 중요한 준거점들을 마련했다.

　다른 장르들을 보더라도 자아는 얼마든지 새롭게 우리를 충격하며 일상의 껍데기에 붙어 서식하는 한 마리의 벌레같은 존재들을 원점에서 돌려세울 수 있다. 어느 날 갑자기 한 마리의 벌레로 변해 있는 끔찍한 리얼리티를 보여주는 카프카의 「변신」이 그렇고, 외투를 입은 환영으로 남은 자를 끊임없이 고문하는 고골리의 「외투」가 그렇지 아니한가.

　시대가 바뀌었다고 그 근간과 중심은 변할 리가 없다. "모든 문제는 우리 집의 울타리 안에서 싸워져야 하고 급기야는 내 안에서 싸워져야 한다"고 김수영은 말하지 않았던가. 그런 의미에서 '자아'는 21세기 시에서도 중요한 지형도를 형성할 의미 심장한 세계임이 틀림이 없다. 이 글에서는 시적 성취와 개성은 판이하게 다르면서 스스로의 문학적 상상력의 방식과 전략을 통해 자아가 현실과 비현실, 시간, 공간, 일상을 넘나드는 시적 상상력을 보여주는 시인들의 시 세계를 살펴보려고 한다. 시적 개성이 다르다는 것은 그들이 취하고 있는 자양의 원천이 그만큼 다르고 다양하다는 말과도 통할 것이다. 무슨 유행처럼 조제품들이 나오고 있는 시단의 현 실정에서 이는 하나의 개성 으로 읽힌다. 아울러 인식의 끝간데를 향한 열정들이 녹아 있다는 점에서 문학하는 자가 추구해야 할 하나의 전범을 보여주고 있다고 생각된다.

　한 원로시인은 50년 가까이 하고 있는 문학적 실천을 아직도 단행하고 있다. 그 정신의 뼈마디가 지금도 올연하게 만져진다. 그러나 그것은 그것 자체로 형이상학적 물음과 함께 시인 자신의 밑바닥을 드러내기 위한 고투의 흔적으로 읽히면서 새로운 경지를 열어가고 있다. 또 어떤 시인은 문득 마주친 자신의 근원에 대한 물음을 수 백년 전의 원초적인 시간의 회복을 통하여 마주치려 한다. 시간의 물살에 금방 지워질 수밖에 없는 그 그림을 회복하기 위한 자아의 노력은 안쓰럽다. 그런가 하면 어느 시인은 자신의 몸을 우주로까 지 이으려는 야심찬 시도를 보이고 있으며, 살점을 떼어주면서 끝임 없이 자아의 편린들을 소진하고 있는 시인의 모습도, 엄청나게 달라진 도시를 바라 보며 거기에서 허우적거리는 한 연약한 자아도 있었다.

1. '의미'와 '무의미' 사이에 놓인 자아 — 김춘수

김춘수의 무의미 시는 의미라는 관념, 역사라는 실체에 대한 부정적 인식에 그 연원을 두고 있다. 그는 역사에 대한 희생양으로서 처용, 예수, 이중섭 같은 인물을 시적 자아로 차용하면서 일련의 그의 시를 '만들어' 왔다. 그들은 다른 이들은 이해할 수 없는 자신만의 절대고독 속에서 역사와 불화를 겪으면 살다 간 사람들이다. 이 인물군들이 「第三十二番 悲歌」에 이르면 송사리떼에게로까지 내려 왔다.

> 송사리떼가
> 개천을 누비고 있다.
> 송사리는 떼단위로
> 몰려갔다 몰려왔다 한다.
> 잠도 떼단위로 자고 떼단위로 잠을 깬다.
> 송사리에게는 我라는 것이 없다.
> 너무 작아
> 있다 해도 눈에 띄지 않는다. 그러나
> 송사리는 혼자서 태어나고 혼자서 죽는다.
> 송사리떼가
> 개천을 누비고 있다.
> 개천에 자기 그림자를 만든다.
> 자기 그림자를 만들어놓고
> 송사리떼는 어디로 갔나
> 보자기만한 그림자 하나가 이리저리
> 개천을 누비고 있다.
>
> — 김춘수 「第三十二番 悲歌」 전문

제목이 암시하듯 여전히 시적 자아는 현실에 대해 비관적인 의식을 가지고 있다. 이 시의 제목은 릴케의 「悲歌」로부터 받은 영향이 많은 듯하다. 실제로 시인의 「처용단장 제3부 1」에서는 "릴케의 비가를 읽는 동안/걷잡을 수 없이 눈물이 나더라는/일본의 어느 시인이 쓴 글을 읽은 일이 있다"라는 구절도 있지만, 특히 어둠 속에 유폐되어 있는 사물의 존재와 의미를 밝혀내는 시적 방식과 언어에서 시인은 그동안 릴케의 세계를 일정부분 수용[1]해 왔다.

이 시에서 시인의 비극적인 인식은 떼단위로 몰려갔다 왔다 하는, 我 라는 것이 없는 송사리떼, 그 눈에 띄지도 않는 미미한 존재가 "혼자서 태어나고 혼자서 죽는다"는 존재인식에 있다. 이것은 당연히 인간 일반으로 확대된다. 함께 몰려다니고 있지만, 공존하면서 살아가고 있지만, 혼자서 사유하고 죽을 수밖에 없는 인간존재의 비극을 시인은 보여주고 있는 것이다. '몰려갔다 몰려 왔다' 하는 행위를 역사라 부를 수 있다면, 홀로로서의 고독은 실존이다. 그것은 또한 역사와 무관하게 존재하는 개인의 자아다. 개인의 이 실존은 그러나 그림자를 만든다. "보자기만한 그림자 하나가 이리저리/개천을 누비고 있다."고 할 때 시인은 어느새 그 실존하는 개인도 사라진 그림자를 본다. 앞에서 보이던 형체가 '공'(空)으로 사라진다. '色卽是空'이다. 그림자는 심상을 지배인자로 내세운 시인이 의미를 지우면서 만든 형상이다. 언어로는 포착할 수 없는, 포착이 안 되는 안타까움의 표정이다. 즉 시가 무의미시 쪽으로 빠지고 있다. 이 시는 결국 그림자가 나타나기 전의 전반부에서는 고독한 존재로 살아가는 미물에 대한 형이상학적 물음이라는 의미를, 그림자가 나타나는 후반부에서는 걷잡을 수 없는 내면의 밑바닥을 하나의 상(그림자)으로 제시하고 있다. 우리는 여기서 김춘수 최근 시의 새로운 모습을 볼 수 있다. '형이상학적 물음'은 김춘수의 시에서 주로 무의미시 이전의 시에서 보여지던 것들이며, '내면의 밑바닥의 상'은 무의미시에서 보여준 것들이다. 그것들은 자체로 더

---

1) 이재선, 「한국현대시와 릴케」, 『한독비교문학연구1』, 삼영사, 1976, 353—385면.

큰 모순의 관계를 이루면서 시에 결합된다. 이 시는 모순의 관계를 초월하여 존재하는 혼돈이나 '空'의 세계를 지시한다. 모순된 것들의 공존과 그것을 초월하여 존재하는 진리의 세계는 존재론적 역설의 세계관과 일치한다. 결국 김춘수의 이 시는 무의미 이전의 시와 무의미시를 통합시켜 의미와 무의미가 통합된 무의미시 이후의 시의 대표적 양태를 만들어냈다고 볼 수 있다.

2. 자아의 근원을 향한 시간의 확장 — 최정례

최정례는 자기 나름의 시적 전략과 방법을 가지고 있는 시인이다. 그는 우리들 주변에 놓인 일상이며 자신의 존재에 대해 무의식적이고 타성적인 평가를 변화시키고 인식을 새롭게 하는 데 선택된 인상들로 구성되는 창조적 경험을 시에 담는다. 이미 사물과 친숙해져버린 눈에는 진정한 모습이며 아름 다움은 발견되지 않는다. 미적인 감각을 가진 자의 눈에 의하여 사물은, 우리 의 존재는 새롭게 갱신되며 거듭 태어나는 것이다. 확실히 최정례의 시는 재현보다는 창조에 무게 중심이 놓여 있다. 최정례가 특히 관심을 갖고 탐구하 는 문제는 '시간'이며, 이를 통해서 그는 너와 나 사이, 그리고 우리의 운명이 란 우리의 존재란 무엇인가에 대한 의미심장한 물음을 제기한다. 이는 「수족 관 식당에서의 식사」라는 시에서 잘 형상화되어 있다.

그는 나를 굽어보고 다가와서 입을 벌렸지요
오래 전에 큰바다 벌판에서 작별을 고하고
사방 푸른 이 수족관 식당에 들어와 갇히게 되었다고

나도 바위 이끼를 뜯고 이빨에 고기 새끼를 끼워
잘게 잘게 씹고 있는지 오래 되었고요
당신의 눈은 200년 전부터 늙은 거북의 눈

100년 전부터는 푸른 상어의 눈
그러다가 이제는 다시 고요한 도미의 눈
그 빛에 중독되어 내 이빨도 덜그럭거렸지요

그들이 심연에서 떠올라 내게로 다가올 때
나도 나 자신을 밑바닥까지 보고 싶었어요
이 터무니없는 낮도 밤도 아닌 여기
땅 속도 바다 속도 아닌 여기
해일에 미역줄기처럼 떠밀려왔다가 엉켜버리는
이것들은 다 누구인지

몸을 비틀어 꼬리를 치고 턱뼈를 벌려
100년 된 200년 된 이빨과 혓바닥을 간과 허파를
쏜살같이 달려와 뒤집히며 깔깔거리는 파도를 따라
엎어지고 쏟아뜨려 내 속에
수백 번 헤매다닌 나를 팽개치고 싶었어요

새끼고기들은 꼬리치며 학교에서 돌아오겠지요
왁자지껄 물결에 흔들리며
어디서 온 도미새끼이냐 어디로 가는 미역줄기냐
호기심에 흔들리다 뒤돌아서 눈알을 궁글리고

아무래도 삼켜지고 말겠지요
당신과 나 사이에 이 해일이 끝나면
산중턱 내 집은 물에 잠기고
온 나라의 개들은 컹컹 짖고
돌아볼 때마다 우리 발꿈치를 좇아오던
감정의 이 높은 파도를
달은 비웃겠지요

물에 잠긴 내 집을 내려다보며
구름 사이 안락 의자에 앉아서

— 최정례 「수족관 식당에서의 식사」 전문

수족관 식당에서 화자는 문득 자신을 굽어보고 입을 벌리는 도미의 음성을 듣는다. 그 도미는, "200년 전부터 늙은 거북의 눈"이 되었다가 "100년 전부터 푸른 상어의 눈"이 되었다가 이제는 그의 것이 된 눈을 가지고 있다. 눈은 창[2]이다. 말하자면 한 생명이 다른 생명의 창을 거쳐서 오늘에 이른 것을 시인은 말하고 있다. 여기서 우리는 거북과 상어의 상징이나 의미를 일부러 따질 필요는 없을 것이다. 문제는 시인이 눈앞의 사물에 시간을 부여하여 초월적 신비를 지닌 존재로 형상화하고 있다는 점이다. 시인은 긴, 심연의 시간을 도미의 '눈' 속에 삽입시킴으로써 시간의 실체를 새롭게 드러내고 있다. 그렇게 함으로써 시적 화자의 앞에 놓인 사물이며 생명은 아연한 빛을 발하고, 시인 자신 또한 밋밋한 현재의 삶에서 벗어나게 된다. 그러면 왜 '100년', '200년'이라는 아득한 시간의 단위를 시적 화자는 쓰고 있는가. 이는 존재의 시원을 향한 잃어버린 시간을 찾아내어 원초적 기억을 회복하고자 하는 의도에서 비롯되었을 것이다. 아득히 먼 시간은 이 때 생명이 다른 생명의 몸이 되기까지 필수적인 요인이 된다. 즉 어떤 생물에 시간을 가하면 다른 생물이 되고, 다시 그 생물에 시간을 가하면 시간에 쌓여 그 생물은 신비함과 미적 가치를 지니게 되는 것이다. 여기서 오래된 시간이 쌓인 도미의 눈은 신비로운 의미로 기원에서 분리된 존재에게 구원의 길을 찾게 해 주는 한 표지가 된다. 아울러 도미의 눈에서 발하는 빛은 바로 기원의 흔적을 함유하고 있는, 고요와 평화가 깃들여 있는 빛이다. 그 빛에 노출되는 순간의 충격을 시인은 "내 이빨도 덜그럭거렸"다고 말한다. 그러면서 시적 화자는 그 기원에

---

2) K.C.Bloomer & C.W. Moore, 이호진 · 김선수 역, 『신체 · 지각 그리고 건축』, 기문당, 1999, 13면.

서 어느새 떨어져 나와 있다는 것, 그리하여 자신도 이빨에 고기 새끼를 끼워 잘게 씹고 있는지 오래된 존재임을 해일처럼 깨닫게 되는 것이다. 심연에서 떠올라 그에게로 다가온 도미 때문에 화자는 밑바닥까지 보고자 하는 노력을 시도한다. 자신 역시 낮도 밤도, 땅 속도 바다 속도 아닌, 떠밀려왔다가 엉켜버린 존재들 속에서 수족관에 갇혀 살아가고 있다는 것을 깨달으며, 이빨과 혓바닥, 간과 허파를 쏟아뜨리고 수백 번 헤매다닌 자신을 팽개치려는 안간힘을 보인다. 그러나 한 마리의 도미새끼로, 한 가닥의 미역줄기로 끊임없이 이동하는 주체는 이내 당신과의 해일과도 같은 충격적인 만남이 끝나면 "산중 턱 내 집"마저 물에 잠기는, 모든 것이 소멸된 '무'(無)의 상태로 될 것을 직감한다. 바로 앞의 자신의 상태가 더할 나위 없이 처참하지만 이는 자기를 발견한 자가 보게 되는 풍경이라는 점에서 새로운 출발의 의미를 띤다. 그래서 "발꿈치를 쫓아오던/감정의 높은 파도를/달이 비웃"을 것을 예감하면서도 시적 화자는 자못 담담한 자세를 취할 수 있는 것이다. 이 시의 제목이 「수족관 식당에서의 식사」인 것도 의미심장하다. 기실 시인은 밥을 먹은 것이 아니라, 자신의 근원에 대한 밑그림을 맛본 것이다. 최정례에게 기원에 대한 회상은 근원을 향한 자기 찾기의 방법이다. 그가 이를 효율적으로 달성하기 위해서 수행하는, 그의 존재가 있기 전의 원초적 시간을 찾아내어 자신의 몸과 마음을 연결시키는 모더니즘적 글쓰기 전략은 요즈음 시단에서 일정한 변별성을 가지는 것으로 판단된다.

3. 자아의 우주적 확대 — 이재훈

최정례의 시가 자신의 존재의 기원에 대한 시간적 확대를 그리고 있다면, 이재훈의 「일식」은 자아의 우주적 확대를 보여주고 있다. 이재훈은 최근의 일련의 작품들을 통해 세계로 나가기를 두려워하며 일상성에 매몰되어 있는

자아를 관찰하며 여기에서 일탈하려는 움직임을 보여준다. 특히 일상의 질서
와 금기에 갇혀 있는 자아를 바라보며 어느 날 문득 불러본 세계의 모습을
다룬 「일식」은 인상적이다.

> 태양이여,
> 나는 이 큰 우주를 목놓아 불러본 적 없다
> 용기도 없이 컴컴한 방에 앉아
> 내 미래를 셈하고 오늘의 피로를 불평하고
> 쓰레기 같은 영상들만 구경했다
> 어느 날 나는
> 태양이여, 불러보고 싶었다.
> 늘 곁불만 쬐며 속으로 옹알거리기만 하며
> 이 엄살의 통각(痛覺)을 갖게 되었다
> 태양이여, 부르는 순간
> 내 항문으로 뱀이 숯머리를 들이밀고 왔다
> 온몸이 뜨거워져서 태양에게 다가가도 뜨겁지 않았다
> 불타지도 않았다
>
> 뱀이 태양을 갉아먹을 때
> 아름답다
> 하나의 꿈틀거리는 숨이 우주를 갉아먹을 때
> 위대하다
> 네 소멸이 위대한 미학이라고
> 그렇게 말하는 순간
> 어느새 뱀의 뱃속에 태양이 들어가 있다
> 고요 가운데 입을 열고 들어가
> 한몸이 된
> 뜨거운 잉태

　　　나는 큰소리로 태양이여, 불렀다
　　　뱃속에서 울리는 뜨거운 공명

　　　모든 사위는 어둠이 되었다

— 이재훈, 「일식」 전문

　달과 생물, 인간, 인간사와의 관계는 민중들 속에 이미 뿌리 깊은 속신으로 존재하여 왔다. 예를 들어 집안의 여성들은 대보름에 개에게 밥을 주면 밝은 달의 정기를 빼앗아간다는 믿음을 갖고 있었다. 풍요로움의 기원이 개에게 먹혀 좌절되는 것을 막기 위해 보름에는 굶겼던 것이다. 이렇듯 '달의 기를 먹어버리는 개'라는 의식은 우리 일상의 밑바닥에도 존재했다.

　이재훈의 「일식」은 속신과는 일정한 거리를 유지하고 있다. 오히려 자아의 세계에 대한 태도와 관련을 맺고 있다. 시적 화자는 자아가 "이 큰 우주를 목놓아 불러"보지 않고 어둠에 갇히는 유폐의 형식을 취할 때 자신과 우주와의 관계는 상실되고 생명이 결핍된다는 것을 말한다. 컴컴한 방, 미래의 셈, 오늘의 피로, 쓰레기 같은 영상 등의 세목들은 폐쇄적 공간으로 존재하는 자아의 형상이 취하는 모습이다(다만 이런 언어들은 좀더 시적인 언어로 정제될 필요가 있다). 이는 일상 속에 함몰된, 자아 스스로가 만든 '곁불'과 '엄살의 통각'의 벽이기도 하다. 시인은 이 벽이 호명을 통해 깨어진다고 말한다. 이때 "태양이여"라는 세계의 부름은 생명력을 통해 몸을 영원으로 확장시켜 우주적 차원으로 이어주는 매개로 작용한다. 이 호명의 순간에 "항문으로 뱀이 숯머리를 들이밀고" 온다. 체내의 구멍인 항문에서 뱀이 나와 태양에게로 가서 태양을 갉아먹는다. 뜨거워진 몸 때문에 태양에게 다가가도 뜨겁지도, 불타지도 않는다. 숯머리의 뱀은 불이면서 물이다. 스스로 탈 뿐 아니라 불순한 불을 연소시키는 피 속의 불은 하나의 커다란 순수성이며 우리 속에 체류하면서 인간을 존재하게 하는 생생한 불이다. 꿈틀거리는 숨이요 불인 뱀이 태양을 갉아먹고, 우주를 갉아먹을 때, 세계를 그 속에 담는 커다란 우주알이 생성된다("어느새 뱀의 뱃속에 태양이 들어가 있다"). 자아인 몸 생명의 유한성은 우주적인 것으로 확장된다. 몸 속에 도는 피(뱀)의 생명성은 우주로까지 확장되면서 몸은 대지와 육체성에 국한된 것이 아니라 전우주적인 공간을 한 몸으로 잉태하게 된다. 이 때 몸은 대지와 하늘을 연결시키는 소우주로서의 몸이라는 육체성을 보여준다. "태양이여" 부를 때 "뱃 속에서 울리는 뜨거운 공명"을 듣는 순간, 이미 항문은 영원의 상징으로서의 달을 담는 그릇(우주알)이다. 그러면서 세계가 하나의 몸이 되는 차원이다.

이재훈의 시는 자아인 몸이 "비밀스런 유적인 두려움"(「때 이른 유적」)에서 벗어나 호명을 통해 세계를 여는 행위를 통해, 세계를 몸으로 담고 내 것으로 끌어들이는 모험과 창조행위를 여실히 보여준다. 이 때 자아는 질서와 금기의 공간에서 벗어나 무한한 자유의 공간으로 비상하는 것이다.

4. 소진되는 자아와 글쓰기의 운명 — 유홍준

앞의 시들이 자아를 형이상학적으로나 내면의 밑바닥까지 끌고 가거나, 시공간으로 확대시켜 세계에 대한 모험과 일상에 대한 충격을 가했다면, 여기 한 시인은 자아를 일상의 진창 속으로 끌어내리면서 독특하고도 처절한 모습의 시적 행위를 보여준다. 머리가 잘려져 죽어 있는 익명의 시대, 무인칭들의 삶 속에서의 글쓰기는 과연 어떤 모습을 취해야 하는가. 얼마만큼 처절하게 일상과 세계에 저항하면서 언어는 피를 흘릴 수 있는가. 유홍준의 「유리새」와 「식육코너 앞에서」는 소진되는 자아의 모습을 보여준다는 점에서 문제적이다.

    XX백화점
    저 식육코너의 젊은 남자는
    말이 없다 표정이 없다 돼지머리처럼 핏기 없이

하얗게 면도를 한 얼굴,
저 무표정은 온종일 칼자루를 움켜쥔 채
원하는 만큼 제 살점을 끊어 담아준다
뱃속을 모조리 긁어낸 몸통에서
뭉텅, 뭉텅, 살덩어리를 떼어내고 또 떼어낸다
머리도 발도 없는 몸뚱어리에서 떨어져나오는
저 한 덩어리 고기.
갈고리에 꿰인 저 돼지는
네 개의 발을 중심으로 잘리어져 걸렸고
그대는 4부로 나누어 시집을 엮었다
아아 저 네 토막 밖
머릿고기처럼
납작하게 납작하게 눌려져서라도
말하고 싶다 핏물이 스며 나오는 책갈피
넘길 때마다 핏물이 묻어 나오는 시집을 묶어
팔고 싶다 서점이 아닌 저 식육코너에서 무표정하게 핏기 없이

— 유홍준, 「식육코너 앞에서」 전문

이 시에서 시적 화자는 돼지머리처럼 핏기 없이 하얗게 면도를 한 얼굴, 젊은 남자를 발견한다. 화자는 돼지 살점을 그 남자의 살점으로 겹쳐 읽는다. 여기가 이 시의 스토리성의 맥이다. 잡음처럼 연결된 이 맥이 이 시 전체를 이끌고 간다. 자세히 읽어보면 돼지머리, 젊은 남자, 시인(무엇보다 유홍준 시인 자신!)이 같은 인물임을 우리는 눈치챌 수 있다. 그런 점에서 이 시는 "네 토막 밖 머릿고기" 같은, 납작하게 눌려져서라도 말하고 싶은 시인으로서의 자아의 고투이며 흔적이다.

언어는 시인의 살점이다. 언어를 떼어내 독자를 먹여야 하는 시인의 운명. 한 편 한 편 뽑혀져 나오는 시는 그의 몸이다. 덩어리는 썰려나가면서 피를 흘린다. "떨어져나가는 한 덩어리의 고기"를 시인은 "머리도 발도 없는 몸뚱

어리"로 바라보아야 한다. 이 혼란은 차라리 시인의 긍지이다. 자기 피를, 그 죽음을 핏기 없는 표정으로 멀뚱히 보는 무표정은 시어의 운명이리라. 이 무표정한 음식이 소비자나 독자의 입과 심장을 쓰다듬고 달래주면 좋지만 그렇지 않아도 언어는 언제나 살점처럼 피를 흘리고 있어야 하는 것. 여기에 뱃속을 긁어내 살 덩어리를 떼어내듯 정신과 혼을 모조리 다 긁어내서 주어야 하는 시인의 삶의 표정이 있다. 언어는 죽지 않으면, 죽어서 다시 태어나지 않으면 끝내 언어가 아니다. "시뻘건 뜨거움이 하얀 차가움에 닿을 때까지"(「유리새」), 무표정에 가 닿을 때까지 언어는, 삶은 얼마나 많은 핏물을 내장해야 할 것인지. 언어는 몸뚱어리처럼 황무지를 뚫고 나가지 않으면 안 된다. 암흑과 혼돈에서 과즙처럼 짜낸 피가 시들이다. 그런 점에서 시는 몸의 순교이면서 언어의 순교다. 자기의 살점을 떼어주면서 자기 몸의 죽음을 바라봐야 하는 순교하는 시인. 이 때 마침내 "책갈피/넘길 때마다 핏물이 묻어 나오는 시집"이 탄생한다. '말하고 싶다', '팔고 싶다'는 이미지 계열체이고 김수영 식으로 말하면 "시는 온몸으로, 바로 온몸을 밀고나가는 것"이다. 유홍준의 시에서 시인의 시적 실천의 비린내를 읽으면서 그런 내용이 구체적인 실천으로 지속되기를 빌어본다.

5. '어리석은' 가면의 자아와 풍자 — 김추인

김추인의 시를 읽으면서 '운명이란 대단한 것이 아니고, 말할 수 없이 가벼운 것'이라는 것을 연상한다. 확실히 우리는 '오늘'을 알고는 있지만, 우리의 자아는 그것의 근저까지 내려가서 감각하고 있는가. 안다는 것과 느낀다는 것의 거리는 얼마만큼 되는가.

숲이다

먼 데서 보면 고도를 기다리는 장롱들 같다
제 살기에 골몰한 구두 신는
일개미들의 구멍이다

어디 갔을까
여기 주전자처럼 앉았던 산
산새 콩새 둥지며 오리나무숲
어린 골목동이들의 실개천들

나는 어느 전생의 기억을 들고
이 콘크리트숲에 당도한 것이냐

물소릴 철철대도 땅밑 복개천의 기별일 뿐
큰 바위 밑 왕보리새우는
얼마나 오래 제 나라를 버티었다더냐
하수 속에 수장된 왕릉이 저기겠다
부글거리는 죽어간 것들의 독
샛강이 퀴퀴하다

날마다 쇠심을 심고 숲을 세우고
신종 나무 위에서 우리가 번창한다
상계 혹은 월계 전설의 이름을 모른 채
아파트 아이들 공을 따라 몰켜다닌다
피라미떼 같다
— 김추인, 「우리가 주렁주렁 열리며 숨쉬며」

  김추인의 「우리가 주렁주렁 열리며 숨쉬며」는 우선 재밌다. 좋은 시는 읽어
서 재미 없는 시가 별로 없지만, 김추인의 시는 "나는 어느 전생의 기억을
들고/이 콘크리트숲에 당도한 것이냐"고 말하는 어리석은 자아를 만들고 풍자

라는 장치를 은근히 구사하면서 올 데까지 와버린 '현대'라는 것, '도시'라는 것에 대한 반추를 하게 하는 힘이 있다. 당연히 요즘의 도시, 문화 현상에 대한 극도의 혐오가 이런 형식으로 나타났을 것이다. 말하자면 풍자성을 비극으로 연결시킨다. 그것은 '수장된 왕릉'으로 상징된, 우리 것을 묻어버린 것에 대한 참을 수 없는 한탄이다. 그러나 시인은 그것에 흥분하지 않고 아이들을 '피라미떼'로 만들어버리면서 이 속에 사는 모든 인간들조차도 사실 수장된 것이라는 아이러니를 슬쩍 삽입하고 있다. 무엇보다 싱싱하고, 만든 흔적이 없이 시를 몰고가는 자연스러움이 우리의 눈길을 끌게 한다. 어떤 형태를 자꾸 만들어 버무리려는 원만미를 거부하는 몸짓은 이 시를 속류의 생태시로 떨어지지 않게 하는 힘을 가지고 있다. '고도를 기다리는 장롱', '피라미떼' 같은 전혀 어울리지 않을 듯한 언어들이 결합되어 미묘한 울림을 주는 것도 매력이다. 얼핏 보면 그냥 그런 문명 비판 시로 읽힐 수 있는 소지를 시인은 그 속의 자아를 삽입하여 왜소해진 자아가 이렇게 도시의 껍데기를 뚫고 들어가 문명을 비판하며 '오늘의 우리'를 근거리에서, 원거리에서 촬영하는 방식을 쓰고 있는 것이다. 자아를 다루면서도 저변에 흐르는 관심의 폭이 사회적인 것으로 넓어질 수 있다는 것을 우리는 김추인의 시를 통해 확인할 수 있다. 초점이 내면으로 구심력을 형성하지 않고 외면적으로 원심력의 방향을 취하는 이런 시들에서의 자아를 '사회적 자아'로 이름 붙일 수 있지 않을까.

본질에 대한 옹호로서의 서정시

서정시란 대상에 대한 주관적인 정서를 표현하는 양식이다. 그러나 '세계의 자아화'라고 하는 이 낭만주의 미학도 주관적인 미학만 일방적으로 존재하지 않으며, 주·객관의 미가 상호 대등하게 만나는 가운데 성립된다.[1] 이 객관적인 측면이란 것이 바로 대상에 내재해 있거나 초월적으로 존재하는 본질을 탐구하는 것이다. 이 때 시인이 동일화의 대상으로 삼고 있는 세계는 일상적인 사물이 아니라, 이상적인 이데아의 세계로 나타난다. 서정적 자아란 이렇게 이상화된 세계를 상정하고 그것에 합일되고 동화하고 싶어한다. 언어로서 사물의 본질을 탐구하고 그것을 통해 인간 자신을 완성하고자 하는 욕망은 서정시의 원초적 욕망 모델이다. 이 때 시인은 그가 표현해 놓은 기표 건너편에 존재하는 기의를 긍정하고 이를 의미화시켜 주체를 회복시킬 수 있다는 믿음

---

1) 본고는 최승호의 「신석정 자연서정시의 미메시스적 읽기」(『어문학』78집, 2002.12)라는 논문의 발상과 논지전개 방식에 많이 빚지고 있다. 주관과 객관의 통합은 물론 이어서 전개되는사물의 본질 탐구, 이상화된 모델로서의 미메시스, 은유 및 제유의 수사학 등이 그렇다.

을 가슴에 품고 있다. 이 점에서 의미는 끊임없이 미끄러지고, 주체 역시 동일성을 가지고 있지 못하다고 믿는 포스트모더니즘의 환유의 수사학과는 근본적으로 그 추구하는 지향점이 다르다.

일찍이 동양시학에서는 자연물, 대상에 대한 이러한 시작 태도와 방식을 託物寓意라 불러 왔다. 이는 대상이나 세계를 그대로 묘사하거나 그것을 보고 일어난 흥취를 이야기하는 것이 아니라 그것을 매개로 어떤 이치를 전달하려 하는 태도를 취한다. 산수시, 영물시 등으로 나타나는 동양 서정시에 있어서 대상은 하나의 이념적 모델이 된다. 이는 동양시학이 자연이 인간과 근본적으로 동일한 생명성을 담지하고 있으며, 인간과 자연, 사물 모두가 우주적 일원이라는 의식을 전제로 하고 있다는 것을 의미한다. 여기서 서정시의 이념은 그 속에 들어 있는 객관적 대상, 세계의 본질론적 특성 때문에 중요한 의미를 띠는데, 서정시 안에 들어 있는 객관적이고 보편화된 미학은 삶의 공동체성을 가져다주고, 우리의 개별화된 삶을 공동체적인 것으로 고양시켜주는 계기를 제공하는 것이다.

자연과 사물에 대한 이런 시적 인식은 동일성의 원리, 즉 은유의 수사학과 연계되어 있다. 이는 시적 주체의 내면을 다른 시적 대상으로 표현할 수 있고, 따라서 시적 주체의 내면은 자연과 우주를 향해 활짝 열려 있다. 이는 동시에 자아는 더 이상 해체되거나 분열의 길을 걷지 않는다는 자아의 동일성에 대한 신뢰가 있기에 가능한 것이다.

본고에서는 언어기호로써 사물의 물질성 너머에 존재하는 본질, 기의를 드러내려는 동일성의 시학에 바탕을 둔 일련의 시들의 흐름을 살펴보려 한다.

1. 삶의 근원에 대한 통찰과 인식

병원에 갈 채비를 하며

어머니께서
한 소식 던지신다

허리가 아프니까
세상이 다 의자로 보여야
꽃도 열매도, 그게 다
의자에 앉아 있는 것이여

주말엔
아버지 산소 좀 다녀와라
그래도 큰애 네가
아버지한테는 좋은 의자 아녔냐

이따가 침 맞고 와서는
참외밭에 지푸라기도 깔고
호박에 돴리도 받쳐야겠다
그것들도 식군데 의자를 내줘야지

싸우지 말고 살아라
결혼하고 애 낳고 사는 게 별거냐
그늘 좋고 풍경 놓은 데다가
의자 몇 개 내놓는 거여

— 이정록, 「의자」 전문

    어머니의 발화로 되어 있는 이 시에서 의자는 현실적으로 있는 의자이기보다는 대상에 내재해 있거나 초월적으로 존재하는 본질로서의 의자이다. 그런 점에서 이 시는 대상의 본질탐구로서의 성격을 띤다. 그 본질은 고정관념이나 관습적인 시각으로는 보이지 않는다. 대상을 향해 열려 있는 어떤 눈에 의하여 발견되는 것이다. 어머니의 발화를 차용한 시인의 의도도 자연의 섭리와 사물의 질서를 깨달은 자의 성숙을 내세우고 싶어서일 것이다. "세상이 다 의자로 보인다"고 했을 때 '의자'는 어머니라는 창을 통해 내다본 세상의 결이다. 특히 참외와 호박을 향하여 "그것들도 식군데 의자를 내줘야지" 같은 데서도 우리는 인간과 모든 사물들간에 등차를 두지 않고 공존하는 삼라만상을 똑같이 새끼처럼 껴안으려는 어떤 손길 같은 것을 느낄 수 있는 것이다. 어머니의 목소리를 빌어 '시적 대상'/'의자'의 층위로 시적 화자가 열거한 꽃/꽃받침, 열매/꼭지, 아버지/맏아들, 참외/지푸라기, 호박/똬리는 유추에서 형성된 내적 논리와 선조성을 갖고 있다. 결국 이 시는 유추를 끌어안고 고양되는 은유적 구조를 형성하고 있다. 그러나 아날로지는 단순히 평형적 구조를 갖고 있지 않다. 심리적 굴절을 거치면서 의자라는 개별적 층위는 폭넓게 확산되고 변형 되는 형태를 가지는 것이다. (특히 마지막 연에서 이 시는 크게 확산된다.) 이 때 개별의 의자들은 자신의 고유한 생명력을 향유하면서 의자라는 본질을 중심으로 긴밀히 연결되는 것이다. 우리는 여기서 본질적인 존재를 향해 다가 가 하나가 되려는 은유적 욕망을 만날 수 있다. 시적 주체는 의자라는 자연대 상을 모방하여 자신의 삶을 완성시켜 나가려는 의도를 맞고 있는 것이다. 이 시를 우리는 좀더 확대시켜 읽어볼 수도 있겠다. 어머니라는 존재, 그 말이 이 시의 대상들을 다 껴안고 앉혀주는 의자라고 말이다.

　　김명인의 「흐르는 물에도 뿌리가 있다」 역시 대상에 대한 본질탐구로서의 은유적 욕망을 보여주는 시다.

　　　　흐르는 물에도 뿌리가 있다.
　　　　강을 보면 안다, 저기 봐라, 긴 뿌리
　　　　골짜기 깊숙이 감춰놓고
　　　　줄기째, 줄기로만 꿈틀거려 여기 와 닿는.

　　　　내리는 비는 주룩주룩 내리면 하늘의 실뿌리 같고

미루나무 숲길 듬성듬성한 저 강가 마을들
세상의 유서 깊은 곁뿌리이지만

근본 모르는 망종(亡種)들처럼
우루루 쿠당탕 한밤의 집중호우 몰려들어
열댓가구 옹기종기 마을 하나 깡그리
부숴놓고 떠나간 자리, 막돼먹은 저 홍수가
절개지의 사태(沙汰) 멋대로 끌고 와
문전옥답까지 온통 자갈밭으로 갈아엎은 건
순리도 치수도 모르는 어느 호로자식,
산의 잔뿌리 마구 잘라낸 난개발 탓이리.

오호, 허물어진 동구 앞 시멘트 다리 난간에 걸려서
흘러가지도 일어서지도 못해 길게 드러누운 저것,
고향의 길동무, 느티나무가 아니라
깊디깊었던 우리들 마음의 뿌리인 것을!
— 김명인, 「흐르는 물에도 뿌리가 있다」 전문

홍수에 휩쓸려간 열댓 가구 작은 마을을 보며 떠올린 시로 보인다. 각 연마다 은유구조를 만들어 나가고 있다. 시가 완성을 지향하고 있지만, 이 시는 섣불리 완성된 형태로서의 포즈를 취하지 않는다. 좋은 시는 시가 진행되는 과정에서 독자의 인식지평을 깨뜨리는 의미를 구축한다. 이 시에서 '뿌리'라는 함의가 의미를 생성시키는 가능조건이 된다. 시가 진행되는 과정을 통해서 우리는 우주와 자연에, 그리고 우리 삶에 편만한 작고 여린, 마침내 가장 질기게 박힌 뿌리를 보게 되고 만지는 것이다. 그 뿌리는 사물의 근원일 뿐만 아니라 순리, 혹은 자연의 질서, 우리 심성의 결 같은 것을 넓게 아우르고 있다. 뿌리를 자르면 망한다. 강도 '긴 뿌리'를 감춰놓고 흐르며 비도 하늘의 '실뿌리'를 다치지 않으려 '주룩주룩' 내리는 것을 삼간다. 강물과 하늘의 물

(비)에서 '긴 뿌리'와 '실뿌리'를 본 시인은 이제 사람의 마을로 내려와 '곁뿌리'를 본다. 미루나무 숲길을 가진 강가마을은 "세상의 유서깊은 곁뿌리"다. 그 곁뿌리를 "근본 모르는 망종(亡種)들처럼" "한밤의 집중호우 몰려들어" 부숴놓고 가버렸다. 대부분의 시인들과는 달리 시인은 자연에 대해서도 우호적이지만은 않다. 그러나 시인의 시선도 결국 "산의 잔뿌리 마구 잘라낸", 순리를 모르는 '호로자식' 인간이 불러들인 것이다. '긴 뿌리'와 '실뿌리', '곁뿌리', '잔뿌리'를 더듬어 오던 시인은 쓰러진 느티나무에서 "우리들 마음의 뿌리"를 본다. 마을 삶의 지나간 체험들과 역사를 현재적 지평으로 오롯이 담고 있던, 공동체적 삶의 역사를 만들었던 표상이 '드러누워' 있음을 보는 단계에 이른다. 강에서 출발하여 비, 그리고는 강가 마을에 이르렀던 시인의 사유는 드러누운 느티나무에 이르러서 가슴이 턱, 막히는 하나의 순간을 우리에게 던지는 데 이른다. 그리하여 홍수 후 휩쓸려간 '열댓 가구 마을'에서 발원된 시인의 '뿌리론'은, 만물이 각자 품수한 생명적 이치인 뿌리를 오롯이 보존하지 못하고 급기야는 우리들 마음의 뿌리마저 뽑혀져 드러누운 우리들 개인과 개인을 둘러싼 공동체에게 반성의 쓰디쓴 물음을 동반하고 있는 것이다. 그것은 바로 존재의 근원에 대한 사유와 탐색이 아니고 무엇이겠는가. 시란 개인적이면서 근원적으로는 공적인 장에 촉수를 댄 것이라면 김명인의 이 작품은 우리에게 사유의 아름다움뿐만 아니라 뿌리를 잃은 '현재'의 우리 삶의 성찰의 화두마저 던지고 있는 의미심장한 시로 읽힌다.

2. 개인의 실존과 자아의 연민

존재의 근원에 대한 탐색은 아래의 시들에서도 지속된다. 그러면서도 그 무늬는 훨씬 사적이면서 내밀하다. 그것을 우리는 실존과 자아에 대한 연민이라고 부를 수 있다.

저 긴 수평선, 당신도 입 꽉 다물고
오래 독대한 흔적이 있다.
바람 아래 모래 위 우묵한 엉덩이 자국이여
온 몸을 실어 힘껏 눌러앉았던
이 뚜렷한 부재야말로 날개 아니냐.
저 일몰 어디
어둑어둑 깔리는 활주로가 있다.

— 문인수, 「나비」 전문

    문인수의 「나비」는 부재를 통해 떠올려지는 존재와 무늬를 그린다. 그러면서도 이채로운 것은 '긴 수평선'이라는 어떤 절실한 존재에 의해 생성 보존되어 오는 부재에 대한 환감에서 출발한다는 것이다. 바다를 건너버린 남편을 부르다 바위가 되어버린 박제상 아내는 절규에 가까운 능동적인 몸짓을 보였으나, 여기 있는 한 존재는 그것마저도 절제한 듯 입 꽉 다물고 존재의 사라짐을 눈 안에 넣고 있었던 것. 그것은 우리에게 소리는 없으나 존재 자체를 울리는 파문을 전달한다. 짧은 문장은 이 시인 특유의 비약과 암시를 위한 장치이다. 여기에 수평선이라는 큰 어깨를 가진 존재가 결의에 차서("입 꽉 다물고") 독대했던 또 하나의 존재가 있었다는 것. 그것을 시인은 "온 몸을 실어 힘껏 눌러앉았던" 흔적, "우묵한 엉덩이 자국"을 통해 본다. "이 뚜렷한 부재!" 사실 곁에 있는 존재는 심드렁할 수도 있는 것. 그러나 뚜렷하고 막막한 부재는 있을 때보다 더 큰 파문으로 우리를 울린다. 엄청남 덩치로 압도하는 이 비애와 비감의 무늬는 날개를 다는 것이다("이 뚜렷한 부재야말로 날개 아니냐"). 이 때 시적 화자의 눈에 어렴풋이 들어오는 것이 박명의 공간 속의 활주로. 아아 그는 나비가 되어 날아갔구나. 정지용의 「琉璃窓」에서 시적 화자는 산새의 모습을 발설하고 말았지만, 이 시의 시적 화자는 문인수는 어둑어둑한 공간 속에서 날개를 다는 어떤 아우라만 제시한다. 이 부재는

비의적 공간을 마련함으로써 훨씬 더 정서의 진폭을 넓힐 수 있었던 것. 시적
화자의 마음의 눈길은 일몰 속에서 훨훨('어둑어둑'이라는 어사는 '훨훨'이라
는 동작을 내포하는 색조를 가진 의태어이다.) 날아가버린 어떤 존재의 그림자
를 선명하게 만지는 것이다. 이 시는 시작과 끝에 '수평'(수평선)과 '수직'(활
주로)이라는 양극의 이미지를 배치함으로써, 하늘로 비상하여 버린 존재의
휘발을 그 너른 어깨('긴 수평선')로 견디어 내는 한 존재의 고독과 실존의
무늬가 배가된다.

　같이 자연에서 정서가 유로되었지만 문인수의 시가 실존의 그림자를 다루
었다면 아래의 시는 더 개별적으로 자아에 대한 연민과 응시로 전이된다.

　　　　방금 거미줄에 걸린 왕매미
　　　　발버둥이치고 있었다

　　　　무당거미는 푸진 아침상을 차리며
　　　　칼춤을 추고 있었다

　　　　저런
　　　　거미그물에 얼른 다가가던
　　　　내 손

　　　　손을 거두었다

　　　　내 가슴을 지나가는 바람 소리
　　　　오늘 아침 더욱 무심하다

　　　　　　　　　　　　　　　　　　— 김순일, 「오늘 아침」 전문

　위 시에서 나오는 시적 대상들은 서로 유기적 구조를 형성하고 있다. 즉
사물들이 제 각각의 생명력을 충실히 가지고 있으면서도 感應하고 있다. 이

감응이 이 시가 미를 실현하는 방식이다. 시적 화자는 그물에 걸려 무당거미에게 잡아먹히기 직전의 왕매미를 연민의 태도로 바라보면서 구해주려 한다. 그 때 어떤 직관이 가슴을 스쳐 지나가고 그 손을 거두어버린다. 그러면서 가슴을 지나가는 바람 소리가 무심하다고 읊조린다. 여기서 우리는 시적 화자의 생에 대한 인식이 유기적 사물인식에 근거하고 있음을 알겠다. 왕매미의 격렬한 몸부림은 중년의 시적 화자의 생에 대한 처연한 태도로 그대로 전이된다. 전자가 동적이고, 후자는 정적인 것이 차이라면 차이다. 그물은 화자에게 오면 가슴을 훑고 지나가는 바람으로 바뀐다. 동양사상에 의하면 자연대상에는 보편생명이 강 같이 흐르고 그것을 궁구하는 서정주체에게도 개별생명이 운전을 계속한다. 이 보편생명과 개별생명의 조화와 만남 사이에 미가 탄생하고 실현된다는 것이 동양미학의 정수다. 이 시에서 왕매미와 시적 화자에게 공통으로 흐르는 보편생명은 죽음이 그들의 몸을 훑고 지나가고 있다는 것. 그러나 죽음을 대하는 태도는 확연하게 다르다. 하나는 발버둥을 치고, 하나는 무심히 보고 그렇더라도 그 두 존재는 알든 모르든 죽음에 의하여 길들여져 가고 있다는 데서 공통적이다. 이 죽음은 현상적으로 그물을 치고 먹이를 기다리고 있는 무당기미 억시 예외일 수 없다. 이 거비 억시 더 큰 그물에 의하여 걸려있음을 눈치챈 시적 화자이기에 가슴을 지나가는 바람 소리에 '무심'할 수 있는 것이다. 이제 시인은 죽음에 발버둥치지 않고 수긍하는 나이에 이른 것일까. 쓸쓸한 직관의 무늬가 어른거리는 시다.

임영조의 시에서 우리는 더 구체적으로 시인으로서의 실존을 본다.

> 뙤약볕에 가로수 그늘도 지친
> 사당 네거리 대로변 한켠에서
> 중년사내가 옷가지를 팔고 있다
> ―자, 단돈 오천원이요 오천원!
> 구릿빛 팔뚝을 감은 용의 문신이

땀에 전 채 엇박자로 손뼉을 친다
시간만 토막토막 사방에 튈 뿐
도무지 사는 사람이 없다, 갑자기
거리 질서 단속반 트럭이 멎고
(중략)
앙버티다 돌연 파리가 되는 사내
맨땅에 무릎 꿇고 빌어도, 끝내
꼬리 내린 용처럼 끌려간 사내
뒷소식이 궁금해 무더운 한낮
매미울음 욱신욱신 귀를 찌른다
괄호 같은 시선들 뿔뿔이 흩어지고
뙤약볕만 붐비는 그 자리에 또
웬 낯익은 사내 하나 외치고 있다
— 자, 오천 원이요 오천 원
시집 한 권에 단돈 오천 원 오천 원!

— 임영조, 「괄호 속의 남자」 부분

해학적으로 보이는 이 시에서 단돈 오천 원으로 거래되는 옷가지보다도
낫다고 할 수 없는 시에 대한 운명을 읽는 것은 지나치다고만 할 수 없다.
문제는 '괄호 속의 남자'인 시인이 '괄호 같은 시선들'이 다 사라진 공터에서
도 시의 위의를 외치고 있다는 것이다. 대상과 사물에 대한 본질을 탐구하고
규명하는 것이 시인의 운명이라면 서정시는 그 중심부에 서 있다. 서정시는
그림자와 같이 덧없고 훼손된 세계에 살고 있는 시적 자아가 어떤 본질적인
이데아를 설정하고 그것과 합일하려는 욕망이다. 말하자면 진리에 대한 기원
과 믿음이 그 속에는 들어 있다. 자기 체내에 서정의 본질에 대한 광맥을
가지고 있는 자는, "단신으로 측근하여" 십이지장까지 별을 담아낼(서정주,
「韓國星史略」) 수 있는 것이다. 시의 위의가 사라진 시대라고 하지만 '땅문
서'도 아닌, '현금계좌'도 아닌, 아홉남매의 "새까맣게 쫄아든 태반덩이"를

간직한 어머니의 삶의 노역(고재종, 「어머니의 노역」)이 있기에 우리에게 아직 서정시는 존재하는 것이다. 시에 대한 옹호는 본질에 대한 옹호가 아니고 무엇이겠는가.

제2부

시의 성채(城砦) 속으로 들어가기

상처 · 기억 · 역사를 간직하는 몸의 시학
— 김기택론

1. 몸의 반응으로서의 시

지금까지 나온 많은 시인들의 시와 김기택 시를 변별시키는 요인은 어디에 있을까. 그것을 우선 우리는 '육체성의 시학'이라는 이름으로 이야기해 두자. 이렇게 명명해놓고서도 그의 시의 변별성은 완전히 드러나지 않는다. 거칠게 일별하여 보더라도 이것은 '몸시' 연작을 줄기차게 써온 정진규나, '몸'을 화두로 사유를 밀어붙여 온 김지하의 시들과의 차이에 의문을 가시게 만들지 않는가. 그러나 김기택의 일련의 시들은 이들 시인들의 시와는 일정한 차별성과 편차를 가지고 있는데, 가장 큰 차이는 그들의 시들이 대체로 '몸에 대해 사유하는 시'인데 반해 김기택의 시는 '몸이 반응한 시'라는 점이다. 김기택의 시에서 몸은 창고와 같다. 몸 속엔 모든 것들이 들어 있다. 밥알이나 말, 침은 물론, 분노와 꿈, 마음, 용기 같은 품목들도 다 들어 있다. 물론 그 사실은 몸의 주인도 모른다. 그러다가 어떤 자극이 주어지면 저절로 빠져나온다. 이는 작은 몸이라 할 수 있는 코 안에 "하나하나 냄새의 기억들"(「비린내」)이 들어 있는 것과 같다. 그는 육체의 논리인 심리와 생리의 관찰을 통해 몸이나 말,

행동, 습관 등에 숨겨진 폭력과 상처를 드러내고자 한다. 이는 삶과 직접 대면하려는 시인의 태도와 관련이 있다. 이 시대의 대부분의 시인들이 현실의 폭력과 광기를 직접적으로 묘사하거나 개념화나 구조화를 통해 압축적으로 표현한다면, 그는 인간과 동물, 넓게는 사물의 육체, 습관, 마음에 행사되거나 남아 있는 폭력의 흔적과 상처, 비애를 드러낸다.

그의 시는 그만큼 의도성의 축은 적다. 그것은 이미지나 기교보다는 그가 순수한 본능이 살아 있는 시를 쓰고 있다는 것과도 통한다. 그의 시작 행위는 본능이 감지하는 것들을 받아적는 일이다. 시적 화자의 육체에 채워졌던 것들이 자신도 알 수 없는 어떤 힘에 의해서 밀려나온 것이 그의 시다.

그의 이러한 시작 방법은 지금까지 낸 세 권의 시집, 『태아의 잠』(1991), 『바늘 구멍 속의 폭풍』(1994), 『사무원』(1999)에서 그 기조가 그대로 유지되고 있다. 다만 뒤로 갈수록 시인으로 보이는 '나'라는 시적 화자가 직접 등장하는 것은 물론, 무인칭들의 삶에 대한 관찰이 훨씬 더 다양해지고 사물에 대한 몽상의 내밀성과 함께 물질적 상상력의 깊이가 더해지고 유연해졌다는 점이 다르다면 다른 점이다. 그리고 세 번째 시집에 이르러서는 전체적으로 초기의 시들에서 드러났던 폭력에서 야기되는 비참의 이미지와 그 반대편의 극단의 생명성(이것이 드러나는 시는 「매맞는 아이」, 「아이는 아직도 깜빡거리고 있다」, 「어항 유리벽에 붙어 있는 낙지들아」 정도일 것이다.)이 엷어진 대신, 부드럽고 나약하고 섬세한 것들에 대한 그의 애정이 드러나는 시편들이 많아졌다. 따라서 이 글에서는 김기택의 시들을 변모과정에 따라 살펴보는 관점을 지양하고 그의 시에 관류하는 특징적인 흐름들을 짚어보는 식으로 논의를 전개해가고자 한다.

2. 상처 · 기억 · 역사를 간직하는 몸

김기택의 시는 인간과 동 · 식물 등 이 세계에 놓여져 있는 존재들의, 폭력에 시달리거나, 그것에 적응하기 위해 변형된 육체를 시적 화자가 자신의 몸으로 읽어낸 것이다.

우리는 여기서 동물이나 사물에게 향하고 있는 관찰은 인간의 '몸'에 대한 관찰의 연장선상에서 살펴지고 있음을 알아야 한다. 인간, 동물, 식물 어느 것이든 사물의 육체를 관찰한다는 것은 그들의 현존재, 그 생명체 속에 기생하면서 아직도 힘을 행사하고 있는 폭력과, 변질과 퇴화의 과정을 겪으며 폭력을 견디는 생명체들의 몸짓을 읽어내는 일[2]이며, 나아가 상처와 생을 견뎌낸

---

[2] 참고로 김기택의 시에 드러나는 동물, 식물, 인간, 신체의 부분이나 행동 · 습관, 사물 · 현상을 매재로 한 시들은 다음과 같다.
① 동물: "비명과 발버둥을 제거하면 아무리 큰 힘도/바로 음식이" 되는 도축장의 동물(「마장동 도축장에서」), "닭장 더러운 나뭇바닥을 하얗게 긁으며/온 힘으로 버"티는 닭발(「닭」, 「닭살」), "뭉툭하게 남은 꼬리"로 엉덩이에 꼬여든 파리를 쫓으려 옴씰거리거나(「소」), 무게를 더하기 위하여 강제로 입을 벌리고 있는 소(소2), "生老病死를 넘어 어디에선가/먹을 것을 찾아낼 수 있을 것 같은 개의 눈"(「개」, 「비린내」), 고압선 위 "똑바로 서서 잠들어 있"는 새(「겨울새」), "하수구마다 연결된 엄청난 식욕 속에서/여리디여린 방울이 될 때까지 움직이지 않는 모기"(「모기」), "파리의 형태로 아슬아슬하게 붙어 있는 티끌"이 된 파리(「파리」), "바다의 무늬가 뼈다귀처럼 등과 지느러미 위에서 딱딱하게 굳어"간 멸치(「멸치」), 오래 갇혀 있어 이제는 날 줄도 모르고 두 발로 걷기만 하는 새(「새」), 계절 관측 동물(「계절 관측 동물」), 벌레(「벌레」), 어부가 잇몸을 드러내고 웃으며 들어올리는 긴 칼인 갈치(「갈치」), "싱싱한 비린내로 내리치는 식칼과 싸우고 있"는 산낙지(「포장마차에서」, 「어항 유리벽에 붙어 있는 낙지들아」).
② 식물: "가늘고 섬세한 잔뿌리들을 뭉툭하게 퇴화시켜" 화분 안에서 견디고 있는 화초(「너무 잘 크는 화초 하나」), 나무(「나무」, 「지리산 고사목」), "바람의 성깔이 엽맥 속으로 숨구멍 속으로 깊이 스며들도록 놓아두"는 나뭇잎(「나뭇잎」), 열매(「가을에」), 씨앗(「씨앗 한 알」).
③ 인간: 어둠에 가려 보이지 않거나, 봄날 주름살에 햇빛을 채워넣고 있는 노인(「꼽추」, 「봄날」), 오징어를 씹으며 웃고 있는 여자(「목격자」), 연쇄 살인 용의자(「연쇄 살인 용의자」), "위암이라는 어른다운 병으로 죽"은 아이(「밥먹는 일」), 아버지(「아버지」),

흔적과 간고한 세월, 즉 몸 속의 기억과 기원과 역사를 읽어내는 일이다. 이
때 몸은 단순한 육체가 아니라 개인의 역사이며 우주이다.

> 구멍의 어둠 속에 정적의 숨죽임 뒤에
> 불안은 두근거리고 있다
> 사람이나 고양이의 잠을 깨울
> 가볍고 요란한 소리들은 깡통 속에
> 양동이 속에 대야 속에 항상 숨어 있다
> 어둠은 편안하고 안전하지만 굶주림이 있는 곳
> 몽둥이와 덫이 있는 대낮을 지나
> 번득이는 눈과 의심 많은 귀를 지나

예수(「엘리 엘리 라마 사박다니」), "가는 막대기팔과 다리로 위태롭게 떠받친 머리통"
을 가지고 모래 위에 뒹구는 그릇을 내려다보는 아프리카 아이(「사진 속 아프리카
아이1,2」), "먼지를 뒤집어쓴 지렁이처럼 있는 힘을 다해 혀를 꿈틀거리는" 연사(「선
거유세」), "침과 토사물이 흘러내리는 말을 거리에 흘리"는 주정뱅이(「주정뱅이」),
"안데스 산맥에서 발굴되었다는 한 잉카족 사내의 미라"(「천년 동안의 죽음」), 전화를
받는 사람(「귀에서 수화기가 떨어지지 않는다」), 실성한 사람(「망가진 사람」), 실직자
(「실직자」), 술 취한 사람(「술취한 사람」), 여자(「울음 많은 여자」,「교정 보는 여자」),
다리 저는 사람(「다리 저는 사람」), 외팔에 신문뭉치를 들고 뛰어가는 청년(「대칭2」),
150cm 40kg의 몸매를 가진 살찌고 싶은 여자(「독방」), "6시부터 밤 10시까지 하루도
빠짐없이 의자 고행을" 하는 사무원(「사무원」), "아무나 잘 웃기던 조성환"(「조성환의
죽음」), 아기(「신생아 1, 2, 3 」, 「아기는 있는 힘을 다하여 잔다」).
④신체의 부분이나 행동, 습관: 아기의 딸꾹질(「딸꾹질」), 잠(「태아의 잠1,2」, 「아기는
있는 힘을 다하여 잔다」), 눈(「눈」), 웃음(「너무 웃으면 얼굴이 일그러진다」), 한숨(「한
숨」), 병(「병에 대하여」,「병」), 중얼거림(「중얼중얼중얼」), 충돌직전의 상황(「충돌직전
의 명상」), 주름살(「주름살」, 「늙는 순간에 대한 짧은 관찰」), 무좀(「무좀」), 과식(「과식
」), 내성적인 성격(「내성적」), 습관(「김과장」), 마음(「마음」), 귀(「귀」), 머리카락(「머리
카락 하나」), 하품(「하품」).
⑤사물·현상: 가뭄(「가뭄」), 유리(「유리에게」), 종유석(「종유석」), 먼지(「먼지에 대하
여」), 바람(「바람에 대하여」), 노래(「노래에 대하여」), 종이(「종이 한 장」), 냉수(「겨울
아침에」), 산(「겨울산」, 「無名山」), 불(「겨울밤2」), 얼음(「바람 견디기」,「얼음 속의 밀
림」), 신문가판대(「신문가판대」), 구두(「구두 한 켤레」), 알(「알」), 발자국(「발자국1,2」),
전동차(「우리나라 전동차의 놀라운 적재효율」), 추위(「겨울을 기다림」,「또 겨울을 기
다림」).

주린 위장을 끌어당기는 냄새를 향하여
걸음은 공기를 밟듯 나아간다
꾸역꾸역 굶주림 속으로 들어오는 비누 조각
비닐 봉지 향기로운 쥐약이 붙어 있는 밥알들
거품을 물고 떨며 죽을 때까지 그칠 줄 모르는
아아 불안하고 황홀한 식욕

—「쥐」 전문

시인의 의식은 인간들이 오랫동안 잊고 있었던 동물적 몸짓 속에서 튀어나온다. "황홀하고도 불안한 식욕" 속에 놓여 있는 쥐의 움직임과 생리에서 우리는 오히려 순수한 본능만이 성욕처럼 꿈틀대는, 거세게 밀려오는 힘을 육체 속에 실을 수 있다. 여기서 읽을 수 있는 것은 현상적인 것만이 아니다. 존재의 불안을 이끌어낸 폭력의 실체와, 폭력을 견디는 몸짓, 그 몸짓 속에 남아 있는 기억을 더듬어 읽어내는 것이다. 더욱이 "거품을 물고 떨며 죽을 때까지 그칠 줄 모르는" 욕망은 삶과 죽음이라는 생명의 가장 원초적인 이미지로 기능하면서 세계의 공격성 속에 싸여 있는 인간존재의 불안과 고독을 실존론적 의미로 새로이 깨우고 있는 것이다. "추위와 이빨과 발톱을 견뎌내면서/안에서 착하게 떨던 여리고 약한 주인들"(「가죽」)을 다룬 김기택의 동물 시들은 테드 휴즈의 시들과 비교를 요하는 것이겠지만, 객관화된 거리를 확보할 수 있다는 점에서 선택된 것으로 보인다.

그러나 이 몸에 대한 묘사는 폭력에 노출되어 있는, 폭력에 의해 기형적으로 변형되어 퇴화의 과정을 걷고 있는 있는 존재에 대한 관찰로서만 기능하고 있는 것은 아니다. 일상성에 길들여진 인간의 내면에 숨겨져 있는 원초적인 힘의 실체를 밝히려는 데로도 모아진다.

길고 느린 하품과 게으른 표정 속에 숨어 있는 눈
풀잎을 스치는 바람과 발자국을 빈틈없이 잡아내는 귀

코앞을 지나가는 먹이를 보고도 호랑이는 움직이지 않는다
위장을 둘러싼 잠은 무거울수록 기분좋게 출렁거린다
정글은 잠의 수면 아래 굴절되어 푸른 꿈이 되어 있다
—「호랑이」 부분

하루는 무덥고 시끄러운 정오의 길바닥에서
그 노인이 조용히 잠든 것을 보았다.
등에 커다란 알을 하나 품고
그 알 속으로 들어가
태아처럼 웅크리고 자고 있었다.
곧 껍질을 깨고 무엇이 나올 것 같아
철근 같은 등뼈가 부서지도록 기지개를 하면서
그것이 곧 일어날 것 같아
그 알이 유난히 크고 위태로워 보였다.
거대한 도시의 소음보다 더 우렁찬
숨소리 나직하게 들려오고
웅크려 알을 품고 있는 어둠 위로
종일 빛이 내리고 있었다
—「꼽추」 부분

「호랑이」에서 우리는 공격에의 의지를 다스리는 정신의 고양과, 숨죽인 듯 고요한 사물의 내면 속에서 들끓는 생명의 동성을 발견한다. 호랑이는 말하자면 우리의 내면 속에 잠재된 원시적인 본능을 일깨워주기 선택된 것이다. 이는 「꼽추」에서 노인의 등이 비참의 상징이면서 동시에 알이며 집, 우주가 되는 것에서도 드러난다. 이 때 지하도는 알이 잠을 자고 부화하는 따뜻한 새집으로 변화한다. 이 힘이 세계의 가혹한 공격성 속에서도 부드러운 잠으로 출렁이면서 경이의 위태로움을 양생한다. 알을 품고 있는 어둠 위로 종일 내리는 빛의 풍경은 마치 어느 탄생 신화의 현장 앞에 서 있는 것처럼 우리를

설레게 한다. "시멘트를 응고시키는, 낮게 구부러진 어둠"이 "알을 품고 있는 어둠"으로 변용되는 내밀성과 생명성을 그의 시는 가진다. 잠재된 공격성의 잠은 그 자체로 세계의 내질의 화학적 변화를 가능하게 하는 출렁이는 공간으로 작용한다. 이는 "불꽃이 끓는 고압을 날개와 날개 사이/균형을 이룬 중심에서 고요하고 맑은 잠"으로 편안하게 흔들면서 다스리는 새(「겨울새」)에서나, "씨앗으로 남아/산 구석구석 죽은 듯이 숨쉬고 있는" 벌레들(「겨울산」), "어둠 속에서 수액을 퍼올리는 뿌리와 같이, 고요하지만 있는 힘을 다하여 움직"이는 잠을 자는 아기(「아기는 있는 힘을 다하여 잔다」)에서도 확인된다. 이러한 순수한 공격의지는 표면만을 살고 있는 세계에서 순수한 감각과 이미지의 실존을 드러내 보이면서 우리 자신의 실존에 대한 반성의 매재로도 작용한다.

그렇다면 그 실존이란 무엇인가. 삶의 속력, 습관의 속력, "저 혼자의 힘으로 가고 있는" 속력(「충돌 직전의 명상」)과 "동전만 던져주면 속옷을 벗고 나오는 일회용 권력"(「신문 가판대에서」), "지글지글 타고 있는 것이 고기이건 시체이건/그 환각의 맛과 냄새에서/잠시도 벗어날 수 없는 먹자골목"(「먹자골목을 지나며」), "공기가 모두 살로 변"해 있는, "숨을 쉬면 콧구멍으로 살덩이가 들어오는 것" 같은(「막힌 차도에서」) 현실 속에서의 존재성이다.

이런 삶을 묘사하기 위하여 김기택이 선택한 동사들은 대단히 거칠고 공격적이다. "상심하여 자기도 모르게 찡그린 얼굴을 번개같이 붙잡은 주름살은 어렵게 차지한 명당자리를 다시는 놓치지 않으려고 지쳐 탄력 잃은 피부에 굳게 자리잡고 있었다"(「늙는 순간에 대한 짧은 관찰」)에서도 우리는 '번개같이 붙잡은', '굳게 자리잡고 있었다' 와 같은 동사를 발견할 수 있거니와, 할퀸다, 긁는다, 버틴다, 누른다, 박힌다, 때린다, 돋는다, 뻣뻣해진다, 터진다, 빤다, 캐낸다, 몰아쉰다, 붙어 있다, 박고 있다, 굴러 떨어진다, 태운다, 지진다, 삐걱거린다, 깨진다 등의 끝도 없이 나오는 동사군들은 폭력을 받고 있거나, 그에 의해 기형적으로 변형되어가는 몸들을 보여주는 것들이다. 폭력의 이미지를 담고 있는 동사나 단어들은 직선이나 소음, 딱딱하거나 뻣뻣하거나 무겁거나 튼튼한 방향의 언어군을 형성하고 있음을 확인할 수 있다.

우리는 이런 시들에서 또 하나의 새로운 사실을 발견한다. 대상에 대한 주체의 소외이다.

> 수화기 속의 말은 나사못처럼 튼튼하게 귀에 박혀 있다
> 벨소리는 망치처럼 나사못을 쿵쿵 때린다
> 이제 귓속은 포화 상태, 더 이상 말이 들어가지 않는다
> 말들은 귓전을 때리다가 귀 밑으로 줄줄 흘러내린다
> 한바탕 토악질로 말을 쏟아내고 다시 통화했으면 좋겠는데
> 귀에서 수화기가 떨어지지 않는다
>
> ─ 「귀에서 수화기가 떨어지지 않는다」 부분

> 생각 없는 말들이 나온다 중얼중얼중얼 생각의 무게에서 벗어난 말들은 가볍다 말 속에는 단지 목청의 떨림이나 내장 냄새 발음 억양 따위만이 있을 뿐이다 나는 정말 말을 꺼낼 생각이 없었다 내 안에 무엇이 그 말들을 밀어냈던 것이다
>
> ─ 「중얼중얼중얼」 부분

「귀에서 수화기가 떨어지지 않는다」는 말의 폭력에 노출되고 있는 주체를 그리고 있다. 나사못처럼 귀에 박힌 말들로 인해 귓속은 포화 상태가 되고, 쏟아낼 수도 없이 말들은 계속 귓전을 때린다. 문제는 나사못과 망치로 상징되는 말이 주체인 귀의 의지를 박탈한다는 것이다. 그래서 이 시는 말을 쏟아내는 기계인 수화기가 주체가 되고 귀를 가진 주체인 '내'가 사물이 되는 지점을 아울러 말하고 있는 것이다.

「중얼중얼중얼」 역시 주체의 소외과정을 드러내고 있다. 기실 폭력에서 받은 상처를 가장 잘 드러내 주는 것이 말이다. "꺼낼 생각이 없었다"는 데서도 드러나듯 말들은 내 몸 어디에 숨어 있다가 내 의지와는 달리 쏟아져 나온다.

이는 내가 폭력을 견디다가 이미 망가져 있었다는 증거이다. 우리는 "생각 없는 말들"을 통해 '나'라는 생명체 속에 기생하면서 아직도 위력을 보이고 있는 어떤 힘의 실체를 볼 수 있다. 그 힘이 육체활동으로서의 언어를 의미작용의 주체로부터 멀어지게 한 것이다.

"울음은 이제 형식적으로 입만 크게 벌리고 있다"(「소2」), "텔레비전은 그렇게 밤늦도록 지치지도 않고/너의 멍한 얼굴을 이글이글 태우며 쳐다본다."(「나는 매일 밤 너의 얼굴을 쳐다본다」), "어둠 속의 무수한 빛과 색깔이/내 눈을 발견할 때까지"(「어둠도 자세히 보면 환하다」)등의 무수히 많은 구절에서 우리는 몸의 언어들을 읽을 수 있거니와, 그보다는 주체가 대상으로부터 완전히 소외되어 있는 끔찍한 리얼리티를 보게 되는 것이다.

주체의 소외화 과정은 한단계 더 진전하면서 일상을 회화화시키는 지점에까지 이르게 된다. 앞서 우리는 「나는 매일 밤 너의 얼굴을 쳐다본다」라는 시에서 텔레비전과 '나'가 주체이동을 하고 있음을 확인할 수 있었지만, "책상 아래에는 여전히 다리가 여섯이었"지만 "어느 둘이 그의 다리였는지는 알 수 없었다", "이미 습관이 모든 행동과 사고를 대신할 만큼/깊은 경지에 들어섰으므로/사람들은 그를 '30년간의 長座不立'이라 불렀다 한다."(「사무원」), "우리나라 승객들의/자동화된 저 순발력!"(「우리나라 전동차의 놀라운 적재효율」), "먼지가 일어나고 등이 조금 부서진다./젊은이는 세게 그의 몸을 흔들어댄다./조그만 목이 흔들리다가 먼저 바닥에 굴러 떨어진다."(「화석」), "휠체어에 탄 사람처럼 그는 다리 대신 엉덩이로 다닌다./발 대신 바퀴가 땅을 밟는다."(「그는 새보다도 적게 땅을 밟는다」), "그의 억센 손이 내 등을 토닥거려주었을 때/내 허약한 몸은 마구 꼬리를 흔들고 싶었다./바지를 벗고 꼬리를 꺼내어/태극기처럼 열렬히 흔들어주고 싶었다."(「꼬리는 있다」)는 구절에 이르면 회화화의 극점을 이루며, 고골리의 「외투」에 나오는 주인공 아까끼 아까끼에비치 같은 인물을 즐겁게 연상하게 한다. 물질이 되어버린 일상적 자아의 비굴과 사물성이 아니고 무엇이겠는가.

결국 김기택은 몸의 시학을 통해 그것들 속에 녹아 있는 시간을, 역사를 잡아낸다. 그는 사람들이 "모두 기둥이 되어 서 있는"(「다리 저는 사람」) 우리 삶의 근저를 꿰뚫고 있는 것이다.

3. 일상의 신성성 발견 — 치유에 이르는 과정

주체의 소외과정을 거리를 두고 바라보는 그 눈으로 시인은 일상의 비의 속에 가려진 생명의 촉기를 발견한다. 그것은 세상의 작은 것에 대한 관심이다. 그는 작고, 하잘 것 없고, 나약한 것들의 모습과 미세한 소리를 듣는다. 세상의 소음과 채워진 것, 습관, 직선적인 것, 강한 것에서 그는 폭력의 실체를 보았다면, 그는 고요와 비워진 것, 감춰진 것, 곡선적인 것, 약한 것에서 폭력의 치유 가능성을 발견한다.

그동안 그가 웃긴 모든 웃음이 갑자기 서늘해져왔다. 안 웃기려고 애쓸수록 더 웃기게 죽었을 것 같아 그 죽음이 더 으스스해 보였다. 언제나 바보같이 얼굴에 그려져 있었던 웃음, 코나 입처럼 얼굴에 붙박여 있었던 웃음, 울거나 찡그릴 때조차도 멈추지 않았던 웃음, 그 웃음들이 죽어가는 그를 마지막으로 웃기려고 달려들고 있었다. 죽음 앞에서 떨고 있는 조성환을, 보육원에서 매일 밤마다 밧따 맞으며 자란 조성환을, 너무나 조그맣고 가벼운 조성환을, 더 살려두어도 이 세상에 아무런 표시도 나지 않을 조성환을.

—「조성환의 죽음」 부분

웃음에서조차 주인일 수 없는, 더 살려두어도 이 세상에 아무런 표시도 나지 않을, "너무나 조그맣고 가벼운 조성환"의 존재는 우리들을 한없는 연민으로 끌고간다. 주체의 소외라는 김기택의 시적 방법을 극명하게 보여주는 이 시에서 우리는, 정확하고 침착한 관찰과 사고로 몸을 읽어내는 능력과

함께, 그가 작은 것들에 대한 공감에서도 얼마나 섬세한 감정을 가지고 있는가
를 알 수 있다. 이는 "마흔에 폭삭 늙어 보육원 돼지우리 할아버지가 된 껌뻑이
형"(「껌뻑이 兄」)이나, 녹음기 반주로 노래 부르며 구걸하는 장님과 한쪽 다리
가 없는 거지의 만남(「사막에서의 반가운 해후」)을 바라보는 그의 눈에서도
여전히 드러난다. 그러면 이것을 가능하게 하는 내적 요인은 어디에 있는가.

아삭아삭 빛이 부서지는 소리
송충이가 솔잎을 갉아먹는다
나뭇가지인 줄 알고 송진이
송충이 혈관을 지나간다
부서진 빛이 송충이 내장 속에서
퍼진다 꿈틀거리며 간다

솔잎인 줄 알고 송충이 털 속으로
수액이 송충이 털 속으로 들어간다
선인장 가시처럼 뿌리내린
푸른 빛 속에 뿌리내린 송충이 털
내장인 줄도 모르고 섬유질 속으로
꽃인 줄 알고 털끝으로 희고 가는 선 끝으로

— 「송충이」 전문

김기택에게 있어 생명의 촉기는 공간적으로는 우선 사물과 그 사물을 구성
하고 있는 자연간의 구별이 무화되는 지점에서 촉발된다. 윗 시에서 나뭇가지
와 송충이 혈관, 솔잎과 송충이 털, 내장과 섬유질, 꽃과 털끝의 선 등은 세계를
구성하는 하나의 리듬으로 합치되어 있다. 신생아 연작은 바로 이러한 그의
감각의 내밀성이 드러난 시이다. 여기서 아기의 울음은 시냇물 소리, 바람
소리로, 때로는 호랑이의 포효나 호통치는 큰스님의 일갈로 드러난다. 나약한
것들 속에 들어 있는 감각의 순결성은 잠을 자고난 아기가 "밤 사이 훌쩍

자란 풀잎"으로 변신되고, "풀잎 위에 맺힌 이슬은 아기의 목구멍에서 굴러나
와 아침 공기를 낭랑하게 울리"(「아기는 있는 힘을 다하여 잠을 잔다」)게
하며, 아기의 눈알에서 "전생이 기억날 듯 말 듯"한 모습을 읽어내는 것이다.
거기서 시인은 대상과 주체를 갈라놓는 사건과 말들의 욕망에서 벗어나 자신
을 회복할 수 있는 힘을 발견하는 것이다.

이를 위해 그의 상상력은 시간적으로는 인간의 역사가 시작되기 전의 순수
시간에까지 촉수를 드리우고 있다. 「유리에게」에서 그는 "유리가 되기 전까지
수만 년/깊은 땅 속에서 잠자던 거대한 바위"에게 상상력을 뻗쳐나간다. 그것
은 필시 바슐라르와 같은 이들의 물질적 상상력에 그 맥이 닿아 있는데, 상상
하는 것의 즐거움을 증폭시키는 힘으로 작용한다. 「종유석」 등과 첫시집에서
시도되었던 그 방식은 세 번째 시집의 「인수봉」 등의 시에서도 지속적으로
드러난다. 특히 「태아의 잠1」 등에 드러나는 동성은 감각의 즐거움을 일깨우기
에 충분하다.

이런 그의 시작 태도는 결국 일상에서 신성을 발견하는 단계에까지 도달하
게 된다.

> 걸레질을 하려면 무릎을 꿇어야 한다./허리와 머리를 깊이 숙여야 한다./엉
> 덩이를 들어야 한다./무릎걸음으로 공손하게 걸어야 한다./큰절 올리는 마음
> 으로/아기 몸의 때를 벗기는 마음으로 닦지 않으면/방과 마루는 좀처럼 맑아
> 지지 않는다./어디든 떠돌아다니고 기웃거리고/틈만 보이면 비집고 들어가
> 눌러앉는 먼지들./오라는 곳 없어도 밤낮없이 찾아오고/누구와도 섞여 한몸이
> 되는 먼지들./하지만 정성이 지극하면 먼지들도 그만 승복하고/고분고분 걸레
> 에 달라붙는다./걸레 빤 물에 섞여 다시 어디론가 떠난다./그렇게 그녀는 방과
> 마루에게 먼지에게/매일 五體投地하듯 걸레질을 한다.
>
> ― 「걸레질하는 여자」 전문

무릎을 꿇고 허리와 머리를 숙이고 엉덩이를 들고 큰절 올리는 마음으로,

五體投地 하듯 먼지를 승복시켜 떠나보내는 그녀의 행위에서 우리는 일상에서도 이렇듯 황금부분이 있음을 확인한다. 그는 "못 걷는 다리 하나를 위하여/온 몸이 다리가 되어 흔들어"(「다리 저는 사람」)주는 다리 저는 사람에게서 "사람들 모두 기둥이 되어 우람하게 서 있는", "그 빽빽한 기둥 사이를/홀로 팔랑팔랑 지나가"는 살아 있는 모습을 발견한다. 이는 사물에도 고르게 적용되는데, 살아 있는 사람들을 모두 사각기둥으로 만들어버렸던(「우리나라 전동차의 놀라운 적재효율」) 시인은 정작 현상적으로는 그 사각기둥의 하나일 뿐인 의자의 마음에까지 내려가, 나직한 비명과 함께 "가는 다리에 근육과 심줄이 돋"는, "넘어지면, 뒤집어진 거북이처럼/허공에 다리를 쳐들고/어쩔 줄 몰라 가만히 있는" 한 마리의 동물(「낡은 의자」)을 본다. 이 연민의 정서는 작은 것, 보잘 것 없는 것에 대한 애정이라 할 만하다. 이 같은 문맥은 일상을 고행으로 희화화하여 처리하고 있는 「사무원」 계열의 시와는 대조가 된다.

"모든 흐트러짐과 자유로움을/정교하고 엄격한 계율로 만드는/서슬 푸른 法과 道의 세계"를 "결빙의 과정 속에"서 보고(「얼음 속의 밀림」), 고요 속에서 "수많은 작은 소리 세포들을 발견"하거나(「고요하다는 것」), 아파트 앞에 모여 햇볕쬐는 할머니들에게서 "마음을 저수지마냥 넓게 벌려 한철 폭우처럼 쏟아지는 빛을 받는"(「봄날」) 것을 보는 그의 눈은 싱그럽다. 이는 라면 상자 안 참외 같은 노란 병아리들의 소리에서 "소음의 폭력을 헤치"는 힘(「구로공단역의 병아리들」)을 보거나, "아름드리 나무 거대한 기둥이" 바람에 떨어지는 "작고 여린 이파리들"에게 공손하게 허리를 굽히는 것(「바람 부는 날의 시」)을 보는 것에서도 여전히 드러난다.

"마음껏 울어보지도 못한 채/가슴을 떠난 기쁨과 분노들"(바람에 대하여)인 먼지와 소음, 욕망에서 벗어나 고요하고 가냘프고 부드러운 것에서 생명의 촉기를 발견하는 그의 노력은 소망스럽다. 더욱 그의 시가 몸의 시학을 바탕으로 한 상상력의 독자성과 감각의 직접성에 젖줄을 대고 있음에서 그렇다.

물론 우리가 그의 시에서 기대하는 것은 그 작은 것들의 촉기만은 아닐 것이다. 다른 전망이나 대안 같은 것도 있을 수 있을 것이다. 그러나 모든 것을 사각기둥으로 만들어버리는, '크고 튼튼한' 이 시대의 거죽들은 역설적이게도 이미 그 자체로 '저 편의 세계'를 마련하고 있다고 그는 나직히 읊조린다.

"튼튼한 것 속에서 틈은 태어난다"(「틈」)고.

'가만히 있음'이 데우는 폭발
— 문인수의 시세계

시인은 추상적인 것을 구체적인 것으로 잘 만지는 존재이다. 이 때 '만진다' 는 것은 사물에 들어 있는 드러냄과 숨김 사이에 있는 틈, 그 결 속에 허파를 들이대고 있다는 뜻일 터이다. 물론 사물은 그 자신을 쉽사리 드러내지 않는다. 대상으로서의 사물은 자신에게 접근된 존재자에게 숨김, 즉 거절로서 반응한 다. 이 때 그 사물 앞에 오래 서 있는 시인은 기실 그 숨김이란 모든 밝음으로서 의 유래가 들어 있는 들끓는 어둠임을 알아차리게 된다. 말하자면 사물은 위장으로서의 숨김 — 거절의 모습을 띠고 존재자 앞에 서 있다. 시인은 그 사물 앞에 더 겸손히 침잠하는 과정을 통해서 사물 속에서 일어나는 밝힘과 숨김 사이의 밀고 당김을 몸 속에 담고, 마침내는 사물과 자신 사이의 열려진 중심 속에 설 수 있는 것이다. 사물의 풀무 속에 몸을 대면서 미세한 떨림을 감지할 때 시인은 세계 내 존재로서의 자신을 드러낼 뿐만 아니라 진리를 개진할 수 있는 것. 그러나 시인이 사물에서 자기 몸으로 수혈받은 언어들은 설명할 수 없고 다만 암시할 수 있는 부분일 뿐이다. 시인도 직접 손댔다가는 다치는 부분. 그것을 절제된 언어로 새겨내는 것이 시인만이 갖는 고통이고 기쁨. 그런 점에서 시인은 잘 느끼는 존재라기보다는 남으로 하여금 잘 느끼도록 감정의 덩어리를 잘게 부숴 보여주는 존재이다. 그런데 독자는 그것을 설명해달라고 한다. 그게 또 시인의 난감함. 평론은 더더욱 말이 안 되는 것. 시인이 어쩔 수 없이 감정의 무늬만 만들어놨는데 그걸 논리로 말하여 하다니.

문인수 시인의 시를 읽으면서 떠올린 시인의 모습이다. 그의 시는 몸의 체감이 느껴지는 시. 만져지는 시이다. 그 만짐은 직접적으로 되는 경우도 있지만, 말과 말, 이미지와 이미지 사이의 간극에서 터져나온다. 가끔씩 우리는 그 낭떠러지에서 아연한 표정으로 서 있어야 할 때도 있다. 사실 시인의 노래는 그것을 풀어내고 싶은 욕망에 다름 아닐 터. 아래 시를 보라.

> 9월 유등마을 연지엔 연잎들이 모두 나와 물을 덮고 있다. 누가 풀섶에 빛 바랜 운동화 한 켤레를 가지런히 벗어놓았다. 저런, 낡은 죽음의 이미지조차도 이쁜 꼬리지느러미를 달고 짧게 사라진다. 배고프다 문득, 연잎에 이는 한바탕 소나기 소리가, 그런 바람의 비늘이, 달빛 냄새가 궁금하다. 아 꽃 지고도 많이 남은 초록의 날짜들이 남몰래 빨아먹는 슬픔이 있다.
>
> — 「유등연지」 전문

상상력의 예기치 못한 기습이 느껴지는 시! 연잎들은 물 속의 풍경을 은폐하기 위하여 물을 덮는다. 그러나 화자의 눈에 운동화 한 켤레와, 낡은 죽음의 이미지(아마 물고기)가 짧게 사라지는 광경이 "저런"이라는 짧은 감탄사를 유발한다. 사실 "저런" 전의 문장과 뒷 문장 사이 이미지의 간극이 이 시를 지탱하는 힘이다. 이어 나오는 '배고프다' 라는 말은 자연스럽게 '살고 싶다', 혹은 '삶이 환해진다'라는 말로 치환하여 읽어야 한다. 그것은 "저런"의 놀람과, 이어지는 "이쁜 꼬리지느러미를 달고 짧게 사라지는 낡은 죽음의 이미지" 때문이다. 물고기는 운동화를 벗어놓은 사람의 몸을 먹고 자랐다. '이쁜 죽음'

이 그의 삶을 밝히는 순간이다. 그 당김이 소나기 소리, 바람의 비늘, 달빛 냄새를 궁금하게 한다. 그러나 문인수의 이 시는 여기까지의 독법을 또 한번 비틀어버리는 감정의 겹무늬를 깔아놓았다. 우리는 앞서 삶의 무늬를 확인했는데, "남몰래 빨아먹는 슬픔"이라니! 시인은 감정의 일방통행을 하지 않고 모순 형용, 즉 양가성의 무늬로 시의 생명성을 꿈틀거리게 하고 있는 것이다. 그뿐인가. 시인의 시는 정지된 것처럼 보이는 사물들 속에 내장된 움직임의 모습을 동적으로 그려낸다. 이는 몸이 사물의 호흡에 가만히 귀기울이다가 그걸 받아 적은 것이 그의 시이기 때문이다. '배고프다', '빨아먹는' 같은 동사는 그가 몸을 촉수로 대상에 접근하고 하고 있음을 보여주는 예이다. 사물의 식물적 이미지로의, 식물적 이미지의 동물적 이미지로의 변용도 그의 이런 감각적 특성에 기인한다.

> 밤에, 피어오르는 탑은 한 그루 자라는 나무 같다고 그렇게 천년, 허공을 열어가는 열쇠일 거라고 누가 뒤에서 나직이 말하였지만 말 끝난 뒤에 오는 적막처럼 生이 끝나고 아, 生이 자꾸 끝나고 그 마음 따여 져 켜켜이 썩어 잘 썩은 거름인 어둠 속에서 어둠을 미는 하염없는 몸짓, 층 층 층 층 올라가는 날개 환한 밤
>
> — 「탑 — 익산 왕궁리 5층석탑」 전문

> 버려진 군용 텐트나 여자들같이
> 호박넝쿨의 저 찢어져 망한 이파리들
> 먼지 뒤집어 쓴 채 너풀거리다
> 밤에 떠나는 기러기 소리를 들었다.
>
> —「9월」 부분

첫 번째 시는 무생물인 탑이 식물로 변용되며, 결국은 동물(새)로 탈바꿈한다. 두 번째 시에서 호박넝쿨 찢어진 이파리들의 기러기로의 변용도 같은 맥락이다. 이런 표현은 "한 모퉁이 깊이 꺾어도는데 쾅! 하고 나를 놀라게

한 산벚꽃나무의 폭발"(「산행」) 같은 시에서는 동성의 드라마로 극대화되어 나타나기도 한다. 몸이 사물의 중심에 반응하지 않는다면 생명체로서의 자연이 한순간도 쉬지 않고 움직이는 이 미세한 결을 담을 수 있을까. "함성처럼 고요히 우거"진 춤(「6월」), "소신공양"의 "고요히 올라앉은 滿開"(「가시연꽃」)라는 그의 시의 도처에서 보이는 감각은 시인의 인내심 있는 투신에 의하여 이룩된 것이라는 데 더 의의가 있다. 인내심 있는 투신이라고 했지만 그것은 사물 쪽에서도 마찬가지이다. 사물과 자아가 각각 자신의 몸을 열어놓고만 있다. 「밤늪」은 사물과 자아 사이에 놓인 그 '투신' 혹은 '몸 나누기'의 무늬를 만질 수 있는 시이다.

> 달빛이 늪의 물에 오래 가만히 있다.
> 달빛 풀리는 물이랑이, 바람 타는 갈대숲이 추는
> 춤, 춤 속으로 흘러들 뿐 하염없이 오래
> 가만히 있다. 딴 짓 하지 않는다.
> 으스름 아래 어디 저 집요한 소쩍새 있다.
> 개구리 물오리 풀벌레 소리 또한 오래
> 딴소리하지 않는다. 저 몇 그루 뚝버들의 시꺼먼,
> 산의 시꺼먼 대가리들 또한 왈칵,
> 재채기하지 않는다. 가만히 있다 오래,
> 무슨 일이 참 많다. 이 소란한, 방대한 고요가 그것인데
> 누가 밤새도록 걸어놓은 양수기의 발동소리가,
> 거기에 발이 툭, 걸린 내 마음까지도 다시 긴
> 둑길을 따라 천천히 흘러들어간다. 딴 짓,
> 딴소리하지 않는다. 오래 가만히 있다.

— 「밤 늪」 전문

시인은 문장 중간 중간에 "딴 짓 하지 않는다.", "딴 소리 하지 않는다.", "가만히 있다." 같은 문장을 끼워넣고 있다. 그것은 전체 시에 리듬 같은 것을

형성하면서 시를 내적으로 다지는 역할을 한다. 사물과 자아는 스스로를 쉽게 드러내지 않는다. 다만 자기 일을 하고 있을 뿐. 이 미분화의, 분리되지 않는 사물과 자아 사이의 들끓음이 문인수 시의 힘이다. 그는 이것을 "소란한, 방대한 고요"라고 이야기한다. 자아의 매재인 몸은 들리지 않지만 내적인 촉수로 사물의 결을 만지며 가만히 있고, 사물 측에서도 그렇게 가만히 있다. 이 시에서는 섣부른 화자 우월주의가 있을 수 없다. 서두에서 우리가 시인과 사물 사이에 놓인 언어들은 설명할 수 없고 다만 그 분위기만 묘사할 수 있을 뿐, 시인도 직접 손댔다가는 다친다, 시인은 잘 느끼는 존재라기보다는 남으로 하여금 잘 느끼도록 하는 존재, 라고 말했던 문맥이 바로 이것이다. 문인수의 좋은 시들은 의미의 햇살로 풀리지 않는 정서의 분말들이 살아서 꼬물거리고 있다. 그는 사물 옆에서, 사물은 그 옆에서 '가만히' 서 있다. 그 오랜 숙성의 과정을 통해 사물과 자아는 자신의 존재를 풀어놓는다. 이 규정할 수 없는 몸 나누기를 통해 시인은 사물에 다가간다. 마찬가지로 사물은 시인에게 다가가지만 겸손한 시인은 사물의 표정을 함부로 발설하지 않는다. "말 걸지 말아라."(「슬픔은 물로 된 불인 것 같다」)고 하는 이 '가만히 있음'의 스밈이 그의 시다. 이 때 그는 의도적으로 문장을 만들지 않는나. 사물과 자아의 봄 나누기를 통해 뽑아져 나온 말들을 배열하는 역할을 맡을 뿐. 낱말이 분위기에 달라붙는다고나 할까. 그래서 그의 시는 단정(斷定)하지 않는다. 비유로는 직유가 많고 추측의 동사들이 많은 이유이다. "이런 봄이 여러 번 지나갔겠다. 지나가겠다"(「폐가, 시간이 많다」), "저 물소리 다 닳아 빠지겠네 닳지 않겠네"(「다시 정선, 어떤 마을 앞에 서 있었네」) 등 무수히 많은, 툭툭 불거지는 직유로 된, 끊어질 듯 이어지는 문장들은 몸이 사물들과 '간신히' 나누는 정서의 분말들을 드러내고 있는 표정이다. '간신히'라는 말은 사물과 자아 사이의 스밈이 그만큼 쉽지 않다는 뜻일 터이다. 그의 몸이 사물과의 몸 나누기 속에서 만들어내는 정서의 자장, 그 풍경 속으로 참여하다가 우리는 폭발적인 순간을 만난다. 말하자면 사물과 자아가 뜨겁게 타오르는 순간 같은 것 말이다. 의성어들이 터져 나온다. 몸들이 그 말들을 낳는다.

칠십 리 하동포구 섬진강 길은,
아름다운 길은 無痛의 시간 속으로 들어간다.
구름 번쩍이는 산중턱 마을로 들어간다.
물앵두꽃 무더기 무더기 터져오르는 중이었다.
그리고 그 노인부부 밭고랑 타고 앉아
섬광과 폭음 속으로 들어가고 있는 중이었다.
훨훨훨 귀먹고 눈멀어가는 중이었다.

— 「호암리」 전문

철대문 자주 여닫히는 소리 사이로
쾅 쾅 쾅 목련 진다 흰 배, 흰 배,

가볍게 뜨는 몸

이 소란한 녹슨, 캄캄한 어둠 속에서
간다, 하니 문득 마음 순해진다

— 「봄 밤」 전문

「호암리」는 선명한 한 폭의 그림이다. 짧은 시가 만들어내는 하나의 진경이랄까. '번쩍이는', '터져오르는', '섬광과 폭음', '훨훨훨' 같은 말들은 고요와 정지 속에 놓인 사물에서 나는 소리이지만, 엄밀하게는 사물에 몸을 대고 있는 온통 고막이 된 시인의 몸이 서서히 달아오르면서 갑작스럽게 파열되는 음들이다. 사물의 날숨을 그의 몸의 들숨이 받아들이는 순간의 뜨거운 어떤 기운이 치밀어 오름. 그 때 '훨훨훨' 고요가 타오를 수 있는 것이다. '훨훨훨'은 앞선 '번쩍이는', '터져오르는', '섬광과 폭음' 과 같은 어사들을 지속적으로 태우는 흐름이다. 서서히 가열되는 사물과 자아의 온도는 드디어 참을 수 없이 폭발한다. 접점에서 터지는 의성어는 문인수 시가 만들어 낸 또 하나의 풍경이다. 이 때 우리는 그의 몸이 온통 심장만으로 이루어진다고 말할 수 있으리라. 사실 그의 시에 나타나는 의태어들도 의성어들의 연장선상에서 고찰될 수 있는 것이지만 의태어들은 "제 마음 또 뭉게뭉게뭉게뭉게 뒤져보는 구름"(「구름」)에서 보듯 무늬의 선명함을 떠오르게 하는 기제로 작용하지만, 감정의 발화점까지 이른 것은 아니다. 그러나 의성어들이 만들어내는 폭풍은 다르다.

"'쾅 쾅 쾅' 목련 진다"는 「봄 밤」에서도 우리는 예의 그 심장이 터지는 소리를 듣는다. 그것은 "철대문 자주 여닫히는 소리"라는 배음에서 충격된 것이지만, 실은 존재의 아찔한 현기증에서 나오는 것 아니랴. "흰 배 흰 배"라는 말이 꼭지처럼 따라붙는다. 이 때 목련의 떨어짐은 "녹슨, 캄캄한 어둠"을 뜨는 '흰 배'로 환치시킨다. 하강과 상승, 죽음과 삶이 경계를 허물며 "가볍게 뜬다". "마음 순해진다."

의성어들이 만들어내는 폭풍은 「채와 북 사이, 동백 진다」에 이르면 가히 절정에 이른 느낌이다.

> 지리산 앉고,
> 섬진강은 참 긴 소리다.
>
> 저녁노을 시뻘건 것 물에 씻고 나서
>
> 저 달, 소리북 하나 또 중천 높이 걸린다.
> 산이 무겁게, 발원의 사내가 다시 어둑어둑
> 고쳐 눌러 앉는다.
>
> 이 미친 향기의 북채는 어디 숨어 춤추나

매화 폭발 자욱한 그 아래를 봐라

뚝, 뚝, 뚝, 듣는 동백의 대가리들.
선혈의 천둥
난타가 지나간다.

— 「채와 북 사이, 동백 진다」 전문

이 시가 절정에 이르렀다고 하는 것은 무엇보다 시인의 몸이 넓은 자연을 통째로 감각하는 떨림판을 가지고 있다는 점에서다. 그의 몸은 판소리의 한 장면으로 지리산과 섬진강, 그리고 주변의 꽃들을 더듬으며 맞닿아 있다. 소리꾼은 보이지 않는다. 다만 섬진강의 물줄기들이 닫히고 맺힌 우리네 삶을 어루만지면서 그 "긴 소리"들을 풀어 제낀다. 그 옆에 고수인 지리산이 앉았다. 사이, 시간들이 만져진다. 밤. 중천 높이 걸리는 "소리 북". 사내가 이번엔 자세를 고쳐 앉는다. 미친 향기의 북채는 숨어서 춤을 출 뿐이지만, 북채 그 선혈의 천둥이 지나간 자리엔 매화 폭발과, 뚝, 뚝, 뚝 듣는 동백의 대가리들. 보이지 않는 북채와 소리북인 달 사이에서 터져나오는 생명과 소멸의 드라마가 본능적인 감각으로 펼쳐진다. 천상과 지상, 강물과 산, 탄생과 소멸의 양가적인 속성이 주름으로 만져진다. 그 때 이 시는 폭발하듯, 혹은 뚝뚝 떨어지듯 돋아난 것이다. 이 생멸의 낭자한 피 흘림은 자연의 들숨과 날숨을 몸으로 옮긴 것이 아니고 무엇이랴.

그는 대상을 함부로 묘사하지 않는다. 가까워졌다고 생각할 때 한번 더 망설인다. 바로 발설해도 될 것을 "이 미친 향기의 북채는 어디 숨어 춤추나"고 딴전을 걸고 있는 것이다. 가까운 사이일수록 조심한다는 말. 도를 넘어설 때 무너진다는 말을 그의 시의 행간은 말하고 있는 듯하다. 여기서 자연스럽게 떠오르는 것이 감정의 절제 방법이다. 그 때 그는 행 사이에 심연이 있는,

단행으로 된 연으로 구성된 시를 택한다. 「먼 길」, 「정선 산다」, 「열병」 같은 시는 말할 것도 없고, 단행 연이 포함된 시는 시집의 도처에 깔려 있다. 오르기 힘든 산처럼 그의 시의 행간은 가파르다. 이 가파른 리듬은 자연에 내재한 본연의 리듬을 체득한 자의 감성에서 나오는 것일 수도 있고, 가슴에 맺힌 말을 안간힘으로 풀어내려는 데서 오는 한 같은 것들이 녹아서 나온 것일 수도 있다. 둘 다일 것이다. 이 둘은 실상은 한국인의 삶의 원형 속에 잠재해 있는 것이니까. 어떻든 맺힌 것이 뚝뚝 불거지면서 발설되는 것이 그의 시행이다. 하나로서 수십, 수백 마디를 부리는 셈. 「동강의 높은 새」를 본다.

동강 높이 새 한 마리 떴다.

저, 마음에 뚫린 구멍, 꼭 그만하다.

산의 뿌리가 다 만져진다.

단 일회 깊이 여러 굽이 새파랗게
일자무식의 백 리 긴 편지를 쓴다.

비약적이고 돌연한 이미지, 말 바꿈, 행간의 여백은 감정의 유입 유출을 미리 차단한다. 감정의 사물화, 시간의 공간화 같은 말들을 우리는 조심스럽게 끼워넣을 수 있을 것 같다. 극소가 무한으로 확장되고, 반대로 극대가 미세함 들 속에 수렴된다. "저, 마음에 뚫린 구멍, 꼭 그만하다."고 했을 때 새의 마음이 가진 그 구멍은 산, 혹은 새와 산과의 거리만큼이나 넓어진다. 새는 새이지만 그 자신이 산이며, 작은 몸집 속에 산을 품고 있기도 하다. 그래서 새가 날 때 산의 뿌리가 다 만져질 수 있는 것. 새는 산의 뿌리를 당기고 있는 것이다. 새가 산에서 날아올라, 하늘에 가만히 떠 있을 때, 그 보이지는 않지만 만져지는 그 일자무식의 백 리 긴 편지는 그래서 산의 한을 다 퍼올리고도 남는 것이다.

일찍이 박용래 등에서 시도되었던 이 지워내기 작업은 문인수에 와서 말과 말, 이미지와 이미지 사이의 간극을 만들면서 가파른 삶을, 시를 담아내고 있는 것이다. 사물 사이로 고루 퍼진 몸의 떨림이 절실하면 할수록 말은 나오지 않는 것이고 시인은 툭툭 불거지는 그 말 안에 들어가 있을 수밖에 없는 것이다. 따라서 이 가늘고도 홀쭉한 행들은 바로 시인의 표정이며 심사라고 불러도 되겠다.

우리의 문인수 시에 대한 여행은 이제 종점에 다다른 것 같다. 왜 여행시인가, 왜 정선인가 하는 것이 바로 그 곳. 시인은 "여행시란 없다. 정선에서 우포늪에서 섬진강에서 나는 잠시 서 있었고, 그때 내 삶의 궁기가 보였다. 그걸 베껴 적었다."('자서')고 잘라 말한다. 떠돌아 다녔으면서도 떠돌아 다니지 않았다고 발뺌하는 형국을 시인은 만들지 않았는가. 그러나 지금까지의 우리 여행을 따라와 본 독자들은 눈치를 챘겠지만, 그의 여행의 모티프는 여행을 통한 일상의 갱신, 혹은 박물학적인 지적 호기 같은 것으로 이용되지 않는다. 그는 대상의 의미를 캐어 자기 마음에 해석하는 것을 그의 시의 중심에 놓지 않는다. "내 삶의 궁기가 보였다."는 시인의 말 속에서도 드러나지만 그는 자연을 통해 자신과, 자신이 놓여 있는 근원을 보는 것이다. 특히 정선은 한의 발원지로서 그의 몸에 와 닿는다. 거기서는 몸이 가서 눕는다.

저기 내려 꽃 피고 싶은 기슭이 너무 많다.

— 「동강에서 울다」 부분

이 애 터지게 느리고 구성진 가락을
동강 물길 위에 놓아 천천히 한번 풀어보시지요
주물로 부어낸 듯 실로 똑 같습니다

— 「동강, 저 정선 아리리」 부분

정선은 그의 마음의 고향이요 원적지이다. 가까이 가면 갈수록 몸이 저린, 자기 것일 수밖에 없는, 문인수 아니면 열어줄 수 없는 것이 먼저 마음 속에 있었고 그것이 정선에 와서야 확인된 것. 이 때 그 구체적인 지명이 정선인가 아닌가는 중요하지 않다. 프루스트에게 스완네 쪽에서 불어오는 바람처럼 문인수에게는 정선이 와닿은 이유. 풀어내지 않으면 스스로 아파서 견딜 수 없는 곳을 그는 숙명적으로 만났다고나 할까.

罪여
내 시꺼먼 꼬리가 뭉턱, 뭉턱, 물려 잘려 나가는 것 같다.

— 「정선선」 부분

어떤 죄가 모르고 자꾸 버렸으리라

— 「동강에서 울다」

"내 속이 정선인 것 같다"고 하거나, "정선에 가면 내가 잘 보인다"고 할 때 바로 원적지로서의 정선을 이야기하는 것이다. 그는 외부세계에 자신의 내부를 투영시키고 있다. 사물들에게 스스로의 내면을 오래, 그리고 깊이 투영시켜 가만히 들여다볼 수 있었기에 자신의 내면에 닿을 수 있었던 것이다. 아름다움이란 그냥 나오는 것이 아니라 자신의 몸, 몸의 속죄를 통해 나오는 것. 자기 몸을 달래고 가라앉히고 쓰다듬는 심정적 공간. 자꾸 나오려는 나(짐승, 한)를 위무하고 달래는 자기 용서에서 터져나오는 것이라는 것을 우리는 문인수의 일련의 좋은 시들을 통해 확인할 수 있다.

우리는 이제 여행의 종착점에서 몇 가지 사실을 낙과처럼 조심스럽게 쓸어담을 수 있을 것 같다. 문인수의 시는 사물과 자아 사이를 몸의 체감으로 만진 시라는 것과, 그 만짐은 직접적인 것이 아니라 대부분의 경우에 있어서, 말과 말, 이미지와 이미지 사이의 간극으로 나타난다는 것. 따라서 자아가 사물에, 사물이 자아에 오래도록 머무는 가운데 자아와 사물의 날숨과 들숨을 '몸'이 '가만히' 옮겨 적은 시라는 열매를 낳았다는 것과, 그 좋은 열매들은 뜨거운 어떤 기운이 치밀어 올라 터뜨려진 표정을 하고 있다는 것. 아울러 몸이 반응하는 속성상 그의 시의 행간과 리듬은 매우 가파른 낭떠러지를 가지고 있었음과, 몸이 만지는 사물의 핵심에는 '정선'이 들어 있었고, 그것은 그의 정신의 원적지를 형성하는 질료였다는 것.

정(靜)과 동(動)의 스밈, 인식의 끝간 데
— 최하림, 이형기의 시세계

1.

　요즈음의 시들이 지니고 있는 약점 중의 하나는 대부분의 시들이 탄력성을 잃어가고 있다는 점일 것이다. 다변과 산문성, 적당한 포즈와 제스쳐를 갖춘 상식적인 시들이거나, 무의식의 접경지대를 탐사하면서 수사에 치우치고 있는 일련의 시들도 내적인 논리성이나 시어의 긴장을 결하면서 공소성이나 폐쇄성을 드러내고 있다. 말하자면 유행과 상투성이라는, 문학의 영역에서는 금기시해야 할 독소들이 독창성과 참신을 가장하며 또 하나의 상투의 틀을 만들어내고 있다. 이들 시들은 시어의 엄격한 운용도 그렇다고 심오한 정신의 깊이도 제대로 보이지 않는다. 물론 모더니즘적 기교의 차원에 속한다는 점에서 그것을 우리는 새로운 방법론이라 부를 수는 있으리라. 그러나 이 들 시들은 그 방법론에는 민감하나 모국어가 지니는 어떤 정신의 범주에 대해서는 깊이 있는 사색을 결하고 있고, 시로서의 온당한 작업과 고뇌를 제대로 거치지 않은 채 안일한 정신의 상태에서 빚어지고 있다는 점에서 시정신의 이완에서 비롯되는 자세로 일관되고 있다고 해도 과언이 아니다.

시는 고양된 정신이 지어내는 한 채의 집이다. 그런 점에서 최근에 시집을 낸 몇몇 시인들, 예를 들어 이형기, 최하림, 이유경, 노향림, 천양희와 같은 분들의 시는 정제된 시어로 의연한 자신의 고뇌를 통한 세계의 한 건축을 보이면서 이완된 우리 시의 정신에 팽팽한 긴장 같은 것들을 실어주고 있다. 바슐라르는 로트레아몽의 시를 분석하는 자리에서 "형성되는 영혼과 꽃핀 언어를 묘사하기 위해 새로운 시와 새로운 심리학은 한정된 상징과 습득된 이미지를 거부해야 한다."고 말했지만 좋은 시는 긴장감과 놀라움, 새로움까지를 독자들의 몸에 실어준다. 이 점에서 최하림이 그의 책의 뒷표지에서 "창조적 정신을 잃고 관성에 의지하는 시는 지상의 평화를 헤친다"고 한 말은 의미심장하게 들린다.

이 글에서는 최하림의 『굴참나무 숲에서 아이들이 온다』와 이형기의 『절벽』 등 두 권의 신작 시집을 중심으로 엄격한 결벽성과 장인정신으로 정련해 낸 중진시인들의 순도높은 언어의 세공을 만나보려 한다. 이들 두 시인의 작품들은 생리적인 연치(年齒)와 함께 정신의 가열성이 빚어내는 언어의 깊이가 사물을 아름답게만 치장하려는 미학주의의 도금을 한꺼풀 벗겨내면서 실로 새롭고도 구체적인 깨달음과 공감을 불러 일으킨다. 언어가 지니는 바의 기능을 최대치로 활용하면서 미세한 존재가 지니는 그 정적감에 감각의 촉수를 깊이있게 내리고 있다는 점, 굴곡이 많은 한 시대와 세상의 아픔을 자신의 몸을 빌려 울면서(그들은 실제로 투병 생활을 하고 있다.) 생명감을 지닌 밀착된 언어로 현시하고 있다는 점, 감성과 상상력의 추이 과정의 새로움이 내밀한 의미와 깊이로 육화되고 있다는 점은 현실과의 관련을 성급하게 비켜가며 자기 정신의 높이만을 일방적으로 강요하는 일련의 정신주의 시들과도 일정한 차별성을 가진다. 본고가 이들 시인을 대상으로 한 까닭은 이들 시들이 한국 시의 한 경지를 보여주고 있을 뿐만 아니라, 작금의 한국시에 대한 하나의 반성으로 작용할 수 있을 것으로 판단되기 때문이다.

 한국 현대시의 정신과 무늬

2.

최하림의 시가 더 깊어졌다. 시집『우리들을 위하여』,『작은 마을에서』,『겨울 깊은 물소리』,『속이 보이는 심연으로』등의 시집을 관류하는 최하림 시의 공통적 정서는 연민이다. 그 정서는 한이 어린 인간의 삶과 그것을 풀지 못하게 하는 현실 사이의 간극에서 싹튼다.「죽은 자들이여, 너희는 어디 있는가」와 같은 정치적 폭력과 인간성의 상실을 다루고 있는 시들에서도 공동체 상실의 부정성은 시인의 내면으로 들어 와 진정한 삶의 의지로 승화되는 모습을 보여 주는 것은 이 때문이다. 그는 특유의 섬세한 시각과 부드러운 어조로 조화와 유연성을 잃지 않는 시 세계를 보여 주었다. 그가 '소리의 시인'(정과리)이라거나, 그의 시들이 '순결한 울림'(황현산)을 보여주고 있다고 할 때 그것은 세계를 보는 시인의 시선이 그윽하고 깊다는 말과 통한다. 시인이 구체적으로 느끼고 관계하고 있는 일상들의 세계를 다룬 이번 시집에서 그는 타자와 사물을 향해 자신을 완전히 열어놓는다. 그러면서 고요와 정적으로 표상되는 사물들의 파동을 그의 속에서 풀어놓고 자신은 비우는 새로운 시적 인식을 보여 준다.

그의 시가 거느리는 그 고요는 잔잔하고 내밀한 파동으로 끊임없이 움직이고 있는 조용함이다. 말의 기운이 수액처럼 흐르는 그 공간은 그러나 분별지로 파악할 수 있는 세계가 아니다. 예를 들어「나무가 자라는 집」에서 "나무가 자라는 집에서는 작고 애매한 파동이/아침 내내 일어 새들이 부리로 물어내어도/멈추지 않았았습니다"라고 할 때 우리는 끊임없는 움직임의 실체를 본다. 그러나 "지붕과 유리창 마루/거실들은 파동에 딸고 반향하며 근원 같은/곳으로 사라지는 듯했습니다"라고 하거나 "나무가 자라는 집은 더욱 깊은 파동 속으로 들어가 움쭉도/않았습니다"라고 할 때 그 움직임은 보이지 않는다.

그것은 정(靜)과 동(動), 떨림과 적막이 스며드는, 서로를 밀어내는 순간을 몸에 담는 한 미세한 감성에서 비롯되는 것이다. 그것을 시인은 "시간이/열렸다가 닫히"는 것으로 인지한다. "움쭉도 않았습니다"거나 "근원 같은 곳으로 사라지는 듯했습니다" 라고 했을 때 실제로 "새들이 부리로 물어내어도 멈추지 않"은 파동이 정지해버린 것일까. 당연히 그렇지 않다. 오히려 너무 미세하게 끊임없이 움직이는 사물의 호흡 속에으로 다가가 그 속에 자신을 열어놓을 때, 사물과 자아는 하나가 되며 '빛나는 정지'로 보일 따름인 것이다. 시인은 그래서 "근원 같은 곳으로"라는 수식어를 붙여 놓은 것이다. 움직임의 근원으로서의 빛나는 정지. 그것은 지각과 대상이 분별성을 버리는 순간이다. 이같은 인식은 「나는 꿈꾸려고 한다」같은 시의, "고요도 이 시간에는 멈추지 않고/흘러 두더지처럼 흙을 갈고 다닌다"의 활발한 '역동성'과, "가을이 얼마나 깊은지도 모르고 나는/속으로도 들어가 쿨쿨 잠자려고 한다"의 '무심'이 만나는 지점에서도 여실히 드러난다. 고요가 두더지의 옷을 입고, 나 역시 고요의 옷을 입고 두더지가 되는 몸의 이동. 이 때 나와 대상, 나와 타자, 관념과 실재는 한치의 빈틈도 없이 틈입하여 하나가 된다. 일상적인 언어는 그 미세한 순간을 잡을 수 없다. 시적 언어만이 거기에 도달한다. 말의 진정한 의미에서 시적 인식이란 세계에 대한 새롭고도 구체적인 깨달음이다. 그것은 언어로 표현하기 이전에는 현실적으로 존재하지 않았지만, 시인의 표현행위의 결과로 현실적으로 비로소 존재하게 된 형상화된 세계이다. 최하림의 시에서 우리는 그것을 무늬로 본다. 황현산이 시집의 해설에서 '나무가 자라는 집' 자체를 시인의 '지각'이라고 말한 이유가 여기에 있음을 우리는 비로소 알 수 있는 것이다. 시인의 감정의 촉수는 이렇듯 미세하게 사물 속에 스며들어서, 사물이 되어 일렁이고 있다.

움직임과 정지의 순간을 보여 주었지만, 움직임만을 보여 주는 「아침 詩」는 어떤가.

굴참나무는 공중으로 솟아오른다
해만 뜨면 솟아오르는 일을 한다
늘 새롭게 솟아오르므로 우리는
굴참나무가 새로운 줄 모른다
굴참나무는 아침 눈을 뜨고
일어나자마자 대문을 열고 안 보이는
나라로 간다 네거리 지나고 시장통과
철길을 건너 천관산 입구에 이르면
굴참나무의 마음은 벌써 달떠올라
해의 심장을 쫓는 예감에 싸인다

그때쯤이면 아이들도 산란한 꿈에서
깨어나 자전거의 페달을 밟고 검은 숲 위로
오른다 볼이 붉은 막내까지도 큼큼큼
기침을 하며 이파리들이 쏟아지듯 빛을
토하는 잡목숲 옆구리를 빠져나가
공중으로 오른다 ……
아이들의 길과 영토는 하늘에 있다

— 「아침 詩」 부분

시인은 "굴참나무는 공중으로 솟아오른다"고, "해만 뜨면 솟아오르는 일을 한다"고 말한다. 너무나 당연한 그 솟아오름마저 때문은 일상적인 인식으로는 새로움을 느끼지 못한다. 여기까지는 인식의 특별한 깊이가 없다. 그러나 이어지는 행, "굴참나무는 아침 일찍 눈을 뜨고/일어나자마자 대문을 열고 안 보이는/나라로 간다 네거리 지나고 시장통과/철길을 건너 천관산 입구에 이르면/굴참나무의 마음은 벌써 달아올라/해의 심장을 쫓는 예감에 싸인다"에 이르면 돌연 수직이동("솟아오른다")은 수평이동("간다", "건너 이른다")으로 전이된

다. 솟아오르는 일만 하는 굴참나무가 어떻게 달려가는가. 그러나 그 인식의
새로움은 다음 연의 "아이"에 이르러서야 해결이 된다. 2연에서는 자전거의
페달을 밟고 가는(수평이동) 아이가 검은 숲 위로 오르게(수직이동) 되면서
전연과는 반대양상을 보인다. 우리는 이제서야 솟아오르는 굴참나무의 속성에
아이의 속성(달리는)을, 아이의 속성에 굴참나무의 속성(솟아오르는)을 결합시
킨 것이라는 것을 어렴풋이 눈치채게 된다. 아이와 굴참나무는 그렇게 몸을
나누는 생명성의 열린 존재이다. 이 때 수직운동과 수평운동은 아이와 굴참나
무가 아침과 해(밝음)를 향해 열려 있다는 자장(磁場)으로 전혀 어색하지 않게
결합되면서 상상력의 띠와 다발에 아연 탄력과 생기를 부여하게 된다. 지각과
사물이 하나가 되는 이 순간에 최하림의 이번 시집의 시들의 자장이 놓여
있다. 아무리 작은 움직임조차도 사물들은 정적에 싸여 신성을 내뿜고 있다.
이 활발한 역동성, 깊고도 넓은 울림은 삶의 내밀하고도 자발적인 의지에서
비롯된 것일 것이다. 그의 시에서 나타나는 이 에너지는 하나의 미학이 되면서
나태와 무기력 속에 있는 우리의 일상들이 얼마나 때묻어 있으며 단조로운가
를 일깨워주고 있다.

　　그러나 지각과 사물이 하나가 된 이 순간을 위해 시인의 눈길은, 그리고
말은 몸피를 낮추고 스스로를 감춘다. 무심의 어조가 나타나는 것이 이 때문이
다. 이 때 최하림의 시는 아프다. "시들이 애처롭고 그런 시를 쓴 내가 애처롭
다"고 시인은 자서에서 밝히고 있다.

　　　어느덧 봄이 온다
　　　베란다 철쭉엔 연지처럼
　　　봉오리가 오르고 따스운 볕들이
　　　고물고물 모여 하루를 보낸다

　　　유리창 밖에서는 치운 바람이

고개를 넘고 넘어오려고 하지만
꽃나무들은 별로 개의치 않는다
개의치 않는 곳에 평화가 있다
나는 평화 속에서 창밖을 본다

먼 나무들이 넘실거리고
집 나간 식구들은 오지 않고
길들이 들판으로 뻗어나가 시간을
기다린다 길 위에서 농부들이 구루마를
끌고 별일도 없이 가고 있다 사람들은
언제나 가고 있다 그리고
날이 저물고 봄도 간다

— 「어느덧 봄이」 전문

시인이, 그리고 말들이 사물 속에 무게를 드리우지 않고 몸을 빼고 있는 모습을 우리는 어조 속에서 본다. 그것은 "개의치 않는다", "별일도 없이 가고 있다", "언제나 가고 있다"라는 어구 소에서 드러난다. 사정없이 흐르는 시간의 흐름에 시물들과 시인 자신마저도 몸을 내맡기고 있는 것이다. "고개를 넘어오려고 하"는 치운 바람을 개의치 않는 꽃나무들이나 "구루마를 끌고 별일도 없이 가고 있"는 농부들은 다 사정없는 시간의 위력을 수용하고 있는 대상들이다. "별일도 없이", "개의치 않는다"고 무심의 어조로 말하고 있지만 실은 그것만큼 시간의 위력을 보여주고 있는 것이다. 이 어조는 "변하지 않은 것은 봄밖에 없었다", "나는 이제 우화등선처럼 꿈꿀 수 없다"(「시간은 영원히 고통스럽다」)거나 "그것으로 됐다", "나는 멀리 있다"(「나는 멀리 있다」) 등에서 나타나는 바와 같이 한없이 낮은 숨결로 그의 시 전편에서 나타나 있다. "저만큼 시간의 낙타들이 껑충껑충 뛰어"(「소록도 詩篇 2」)오는, "아이들을 허물어뜨리고, 아이들을 자유롭게 하"(「도시의 아이들」)는 시간 앞에서 "어떤

충격이 없이도 사람의 모습은 아름답다"(「나는 너무 멀리 있다」)고 말하는
시인의 아이러니의 어조에는 그러나 자조가 섞여 있지 않다. 그 아름다움
은 고통을 다스리고 욕망을 견디어낸 자아가 마음 깊은 부분에서 낮게 발견하
는 실감이요 정서다.
　고요와 이런 시간의 인식이 하나로 합치되는 순간에 최하림의 시는 더욱
빛을 발한다.

<blockquote>

많은 길을 걸어 고향집 마루에 오른다
귀에 익은 어머님 말씀은 들리지 않고
공기는 썰렁하고 뒤꼍에서는 치운 바람이 돈다
나는 마루에 벌렁 드러눕는다 이내 그런
내가 눈물겨워진다 종내는 이렇게 홀로
누울 수밖에 없다는 말 때문이
아니라 마룻바닥에 감도는 처연한 고요
때문이다 마침내 나는 고요에 이르렀구나
한 달도 나무들도 오늘 내 고요를
결코 풀어주지는 못하리라

</blockquote>

— 「집으로 가는 길」 전문

　이 고요는 사물들이 살아 서로 몸을 실어나르는, "흘러 두더지처럼 흙을
갈고 다"(「나는 잠자려고 한다」)니는 그런 감각의 깊이가 시간의 옷을 입고
만들어내는 고요다. 자연 속에, 강물처럼 흐르는 고요 속에 어느덧 시간이
개입하여 한계를 가진 실존적 순수존재로서의 자아와 사물을 들여다보는 모습
으로 처연하게 육화되어 나타나는 모습으로서이다. 그것은 인위적으로 생각하
고 만들어 낼 때 드러나는 것이 아니라, 많은 길을 걸은 시인의 "감각이 '조용
히' 살아올" 때(「섬진강」) 끌려서 보게 되는 것이다. "이제 나는 생각하려/하
지 않는다…… 보고 있다"(「섬진강」)고 시인은 말한다. '조용히' 살아오는

감각이 그의 몸을 두드릴 때 자신마저도 눈물겨워진다. 시인은 다시 "말 때문이 아니라"고 나직히 말한다. 몸 앞에서 말이나 생각이 얼마나 가벼워지는 것인가. "달도 나무도 결코 풀어주지 못하"는 처연한 고요는 그러나 실존적 존재인 인간이 들어가는 집이다. 그것은 죽음의 의미를 넘어선다. 이 때 "저녁은 죽음보다 조금 길게 내"린다(「나는 너무 멀리 있다」)는 말의 실감을 느낄 수 있는 것이다. 그래서 우리는 「집으로 가는 길」의 집을 죽음이라는 인생론적 해석으로 단정할 수 없게 되는 것이다.

그에게 시간은 자주 '밤'과 '겨울'과 결합되면서 개인의 실존을 건드린다. 밤은 "고요히 어둠이" 오는 시간이요, "이불처럼 감싸고" 오는 어둠을 "더듬거리며 '어둠이여' 라고 몸으로 부르며 잠들 준비를 하"게 하는 시간(「밤에는 고요히 어둠을 본다」)이며, 바람마저 "어둠 속으로 들어가 어둠이 되어"(「저녁 바람은」) 노는 시간이기도 하지만, "유령처럼 떠오르고 있는"(「나는 너무 멀리 있다」) 자신의 존재를 직시하게 하는 실존적인 시간이다. 사물들을 비추던 거울(유리창)이 이제 자신의 내면을 비출 때 우리는 순간과 영원을 아우르며 인간과 사물들을 소멸 쪽으로 밀어넣는 시간의 모습을 깊은 눈으로 바라보는 시인을 또 본다. 시인의 모습은 처연하도록 아름답다. 밤은 새들이 떠나버리는 시간(「病床 일기」)이요, 겨울과 결합되면서 "말들이 집을 나가 객지로 떠돌고 있"(「우리가 당신의 성채인 것처럼」)는 것을 지각하는 시간이다. 이 때 시인은 "얼굴을 숙이고 거기 그렇게/꼼짝 않고 있"는 느티나무(「마을의 느티나무」)나, "몸 뒤집으며 날리다가 저만치서/새로운 햇빛 만나는" 가랑잎(「霜降을 지내고」), "다친 영혼(으로) 몸을 떨며 기웃거리는" 휘파람새(「病床 일기」)와 몸을 나누는 존재가 되는 것이다. 그럴 때 우리는 고통스런 시간 앞에 선 시인이 왜 아름다운 존재로 빛을 입게 되는지 고개를 끄덕이게 되는 것이다. 그 시간 앞에 서면 시인도 사물도 다 아프다. 사물과 자신에 한없는 연민과 용서의 시선을 보내는 이런 시간 앞에서는 "토라져/다들 제 집으로

가벼"린 꽃 몇 송이가 슬몃 자태를 나타낼지도 모르고, 그 꽃들을 따라 "주님
이 오실지도 모"르는 것(「주님이 오실지도 모릅니다」)이다. 아픈 시간이 신성
의 시간으로 빛을 입게 되는 최하림의 이 넉넉하고도 깊은 시들 앞에서 앞에
우리는, "눈을 맞으며 문밖에서 우릴 기다"리는 굴뚝새(「눈을 맞으며」)처럼
옷깃을 여미며 고즈넉히 서게 되는 것이다.

　움직임의 근원으로서의 빛나는 정지로 감각의 깊이를 보여주는 일련의 시
들이 내면적으로는 자아의 욕망과 슬픔을 껴안음으로써 무심과 고통이 서로
스며들고 길항하는 아름다운 시들로 연결되고 있음을 우리는 확인한 셈이다.

3.

　이형기의 근작들은 드물게 시가 모국어가 어떤 정신의 범주에 대해 깊이
있는 사색을 보여주고 있다는 점에서 우리를 긴장시킨다. 그렇다. 이형기의
시는 '육체'가 아니라 감수성과 체험의 힘이 결합된 '정신'의 어떤 면을 이야
기하고 있다.

　주지하다시피 이형기는 『寂寞江山』에서 보이던 전통적인 서정주의의 정
적인 세계에서 『그 해 겨울의 눈』과 같은 시집에 이르러 적극적인 호흡과
동적인 세계로, 다시 『심야의 일기예보』 등에서부터 두드러지는 문명에 대한
싸늘한 비판을 우의성(알레고리)으로 감싸안아 오면서 끊임없는 변모를 거듭
해 왔다. 서정시인으로서 출발한 그가 이러한 변화의 중심에 서 있었다는
사실 하나만으로도 우리는 경의를 표한다. 그러나 이러한 변모의 중심에는
정신의 가열함이 존재하고 있다. 동년배의 많은 시인들이 시정신의 이완을
호도하기 위함이라고밖에 보이지 않는 무정견의 전위성에 편승하거나, 정적인
서정시에 함몰되고 있을 때에도 그는 의연한 자세로 새로운 시적 인식과 방법
으로 시세계를 확장 심화시켜 왔다. 그는 어떤 세계를 견지하든 경직성을

거부한다. 발상에 가볍지 않은 지적 유희성을 깔면서 때로는 싸늘하게 때로는 아프게 우리의 삶을 되돌아보게 만드는 깊이와 매서움으로 우리 시단의 한 부분을 받쳐 왔다.

「낙화」류의 서정시를 버린 이후 이형기 시의 주조를 이루고 있는 정서의 바탕은 고독과 허무이다. 이번 시집에서도 이런 허무에 대한 인식은 지속적으로 진행된다. 다만 시적인 진정성과 치열성, 정신의 열도가 훨씬 심화되면서 읽는 이를 끝까지 긴장시키는 힘을 가졌다는 점에서 변별성을 가진다.

이번 시집의 시들은 "어둠 속에서 또록또록 눈 부릅뜨고 핀" 꽃들(「해바라기」)이다. "없음이 만들어낸 없음의 빛깔/허무의 빛깔"(「허무의 빛깔」)을 하고 있는 사물의 인간, 우주를 향해 뱉어낸 그의 육성이다.

내 죽거들랑 무덤을 짓지 말라
하물며 돌에 문자를 새긴 묘비일까 보냐
그냥 불에 태운 뼛가루 두어 줌
강가에 뿌리면 그만이다

그러면 나는
원래의 내 자리
실은 누구나 게서 온 그 자리
텅 빈 가이없는 허공으로
깨끗한 잊혀짐의 길 떠나갈 것이다

비오는 날이면
추적대는 빗줄기
휴우휴우 바람 부는 밤이면
불어대는 그 바람으로 날려서

공중에 무수하게 찍혀 있는

새의 발자국 그것이나 주워서
가는 길 하늘에 고수레하고
기꺼이 사라질 것이다

무엇이든 마지막엔 드러나는 바탕
아무것도 없음이여
억조(億兆)의 죽음을 삼키고도 예전 그대로
없음만이 찰랑대는 그곳 허무의 집으로
나는 선선히 돌아갈 것이다

— 「새 발자국 고수레」 전문

　한 점 살도 용납하지 않는 긴장감 있는 시어들이 시퍼렇게 날이 서 있다. "텅 빈 가이없는 허공으로/깨끗한 잊혀짐의 길 떠"나겠다는 시인의 전언 앞에 무슨 빈사가 필요한가. "격렬한 사라짐"(「대」)으로 떠난 육신은 그러나 빗줄기로, 바람으로 가볍게 몸을 바꾸는 유연함을 가진다. 또 "공중에 무수하게 찍혀 있는/새의 발자국"과 같은 존재의 아우라까지를 보는 투명한 시선에서 놀라운 깊이를 획득한다. 없음의 있음. 그러기에 허공에는 없음이 "찰랑대"기까지 하는 육체성을 가지게 되는 것이다. 이것이 그의 시가 관념적으로 떨어지지 않는 요인이다. 죽음 이후의 삶에 대해서도 이처럼 무게 드리우지 않을 수 있는가. 투명하도록 맑은 생의 슬픔, 슬픔 자체가 목적이 되는 한 순간을 우리는 경험한다. 시집의 다른 시들과 마찬가지로 허무에 대한 인식은 근본적으로 죽음의 문제와 결부되어 있다. 또 허무에 대한 인식은 "존재를 존재이게 하는 근원적 조건은 소멸, 즉 존재의 결락 바로 그것"(아포리즘 18)이라는 데서 온다. 그러나 소멸이 "원래의 내 자리"임에랴. 시인은 존재가 "깨어져 복원할 수 없는 순간에 완성된다"고, "깨어지고 나서야 없음으로 돌아가/제기랄 편히 쉬고 있"다(「완성」)고 말한다. "제기랄"이라는 말 속에 놓아버린 시인의 마음을 보라. 시인에게 인간은, 사물은 보이지 않게 됨으로써 완성되는 존재이다. 그러기에 해골에 박힌 눈구멍을 원형의 눈으로 보고, 이 눈구멍이 사물을 훤히 꿰뚫고 있다는 인식(「원형의 눈」)이 가능한 것이다. 이 때 우리는 "시는 허공이란 논밭에 구름으로 씨 뿌리고 바람을 소출로 수확하는 농업"(아포리즘1)이라는 그의 진술의 의미를 감지하게 되는 것이다. 그의 시는 이런 사실을 철저하게 뚫어보고 사물을 이해한 언어의 산물이다. 시인은 심지어 자신의 죽음마저 당겨서 관찰한다.

> 쫓기고 쫓겨서
> 더 이상은 갈 데 없는
> 그 숲속에
> 시체 하나 버려져 있다
> 보니 그것은 나 자신이다
>
> 목발을 짚고 비틀비틀 걷다가
> 그 목발 내던지고 누워 있는 그 모습
> 편하게 보인다
> 참 다행이다
> 그러면시 고개를 끄덕이는 내 혼백
>
> 오억년쯤 지나서 다시 만나자
> 아니 아니 오년쯤 후에로다
> 서로가 깨끗이 잊어버린 뒤에야
> 다시 만나자
>
> — 「한 매듭」 1, 3, 4연

이육사의 「절정」을 연상하게 하는 팽팽한 긴장감이 있다. 이런 의식은 "시인은 열 번도 백 번도 죽는다. 그처럼 시인은 자신의 죽음조차도 허구화할 수 있는 인간"(아포리즘 29)이라는 깨어 있는 정신의 열도, 죽음을 관찰할

수 있는 힘과 여유에서 가능한 것이다. 시인은 육체와 혼백이 분리되는 순간을
고개를 끄덕이면서 수긍한다. 깊이 있는 시적 인식으로 "서로가 깨끗이 잊어
버린 뒤에야" 다시 만나기를 다짐하는 육체와 혼백의 모습은 이승의 '한 매듭'
을 깔끔하게 지으려는 시인의 의지에 다름 아니다. 시적인 기교를 넘어선
근원적인 힘이 그의 시에 있음을 알게 한다. 개인적인 체험을 시적 보편성의
차원으로 확대시키며 정신을 한껏 고양시키는 비장함을 갖춘 그의 시들은
추상적으로서가 아니라 죽음의 문턱에서 살아 돌아 온 시인의 체험과 사유의
깊이를 동반하면서 우리를 한없이 경건하게 한다.

그 늙은 당나귀는 죽었다

뇌졸중으로 쓰러졌다는 말이 있었지만
병명을 따져서 뭘 해
비쩍 마른 커단 몸집이
미세한 세포로 분해되어 허물어져내리고
마침내 한줌 흙으로
먼지로 돌아간다
그것은 누구도 어길 수 없는 엄숙한 약속
그 이행을
주위는 숨을 죽이고 지켜보고 있다
또 그것은 무엇인가가 모양을 갖추고
새로 태어나려는 전조
나무와 풀들이 수런대면서
바람과 구름을 손짓하고 있다
이 모든 절차가
다만 침묵 속에서만 진행되는
봄볕 단양한 오후 한때
당나귀는 덜컥 무릎을 꿇고 지상에서

숨바꼭질하듯 잠적했다

아니 진짜 숨바꼭질이다

— 「숨바꼭질」 전문

　시인은 자신의 죽음을 관찰자가 되어서 바라본다. 늙은 당나귀로 현시되는 시인은 무릎을 꿇고 지상에서 숨바꼭질하듯 잠적한다. 한줌 흙으로 먼지로 돌아가는 이 죽음은 "누구도 돌이킬 수 없는 엄숙한 약속"이다. 그러나 그 죽음은 대기와 관계를 맺고 있는 죽음이다. "숨을 죽이고 지켜보는" 보이지 않는 곳에서 느낄 수 있는 사물의 눈 속에, 놀라와라, "무엇인가가 모양을 갖추고/새로 태어나려는 전조"가 들어온다. "나무와 풀들이 수런대면서/바람과 구름을 손짓하"며 화답하듯 이 육신을 받아들이는 장면도 죽음 이후의 삶. 그것은 마침내 순환적 시간의 양상을 띠면서 육신이 대지와 합류하는 어떤 성스러움까지를 풍긴다. 실상 비어 있는 대기는 소용돌이로 "모든 것이 하나로 어울려/돌아가는 날개 없는 팔랑개비"(「저 바람 속에서」)인 것이다. 허공은 한 때 몸을 탔던 육신들의 호흡으로 붐비는 동적인 공간으로 화하면서 그 속에 생명의 기운들을 품고 있는 것이다. 죽음에 무거운 의미를 두지 않으려는 그의 단호하고도 투명한 정신의 뼈가 언어를 이렇듯 홀가분하게 했던가. 완전히 비운, 그러나 한없이 작은 숨결들로 가득차 있는 고요와 침묵 속에서 그의 육신은 숨바꼭질하듯 거짓말처럼 잠적한다. 그 죽음의 모습을 지켜보는 우리들의 마음이 왜 이리 환한가. 그것은 인간존재의 유한성을 이야기하면서도 근본적으로 생이 비가시적인 것들 속에서 영속한다는 것을 보여주고 있기 때문일 것이다. 순환론적인 시간인식은 "한때의 식욕이 따먹고 버린/아무도 거들떠 보지 않는 씨 하나에서/새로이 움터오는 과거의 시작"(「거꾸로 가는 시계」)으로 죽음 이후의 생을 보게 한다. "미래를 신뢰하는 이상주의는/내 몫이 아니다"(「미래를 믿지 않는 바다」)에서 나타나듯, 그는 미래를 믿지 않는다. 오히려 과거를 믿는다. 그의 죽음에 대한 인식은 과거 쪽에 젖줄을 대고 있다. 죽음은 "언제나 젊은 그대로 살게 하"고 현세의 시간은 "젊은이를 사정 없이 늙음으로 몰고"간다. "차원이 다른 두 개의 시간", 이쪽 삶과 저쪽 삶의 차이에 대한 인식에 과거의 동경에 그 기반을 두고 있다. 어떻든 "세상을 가득 채운 공해 투성이 소음"의 이쪽 세상과 "바람 같은 적막"으로 된 저 쪽 세상의 차이는, "살아서도 젊고 죽어서도 젊은 친구의/싱그러움"을 동경하 게 하면서, 오히려 자신의 꿈에 나타난 최군의 "꿈 속의 인물이 되고 싶다"(「 어젯밤 꿈에」)는 인식의 역전으로 우리를 압도하기까지 한다. 그것은 유한한 존재인 인간의 단독자로서의 허무에서 오는 것이다.

비단 인간만이 아니다. 소리 없이 피었다가 사라지는 작은 생물들, 사물들 까지도 인간화된, 인간존재가 가진 원초적 슬픔을 지닌 존재로 화한다.

> 물을 길어올리는 실뿌리
> 어둠을 힘껏 밀어내는 떡잎
> 그리고 그것들이 한데 어울려
> 열심히 열심히 한 댓새
>
> 세상에 그밖에는 할 일이 없어서
> 아주 노랗게 피는 꽃
> 피어선 질 수밖에 없는 꽃
>
> 쬐그만 것이지만 그 크기는
> 어떤 자로서도 잴 수 없다
> 아 민들레!
> 그래봤자
> 혼자 가는 자의 헛된 꿈
> 하지만 헛되어도 좋은 꿈 아니냐

한 댓새를 짐짓 영원인 양하고
보라 저기 민들레는 피어 있다

—「민들레」 부분

"세상에 그밖에는 할 일이 없어서" 핀 꽃들을 바라보는 시인의 눈이란! 물을 길어올리는 실뿌리와 어둠을 밀어내는 떡잎들의 힘. 사물들의 실체가 실핏줄을 드러내는 순간이다. 작은 체구를 가진 민들레는 얼마나 당당한가. 시인의 상상력은 그 쬐그만 것에서 "어떤 자로도 잴 수 없"는 크기를 발견한다. 작은 것들이 품고 있는 우주. 그것은 티끌 하나의 무게에서 지구의 무게를 보고(아포리즘 60), "세상에서 가장 크게 울리지만/실은 침묵만을 낳는/소리"를 듣는(「나의 집」) 시인의 활달한 상상력에서 기인한다. 실제로 "바다가 작고 딴딴한 알갱이로/결정되어", "밤마다/세계를 소금절임하는 꿈을 꾼다"는 「소금」과 같은 작품은 힘의 실체를 보는 시적 인식을 든든히 보여 주고 있다. 작은 것들에 들어 앉은 세계를 보는 눈도 그렇지만 그 속에 꿈을 불어넣는 인식이 의연한 고뇌를 통한 정신의 긴장을 유지하고 있다는 것이 우리를 놀라게 한다. 민들레 역시 인간 존재처럼 원초적 슬픔을 생래적으로 가진, "혼자 가는 자의 헛된 꿈"을 가진 존재이다. 그러나 바로 그렇기 때문에 "댓새를 영원인 양하고 피어 있"을 수 있는 것이다. 이형기의 시들은 작은 것을 다룰 때도 그 울림은 대단히 크다.

그는 이번 시집에서 삶과 죽음, 그리고 허무와 초월에 관한 사색을 통해 없음으로 돌아감으로써 완성되는 존재가 인간이라는 것과, 슬픔을 통해 사람은 비로소 사람다와지는 것을 말하고 있다. 그의 상상력은 시공간을 뛰어넘어 걸쳐져 있었지만, 어떤 경우라도 일관되게 유지하는 것은 시인의 정직성과 시적 인식의 치열성이다. 시인은 "세계의 창조는 끊임없이 세계를 허무화하고 결국 스스로가 허무로 가득차는 일"(아포리즘 20)이라고 말한다. 그에게 세계란 객관적으로 있는 물체와 같은 것이 아니다. 인간의 의식이 그것과 교섭하는 가운데서 현재진행형으로 이루어지는 하나의 의미체계다. 이 세계를 지탱하는 언어를 시인은 창조한다. 그것이 바로 허무의 언어다. '불꽃 속의 싸락눈'이라는 아포리즘 제목 자체가 시인의 정신을 극명하게 요약해 준다. 패배한다는 사실이 필수적으로 전제되어 있는 싸움을 시인이 하고 있다는 이야기다. 그런 점에서 시인은 절망할 줄 아는 재능과 그 재능의 불꽃을 발현하는 정열의 소유자이다.

불길한 시대를 견디는 존재의 내면 풍경
— 오정국의 시세계

오정국은 전망이 없는 시대의 글쓰기를 특징적으로 보여주는 시인이다.
이는 특히 시집 『모래무덤』에서 잘 드러나고 있는데 이 시집에는 '이미', '끝
나버린' 등과 같이 결정론적인 시어들이 도처에 깔려 있다. 불길한 시대와
그 시대를 살아가는 시적 자아의 비애를 모티브로 해서 그의 시는 직조된다.
그의 시는 개이의 연대감과 사물과 세계와의 조화로운 관계를 상실한 자의
내면 일기다.

세계는 그에게 유혹이다. 의지와 무관하게 그에게 노출되어 있는 그 유혹은
엄청나게 끈질긴 외양을 드러낸다. 시적 주체는 그 유혹에 무방비적으로 노출
되어 있다. 그러면서 그 속에 살아야 하는 존재의 비극성을 끔찍한 상태로
묘사한다. 「비애」는 시적 자아가 처한 상태를 극명하게 드러내 주는 대표적인
시다.

이상해, 살아갈수록 남의 고깃덩어리를
씹는 것 같아, 반쯤 씹다만

이 치욕의
고깃 덩어리를
뱉어버릴 수도 없어,
아직도
싱싱하게 핏물 도는
고깃덩어리
이 비애의

길, 멀리 지나쳤어야 할,
(그러나 끝내 지나칠 수 없는)
이 붉은
포장육의 거리,
꺼지지 않은 편의점의 불빛들이
아직 나를 惑하게 하고

거듭 지하철의 출구를
잘못 나온 것 같아,
길바닥에
내뱉을 수도 없는
이 비애의 고깃덩어리

— 「비애」 전문

  그에게 있어 삶이란 "남의 고깃 덩어리"를 씹는, 더욱 "반쯤 씹다만", 이제
는 "내뱉을 수도 없는 고깃 덩어리"의 치욕이고 비애이다. 그러나 그것은
또한 "꺼지지 않은 편의점의 불빛"으로 "아직 나를 惑하게" 한다. 말하자면
삶은 유혹과 비애가 끊임없이 빨아들이고 길항하는 그런 세계이다. 거기서
자아는 "지하철의 출구를/잘못 나온 것 같"은 흔들림을 계속한다. 지나쳤어야
할, 그러나 지나칠 수 없는 "붉은 포장육의 거리"인 불편한 삶. 일찍이『현대

세계와 일상성』의 저자 르페브르가 효과적으로 지적했듯이 문명이 정복하고
구조화하는 것은 사회가 아니라 일상이다. 그 문명의 힘은 일상에서 자신의
법을 부과시킨다. 일상을 자신의 차원 위에 고정시킨다. 이 때 물건은 "꺼지지
않은 편의점의 불빛"으로 마법화되며 포장된 모습으로 나타난다. 문명의 환상
과 욕망은 상점과 자판기의 불빛으로 켜져 있으면서 젖은 육교를, 화면을
비춘다. 그것은 "손님이 없어도", "삼청공원의 복사꽃"(「손님이 없어도 불빛
은 켜져 있다」)처럼 핀다. 자아는 그 빛 속에 너무 오래 머물러 있다. 풍요와
마법으로 표징되는 그 빛의 위력은 너무 세어 눈을 멀게 하며 "빛도 어둠도
볼 수 없"는 상태로 만들어 버린다.(「빛 속에 너무 오래 머물러」). 시적 화자는
자기도 모르는 사이에 그 빛이 만드는 욕망의 존재방식인 "TV 속으로 걸어들
어가/전화를 받고 비디오테이프 속에서/겨울잠을 잔다." 그는 눈이 멀게 될지
모른다. 그러나 시인은 "이 문장마저도 더 이상 뇌관의 장약이 될 수 없다"고
말한다. 오정국의 시는 이처럼 일상의 속속들이 스며 무차별적 세례를 퍼붓고
있는 자본주의적 문화의 욕망의 빛에 눈이 먼 시적 자아의 모습을 강렬한
시각으로 보여 준다.

그러나 이러한 문화적 욕망의 모습들을 다룬 시들이 우리 현대시에서 새로
운 것이 아님은 물론이다. 문제는 그 욕망을 바라보며 감지하는 눈이다. 이
눈이 이 포장육의 현실을 뛰어넘을 흔적과 징후를 발견하게 한다. 이 힘이
경험세계 혹은 현실원칙에 함몰되지 않게 하고 그 너머를 보게 하는 부정적
사유의 힘이다. 그것은 육체를 통해서 드러난다. 오정국의 시에서 세계에 대한
시적 통로는 육체이다.

    아픈 쪽의 육체가 먼저 눈을 뜬다
    아물지 못한 상처들이
    한밤내 제 몸의 불을 밝히고
    나를 깨워놓는다

어디선가 보았던 풍경들이다
한쪽 귀가 떨어져나간 책상,
불이 켜진 컴퓨터,
잠든 아이들,
30대의 여자,
꿈결에 얼핏 인연을 맺은
나의 식구들인가, 왜
이곳을 지나야 하는지 알 수 없다

아물지 못한 상처가
어디 내 이목구비뿐이랴
이 아파트 단지에도
아직 불이 켜진 집이 있다
아직 견뎌야 할 육체의 출구가 멀다

— 「아픈 쪽의 육체가」 1, 3, 4연

'아픈 쪽의 육체'는 세계의 폐허를 지각하게 하는 통로다. 그 아픔이 한밤내 '나'를 깨워 놓는다. 아픈 육체는 세계의 아픔에 대한 무감각을 막는 역할을 한다. 내 몸은 한쪽 귀가 떨어져나간 책상, 컴퓨터와 아이들과의 소속감을 일깨워 주고, 이들 육체를 자신이 지나가야 하는 것임을 인지하게 하여 준다. 아픔은 밝은 불빛을 다 흘려 보내도 눈을 감지 않는 진실이다. 더욱 아픈 육체는 "아직 불이 켜진 집"의 타자를 "견뎌야 할 육체의 출구"로 연대하게 한다. 아물지 못한 육체는 자신 속에만 있는 것이 아니다. 이런 점에서 아픈 육체는 세계의 아픔에 눈을 뜨게 하는 매개체이며, 내 육체가 세계의 일부임을 드러내 주게 하는 객관적 상관물이 되게 한다. 내 몸의 아픔은 세계의 아픔에 대한 환유이다. 신체적 사유를 통해 시적 화자는 '내'가 세계의 일부임을 깨닫는다. 시적 자아는 어느듯 "비애의 고깃 덩어리"(「비애」)로 내 몸 속으로 들어

와 있는 세계의 일부이기도 하지만, 그 세계의 폐허를 눈을 뜨고 바라보는
비판자의 자리에 서 있기도 한다.

「동부간선도로」 연작은 그 반성적 사유가 가닿은 하나의 지점이다.

> 유황불의 세상은 아름다워, 저것 좀 봐,
> 텅 빈 몸으로 서서 우는
> 가로등 아래
> 꼬리를 물고 강을 건너가는
> 저 희디흰
> 인광들의 이마를 좀 봐,
>
> — 「동부간선도로 9」 부분

> 흠집 많은 가드레일의 동부간선도로
> 길 밖으로 튕겨나가고 싶은 者들의 동부간선도로
>
> — 「동부간선도로 3」 부분

자동차는 자본주의적 삶의 양식을 나타내는 대표적인 세목 중의 하나이다.
생의 안락과 풍요를 보장해 주는 물질적 조건인 자동차는 또한 감각적 쾌락과
매혹, 그리고 속도로 표상되는 기호이기도 하다. 그것은 인광들의 이마라는
빛나는 형상으로 우리의 눈길을 유혹한다. 현상적 화자는 자본주의적 언어
양식이 보여 주는 현란한 이미지와 어법, 표현을 그대로 차용하는 듯이 보이지
만 실제로는 행복과 환상의 신화를 보장해 주는 자동차의 이미지를 뒤집는다.
현상적 화자 뒤에 숨은 함축적 화자는 그칠 줄 모르는 욕망의 질주라는 현상의
이면에서 죽음의 징후인 유황불의 이미지를 읽는다. 그것은 아름다움과 죽음
의 의미를 다 내포하지만 화자의 시선은 죽음 쪽으로 향하고 있는 것이다.
간선도로는 세계의 핏줄과 연결된 육체이다. 그러나 "안개등을 켜고 혼음의
차선을 헤쳐가는 내 마음"은 "잠시잠시 핸들을 놓"(「동부간선도로 12」)치고

“길 밖으로 튕겨 나가고 싶”(「동부간선도로 3」)다.
  우리는 풍요와 빛남의 외형을 가진 문화의 불모성을 읽으려는 시적 자아의
의도를 다음의 시에서도 읽을 수 있다.

  아파트 단지는 장미 울타리에 둘러싸여 평화롭다
  붉게 녹슨 철사줄은 잘 보이지 않는다

  내 피가 시간의 살 속으로
  흘러들어갈 때
  나는 몸을 떨며 설레인다, 라는 말은
  이제 하지 않겠다 낯선 시간이란 없다 시간이란

  끊어질 듯 끊어질 듯
  아직 끊이지지 않는 철사줄, 장미 울타리처럼
  아파트 단지를 돌고 도는
  순환의 벨트이다

  폭우가 쏟아진다 이미 낡은 책상에 앉아
  이미 죽은 시를 철사줄마냥 이리저리 구부리며
  매만진다 한시절을 논다

— 「장미 울타리」 부분

  자동차와 함께 아파트는 자본주의적 삶의 지배적인 일상의 세목이다. 아파
트 단지는 장미 울타리에 둘러싸여 평화롭다. 시적 자아의 눈길은 그러나
그 속에서 위장된 평화를 본다. 장미 울타리는 그 밑에 붉게 녹슨 철사줄을
내장한다. 이 도시에서 피, 즉 열정과 감동의 세계는 식은 지 오래이다. 시적
자아는 “몸을 떨며 설레인다, 라는 말은/이제 하지 않겠다”라고 말한다. 그에
게 더 이상 “낯선 시간이란 없다”. ‘설레인다’, ‘낯선’이라는 말은 ‘지속’과

'변화'라는 시간의 두 가지 속성 중 변화에 무게를 둔다. 그러나 시적 자아에게 시간은 끊어질 듯 끊어지지 않는 철사줄의 '순환'과 '반복'의 미로에 얽혀 있는 것이다. 시 역시 철사줄과 등가의 관계를 형성한다. 따라서 시적 자아는 "이미 죽은 시를 철사줄마냥 마냥 이리저리 구부리며/한시절을 놀" 수밖에 없다. 열정과 창조라는 문학적 행위와 전혀 관련을 맺지 못하는 이 무료한 행위는 파편화되고 일그러진 내면의 세계를 조명하는 그의 시적 전략 속에 놓이는 것으로 보인다.

그에게 일상은 '임의동행의 시간'으로 그를 이끈다. 그것은 더 이상 문을 열어 주지 않는 창고이며 밤마다 '추억처럼' 잠을 자는 식구들과 함께 매장된 '무덤'(「창고에 갇혀 울다」)이다. 그는 "누가 내 무덤의 뚜껑을 열어다오"라고 외치지만 그 소리는 아무에게도 들리지 않는다. 그는 거기에 갇혀 무릎을 꿇고 있으며, 검은 복면의 사내들이 "내 몸만 남겨 놓고" 총을 난사하면서 달아나는 걸 목격한다(「내 몸은 댕그랗게」). 노란 마분지의 몽롱한 나날. 이 리얼리티가 오정국의 시와 동시대 다른 시들과의 변별점을 마련한다. 시적 자아의 눈에 의하여 구성된 이 세계는 허구적인 성격을 띠고 있다. 이는 시집의 표제와 동일한 제목을 가진 「모래 무덤」에 이르면 상당히 그로테스크하게 극화된다.

내가 죽은 뒤에도 비가 오지 않았다 모래밭은 뜨거웠다 비치파라솔 아래 피서객들이 수박껍질처럼 뒹굴고 있었다 내 몸의 수분이 자꾸 빠져 나가고 있었다 나는 죽어서도 잊지 못할 풍경들이 많았다…… ―사실, 나는 살아있는지도 몰랐다― 누가 자꾸 내 이름을 불렀지만 나는 대답을 할 수 없었다 입안에 모래가 가득했다 가끔씩 허리춤에서 무선 호출기가 울었다 아직도 저 도시의 누군가가 나를 기억하는 모양이었다 바다가 감자꽃 빛깔로 저물고, 피서객들이 서둘러 내 곁을 떠났다 아무래도 저 도시를 오래 비워 둘 수 없는 모양이었다 내, 이렇게 죽어서도 도시를 멀리 떠나 있지 못하는 것처럼

― 「모래무덤」 부분

이러한 문화적 세계를 우리는 일찍이 카프카의 『변신』에서 읽을 수 있었다. 이는 또한 가깝게는 죽은 이의 영혼이 자신이 살았던 지역과 가족을 떠나지 못하는 풍경을 아름답게 그린 마루야마 겐지의 『강』의 세계와도 근접해 있는 것처럼 보인다. 이런 그의 양식에서는 삶과 죽음, 의식과 무의식은 분리되지 않는다. '죽은 뒤'라는 구절은 뒤이어 나오는 "나는 살아 있는지도 몰랐다"라는 진술에 의하여 보기 좋게 배반된다. 이러한 상황과 시점의 변화는 그의 시의 육체를 풍요롭게 하며 깊이를 부여한다. 물론 이는 죽어서도 그를 간섭하는 도시와, 역으로 죽어서도 도시를 떠나지 못하는 자아를 효과적으로 드러내려는 장치인 것으로 보인다. 도시 문명의 악마성을 이처럼 개성적으로 드러낸 시는 필자가 알기에는 드물다. 이러한 요인은 그의 시가 소박한 계몽주의적 영역에 머무르지 않고 있다는 것을 증명하고 있다. 이 끔찍한 리얼리티는 종말론적 위기감과 비극적 전망을 드러내기에 효과적인 양식으로 보인다.

그러면 오정국의 시에서 반성적 사유는 어떤 길을 향하고 있는가. 이의 해명을 위하여 우리는 간선도로변에 사고로 튕겨져 나간 구두 한 켤레를 다룬 다음의 시를 인용할 필요가 있다.

가드레일 밑에서 물끄러미 나를 쳐다 보는 구두 한 켤레, 주인을 잃어 이젠
아무런 쓸모가 없는 검은 구두 한 켤레, 비로소 홀몸이 되어

성베네딕트 수도원의 함가시아노 修士처럼
허리를 굽혀
허기를 감추고
한없는 명상에 잠겨 있는 구두 한 켤레
— 「동부간선도로 13」 부분

쓸모 없음의 쓸모, '無用之用'이라는 노장적 사유의 흔적마저 읽을 수 있는 이 시에서 우리는 도구적 기능에서 비로소 해방되어 하나의 새로운 의미와

가치를 갖게 된 사물의 아름다움을 본다. 그것은 세계와의 관계로부터 분리되어 비로소 '홀몸'이 된 사물의 풍요와 자유이다. '물끄러미'는 무목적의 목적을 가진 생물이 취할 수 있는 태도를 보여 준다. 구두는 세계와의 핏줄에서는 끊어지지만 하나의 새로운 세계와 연결되면서 겸손과 품위를 가진 사물만이 뿜어낼 수 있는 긍지로 빛난다. 새로운 세계는 "물 속에서도 햇빛을 받아 돌이 여무는" 자연과의 일체감을 이루는 세계이다. 물질적 풍요의 뒷편에 있는 '허기'는 '명상'을 이끌어 낸다. 우리는풍요와 빛남의 외형을 가진 문화의 불모성을 읽으려는 시적 자아의 의도를 읽을 수 있다.

문화와 욕망의 길이 짓밟아 버린 길 아래에는 훼손되지 않은 건강한 욕망의 세계가 존재한다고 시적 자아는 생각한다. 그것은 "빗줄기 속에서" 맡는 "뽕나무 썩은 향내"(「동부간선도로 6」)에서도 드러나는 세계이다.

어떻게 시적 자아는 그 길로 돌아가는가. 우리는 그 길에 쉽사리 도달할 수 없다. 그 길은 '물밑의 길, 하늘의 길, 천둥소리의 길, 뇌우의 길, 전광석화의 길'로 드러나는 "머나먼 表徵의 길"(「때늦은 질문」)로 인식되기 때문이다. 그러나 더러워져 버린 음험한 현실 속의 존재와 기원을 거슬러 올라가려는 그의 노력은 어떻든 언어로밖에 이루어질 수 없다. 시대적 외상이 아무리 크다고 할지라도 언제까지나 "이미 죽은 시를 철사줄마냥 이리저리 구부리며 매만지며 놀"(「장미 울타리 1」) 수는 없는 것이다. 우리는 그 길이 "죽어가는 나무의 상처를 쓰다듬는 일"에서 "내 몸이 꽃피고 열매 맺는 일"(「생은 다른 곳에」)로 나아가기를 빈다. 그것이 직관의 형식이 될 지 생태학적인 형식이 될 지는 지켜보아야 할 일이다.

일상성의 투시를 통한 존재의 갱신

— 나희덕의 시세계

1.

나희덕의 시는 따뜻하다. 따뜻하다고 할 때 그것은 삶에 대한 애정에 그의 시가 젖줄을 대고 있다는 의미도, 또 직관을 통해 삶의 빛을 발견하는 자의 눈빛을 가지고 있다는 의미도 포함된다.

그는 사물과 타자를 근본적으로 구성하는 구조와 틈새를 본다. 그 틈새는 빛을 통해 순간적으로 자기 안에 수용된다. 모든 대상은 의식의 인어로 밀해질 수 있다. 즉 모든 것은 빛 속에 포착될 수 있다(레비나스). 이것은 본질 혹은 삶에 대한 깊은 투시력으로 일상적인 사물을 신선한 미적 공간으로 형상화하는 능력과 관련된다. 외부세계는 구체적인 삶이 들끓는 곳이다. 그의 시는 구체적인 정황과 물질적 삶을 망각 속으로 떠나보내는 것이 아니라, 그 삶이 본원적으로 간직하고 있는 깊이를 들여다 본다. 풍경이나 대상 뒤에 숨어 있는 깊이를 나름의 인식 능력으로 읽어내는 힘이 그의 시를 특징짓는 요인이다. 말하자면 그의 시는 일상과 초월이 합쳐지는 지점에서 빛을 발한다. 일상과 초월의 변증법적 결합은 「俗離山에서」와 같은 그의 시에서 훌륭하게 나타나 있다.

> 가파른 비탈만이
> 순결한 싸움터라고 여겨온 나에게
> 속리산은 순하디순한 길을 열어 보였다
> 산다는 일은
> 더 높이 오르는 게 아니라
> 더 깊이 들어가는 것이라는 듯
> 평평한 길은 가도 가도 제자리 같았다

―「俗離山에서」 부분

이 시는 그의 시의 지향을 잘 드러내 보여준다. 가파른 비탈이라고 생각했던 俗離, 즉 세속을 떠난 초월의 세계는 예기치 않게도 "순하디순한 길"로 그에게 속살을 열어 보인다. 그의 시는 가파른 비탈로 상징되는 초월의 세계, 형이상학적 주제에 얽매이지 않는다. 오히려 "가도 가도 제자리인" 평평한 길, 산 아래의 밥을 끓여먹는 세속의 일상이 더 가파른 고비인 것을 보여준다. 그의 시는 현학적이거나 관념적이지 않다. '삶 위에 시가 얹혀져 있다거나, 속정(情)'이 있다는 지적[1]은 그의 시의 이런 면을 읽은 것이다. 그는 현실과 결부를 가지지 않은 초월의 세계는 "단숨에 오를 수도 있"다고 생각하지만, 일상은 "길게 길게 늘여서 펼쳐" 줄 뿐, 그 속내를 드러내지 않는 것으로 인식한다.(이는 시인 자신의 시에 대한 자부심에서 비롯되기도 하는 것 같다. 현실과 거리가 있는 초월만을 다루는 시들은 단숨에 오를 수도 있지만, 일상의 속내를 감각적으로 보여주는 시들은 쓰기가 호락호락하지 않다는 인식. 그런 점에서 이 시는 그의 시론으로 읽을 수도 있다.) 여기서 세속과 초월의 경계는 깨진다. 말하자면 세속(일상)이 초월을 감싸고 있다.

---

1) 황지우, 「김수영문학상 심사평」, 『세계의 문학』, 1998. 겨울호, 128면.

2.

　"하루 하루가 가파른 고비"인 세속에서의 생의 얼굴은 "조그만 까끄러기에
도 올이 주르르 풀려 나가"는 스타킹(「벗어놓은 스타킹」)이거나 "쐐기풀로
열두 벌의 수의를 짜는 일"(「고통에게」)이다. 생은 또 "소멸을 향한 빠른 걸
음"(「그러나 흙은 사라지지 않는다」), "떨어지기 위해/아슬하게 매달고 있는"
빗방울(「찬비 내리고」), "물이 되어 시냇가로 돌아갈 수 없는" 눈(「사월의
눈」), "기다림 하나로도 깜박 지나가버릴"(「오분간」) 얼굴을 하고 있다. 그렇
다. "삶의 깊이를 헤아리고 담아내는 일이란 결국 그것의 비참함과 쓸쓸함을
받아들이는 것"이며 "그 비참함과 쓸쓸함이 또한 아름다움에 이르는 길이기
도"[2] 한 것이다.

> 떨어지기 위해 시들기 위해
> 아슬하게 저를 매달고 있는 것들은
> 그 무게의 눈물겨움으로 하여
> 저리도 눈부신가요
>
> —「찬비 내리고」 부분

> 순간 사선 위에 깃드는
> 그 바람, 그 빛, 그 가벼움, 그 망설임,
> 뛰어내리는 것들의 비애가 사선을 만든다
>
> —「빗방울, 빗방울들」 부분

　제 생의 무게를 견디고 있는 꽃이나 물방울은 위태로움과 아름다움이라는
양가성의 의미자장으로 팽팽하게 긴장하며 매달려 있다. 그러기에 그 생은

---

2) 시집 『그 말이 잎을 물들였다』 후기(109면).

"눈물겨움으로 눈부실 수" 있는 것이다. 위태로움과 아름다움이 스며들어 "바람 빛 가벼움 망설임"의 실체를 만들고 있다는 것, 그 내적인 무늬가 향기를 만든다. "찬비에 아프다 아프다 아프다" 하는 꽃송이의 고통도 그러기에 향기로울 수 있는 것이다. 시들어져가면서도 제 삶의 무게를 아슬하게 매달고 있는 고통스럽고 아름다운 그 무게가 읽는 이들의 몸 속으로 파고든다. "시들기 직전의 꽃들이 내지르는 향기"라니. 나희덕 시에 있어서 미세하게 고인 아픔은 그러나 말로 발화되어 나오지 않는 아픔이다. 왜 발화하지 않는가. 시인은, 당신이 힘드실까봐 그렇다고 한다. '당신'에 대한 한없이 낮고 깊어진 사랑. 나희덕은 삶과 사물에 대한 깊고 따뜻한 사랑을 효과적으로 전달하기 위하여 몇몇의 시편들에 '당신' 혹은 '너'라는 화자를 설정한다. '당신'은 어느 특정한 대상을 가리키는 것 같지는 않다. 그것은 삶의 깊이를 헤아려 담으려는 화자의 깊어진 사랑이 촉수를 더듬어 만날 수 있는 어떤 존재이다. 굳이 말하자면 '당신'은 삶의 기미를 발견하게 하는 눈 같은 존재, 예를 들어 뒤에서 언급할 시에서 "물끄러미" 나를 바라보고 있는 다람쥐의 "난만한 그 눈동자"를 보게 하고, 끝내 "오르던 길을 내려오"(「어린것」)게 한 어떤 기운을 나타내고 있을 것이다. 두 번째 시집부터 더 깊어진 그의 시선 속에는 어조와 함께 '당신'을 설정하여 그의 시를 이끌고 가는 보이지 않는 하나의 동력으로 삼고 있기도 하다.

뒤의 시는 달리는 버스를 대상(떨어지는 비)과 오버랩시킴으로써 "뛰어내리는" 존재들의 비애감에 속도감과 극적인 상황을 부여했다. 특히 빗줄기의 굵기에 따라 사선(가는 빗줄기:1연)과 수직(굵은 빗줄기:2,3연)의 떨어짐을 부여하고, 각각 "세상에 대한 어긋남"과 "출렁거리는 수평선"으로 잡아내는 그의 눈과 인식의 깊이는 놀랍다. 설정에 방법론적인 자각을 보여주고 있다는 이야기다. 그러나 이 경우에도

빗물, 다시 사선이다
어둠이 그걸 받아 삼킨다

에서 보이는 바와 같이 그는 비애를 그러쥐는 한 존재(어둠)를 설정, 아픔의
흔적들을 싸안으면서 시적인 자장과 특유의 넉넉함, 깊이를 잃지 않고 있다.
(여기서 "삼킨다"는 말의 표피적인 뜻에 사로잡혀 어둠을 부정적으로 볼 필요
는 없을 것이다.) 나희덕 시의 아름다움은 "고통의 즙액만을 알아차리는 감식
안"(「어떤 항아리」)을 내면으로 삭이고 있는 데서 온다.

3.

그의 시는 고통스런 생에 대한 안타까운 응시에 젖줄을 대고 있다. 그 시선
은 내부가 충만하게 무르익어 외부로 흘러 넘쳐 주변의 생명들을 감싸안는다.
모성은 그가 현실의 불모를 건너가기 위해 차용하는 가슴과 같은 것이다.

네 물줄기 마르는 날까지
폭포여, 나를 내리쳐라
너의 매를 종일 맞겠다

— 「풀포기의 노래」 부분

세상의 모든 어린것들은
내 앞에 눈부신 꼬리들을 쳐들고
나를 어미라 부른다

— 「어린 것」 부분

「풀포기의 노래」는 그의 세상에 대한 모성애적 사랑이 정적으로 있는 것이
아니라 실은 매우 동적인 드라마와 실천으로 생성되어 있음을 생기와 활력이

넘치는 어조로 보여 준다. 그의 고통에 대한 응전방식은 껴안기로 드러난다. 한번 본 것이 마지막될 정도로 "일어설 여유도/아프다 말할 겨를도 없이" 내려꽂히는 폭포에 푸른 멍이 되어가면서 "네 몸은 또 얼마나 아플 것인가"라고 말할 수 있는 가슴은 끊임없이 자신을 괴롭히는 자식을 은근한 눈길로 오히려 걱정해 주는 어머니의 그것과 다를 바 없다. 이 가슴에 결국 물은 "푸른 옷 한 벌" 입혀주고 떠나가게(「이끼」) 되고야 마는 것이다.

「어린것」은 "물끄러미 나를 바라보고 있"는 다람쥐의 맑은 눈빛 앞에서 젖을 그리워하는 아이에게 줄 수 없어 짜버리던 기억을 떠올리고, 아무것도 고집할 수 없는 마음으로 모든 이의 어머니로 상승하는 과정을 보여 주고 있다. 다람쥐 한 마리가 "세상의 모든 어린것들"로 뛰어오르는 과정은 그의 직관의 빛이 가닿은 지점이다. 그 직관의 힘은 그러나 우리의 머리가 아니라 마음에 파고들며 "굳어 있는 가슴이 저릿저릿"하도록 피가 돌게 한다. 특히 이 시는 끝부분 "나는 오르던 산길을 내려오고 만다/하, 웅덩이에는 무사한 송사리떼"에서 그 특유의 '내려오기'의 시학과, 낮고 깊은 그 모성의 강물(웅덩이는 양수에서 드러나듯 모성의 다른 이름이다)에서 노니는 "무사한" 새끼들의 빛나는 모습으로 아연 생동감을 띤다.

"제 잎으로만 무성하던 때"보다 "저 아닌 무엇으로도 풍성해지는" 가지의 품(「품」)으로 나타나는 모성의 잠재적 혹은 감추어진 힘에 대한 묘사는 특이한 리얼리티를 가지는 다음 시에서 잘 드러난다.

이런 얘기를 들었어. 엄마가 깜박 잠이 든 사이 아기는 어떻게 올랐는지 난간 위에서 놀고 있었대. 아기가 모르는 난간 밖은 허공이었지. 잠에서 깨어난 엄마는 난간의 아기를 보고 얼마나 놀랐는지 이름을 부르려 해도 입이 떨어지지 않았어. 아가, 조금만 기다려, 엄마는 숨을 죽이며 아기에게로 한 걸음 한 걸음 다가갔어. 그리고는 온몸의 힘을 모아 아기를 끌어안았어. 그런데 아기를 향해 내뻗은 두 손에 잡힌 것은 허공 한 줌뿐이었지. 그 순간 엄마는

숨이 멈춰버렸어. 다행히 아기는 엄마 쪽으로 굴러 떨어졌지. 죽은 엄마는
꿈에서 깬 듯 우는 아기를 안고 병원으로 달렸어. 아기를 살려야 한다는 생각
말고는 아무 생각도 할 수 없었지. 얼마 지나지 않아 울음을 그치고 아기는
잠이 들었어. 죽은 엄마는 아기를 안고 집으로 돌아와 아랫목에 눕혔어. 아기
를 토닥거리면서 그 옆에 누운 엄마는 그후로 다시는 깨어나지 못했어. 죽은
엄마는 그제서야 마음놓고 죽을 수 있었던 거야.

—「허공 한 줌」 부분

　　난간 위에서 놀고 있는 어린 아이를 끌어안는 순간 숨이 멈춰버린(죽은),
그러나 아기를 안고 돌아와 마음놓고 죽을 수 있었던 어떤 신화적 요소의
신성으로 체현(體現)된 어머니. 이 마술적인 힘은 물론 모성의 실체를 강조하
기 위해 시인이 차용한 방법이다. 초록재와 다홍재로 내려앉은 신부의 일화를
다룬 서정주의 「신부」나 카프카의 일련의 소설들을 연상시키는 그 생생한
리얼리티는 그의 시적 수사가 새로이 도달한 국면이다. 민담이 시 속에 들어옴
으로써 새로운 육체를 부여받는 형국이라고나 할까.

　　「벗어놓은 스타킹」은 이와는 조금 다르게 일상 속에 놓여 있는 모성의
힘 같은 것을 읽게 하는 매력을 가지고 있다. 이 시를 읽는 방법은 여러 가지가
있을 수 있지만, 어떤 경우에라도 '물'에 주목할 필요가 있다. 물은 소생과
깊이를 나타낸다. 그 생명 속에 잠글 때야 우리는 '흐를' 수 있고, 암말은
갈색 빛이 짙어지면서 다시 일어난다. 물은 찢겨진 "욕망의 껍데기"인 "生의
얼굴"이 힘을 얻는 생명성의 공간, 그의 시에 자주 나타나는 모성의 원천으로
기능한다(이 점에서 "다시는 물이 되어 저기 저 시냇가로 돌아갈 수 없는"
'사월의 눈'(「사월의 눈」)은 모든 것에서 소외되어 소멸의 운명을 겪고 있는
존재를 상징한다). 우리는 이를 기억의 힘으로 읽을 수도 있다. 기억을 통하여
스타킹은 자기 동일성("껍데기는 아직 몸의 굴곡을 기억하고 있다")을 가질
수 있기 때문이다.

  그러나 한편의 시는 좀더 입체적으로 읽을 필요가 있다는 점에서 이 글에서
는 새로운 방법으로 이 시를 읽기로 한다. 일상을 의식의 부면으로 본다면
물은 잠에 해당된다. 만일 잠을 잘 수 없으면 인간의 의식은 영원히 깨어
있어야 하고, 쉴새없이 활동을 하여야 한다. "지치도록 달려온 암말"이 쓰러져
있는 것처럼. 인간은 잠을 통해 다시 일어날 수 있고, 다시 설 수 있는 기반을
얻을 수 있다. 잠은 우리 자신을 수용하고 우리를 보호하는 기반을 제공한다.
잠은 우리 자신을 떠받치고 있는 기반에 자신을 내맡기는 의식3)이다. 왜냐하
면 의식은 늘 자기 자신으로 되돌아오고 자기 자신을 떠받치고 있는 자기
자신을 세울 수 있는 장소가 있어야 하기 때문이다. 어디엔가 쉴 수 있는
가능성은 다시 일어설 수 있음을 뜻한다. 다시 일어날 수 있다는 것은 새롭게
시작할 수 있음을 뜻한다. 자리에 돌아와 다시 일어설 때 우리 자신은 홀로
설 수 있다. 조그만 까끄러기에도 올이 나가는, 늘어지고 풀려 나가는 '生의
얼굴'. 상처와 고통으로 닳아가는 염려하는 존재인 인간의 일상을 소생시키며
자기 자신을 새로운 시작으로 긍정하는 시간이 바로 '벗어놓은 스타킹'이라는
하나의 소재를 통해 형상화되고 있는 것이다. 끊임없이 자기 자신으로 되돌아
옴으로써 자기성을 회복하고, 그저 '있음'의 숙명에서 "잠자리 날개처럼 잘
마"른 갈기의 신생으로 거듭나는 일상.

4.

  황현산4)과 이문재5)가 적절히 지적했듯이 '기억'은 나희덕 시를 이루는 중

---

3) EMMANUEL LEVINAS, LE TEMPS ET L'AUTRE, 강영안 옮김, 125—127면 참조.
4) 황현산, 「단정한 기억」, 시집 『그곳이 멀지 않다』(민음사, 1997), 해설.
5) 이문재, 「나의 고통은 아직 말해지지 않았다— 나희덕 시인을 찾아서」, 『문학동네』
   1998, 봄. 이문재는『현대문학』1999, 1.의 격월간평에서도 기억의 문제를 언급하고
   있다.

요한 동인이 된다. 다만 황현산이 기억을 '과거 속에 함몰되는 것이 아니라 과거에 객관적 시선을 유지할 수 있는 힘'으로 본 반면, 이문재는 '청산하지 못한 과거, 혹은 상처'로 보았다는 점에서 일정한 편차를 드러낸다. 그러나 어느 경우라도 기억은 자기 동일성의 확보에 중요한 요인이 된다는 것은 의심의 여지가 없다. 즉 기억은 모성과 함께 쓸쓸함과 고통의 현재적 삶을 위무하고 깨어나게 하는 동인을 제공하는 것이다.

> 내 마음의 형광등 모두 꺼지고 식구들도 잠들고
> 백열등 하나가 오롯하게 빛나는 밤
> 아버지가 뽑아내던 실끝이 어느새 내 입에 물려 있어
> 내 속의 아버지가 나 대신 글을 쓰는 밤
> 나는 아버지라는 생을 옮겨 쓰는 필경사가 되어
> 뜨거운 고치 속에 돌아와 앉는다
> 그때의 바람이 이 견디기 어려운 여름 속으로
> 백열등이 너무 어둡게도 너무 밝게도 생각되는 내 눈 속으로
> 더 깊이 더 깊이 들어오기만을 기다리면서
>
> —「누에의 방」부분

> 이 꽃그늘 아래서
> 내 일생이 다 지나갈 것 같다
>
> —「오분간」부분

> 빈 가지에 나비가 잠시 앉았다 날아간다
> 무슨 축복처럼 눈 앞이 환해진다
> 아, 네가, 네가, 어디선가 나를 내려 놓았구나
> 그렇지 않다면 이토록
> 사과나무 그늘이 환해질 수 있을까
>
> —「사과밭을 지나며」부분

　「누에의 방」에서 화자인 '나'는 기억이라기보다는 추억의 힘이라고 불러야
할 어떤 뜨겁고 신성한 기운에 들려 있다. 그것은 누에라는 매개를 통해 아버
지와 나 사이에 설정된다. 필경사인 아버지의 작업 모습은 하반신을 한 곳에
고정시켜 놓고 상반신을 좌우로 움직이면서 실을 뽑는 누에의 모습과 겹쳐진
다. 시인이 다시 그 속에 들어 앉아서 "그때의 바람이 견디기 어려운" 불모의
계절 속으로, 눈 속으로 들어오기를 기다린다. 우리는 자아가 그 추억의 공간
이 간직하고 있는 아우라에서 떨어져 나와 흔들리고 있다는 사실을 "백열등이
너무 어둡게도 너무 밝게도 생각되는 내 눈"이라는 구절에서 읽을 수 있다.
추억이 몸 속으로 들어오게 하기 위하여 가만히 귀를 대고 숨을 죽이는 집중된
움직임을 통해 자신을 새로운 에너지로 바꾸기 위한 침잠의 시간, 그 고요의
정적 속에는 은밀한 창조의 에너지가 잉태되고 있다. 이 때 추억에 힘에 몸을
데우는 그 멈춤의 시간은 영혼을 순화시키는 생명의 에너지를 받아들이는
시간이다. '내'가 추억에 몸을 노출시키는 것은 핏줄에의 끌림이라기보다는
견디기 어려운 지금의 삶을 치유, 갱신해주기를 바라는 뜻에서이다. 그 성스러
운 시간에 연대함으로써 존재의 지속성과 정체성을 확인할 수 있다.
　「오분간」은 '꽃그늘'이라는 공간에 자아를 잠글 때 늘어지는 시간의 현상
을 담은 시다. 실제로 아이를 기다리는 순간은 보고 싶은 마음의 무늬가 아이
의 부재를 더욱 절실하게 한다. 어둠과 함께 아주 섬세한 어떤 상실의 감각이
그의 몸 속으로 들어가면서 상상과 현실은 중첩된다. 아이는 한없이 멀리
떨어져 있는 타자가 되고, 꽃잎이 한번 질 때마다 수십년의 세월이 교차하고,
"기다림 하나로 깜박 生은 지나가버린다". 오분이 일생이 되는 체험. 상상과
현실은 구분이 되지 않고 동시성 속에 체험된다. 그것은 분명 어두움('꽃그늘')
이 만들어 주는 것일 것이다. 이 때 기억은 마음 속에서 한없이 지연되는
예기로 재생되어 나타난다. 이는 마지막 행 버스가 올 때 날아오르는 탄력
있는 문장, 그리고 화자의 태도와 비교할 때 더욱 분명해진다.

「사과밭을 지나며」에서 나비, 사과나무, 나, 그리고 너는 무연한 듯 하지만 하나의 에너지로 연결되어 있다. 사과나무가 사과를 다 내려놓고도 휘어진 빈 가지를 펴지 않는 것은 사과에 대한 기억 때문이다. 마찬가지로 화자의 가슴에는 너로 상정되는 어떤 사람이 놓아주지 않고 있다. 그 때 사과나무에 팔랑거리며 나비 한 마리가 날아간다. 화자는 그 나비의 팔랑거림을 "네가 나를 내려 놓"은 것으로 판단한다. 사과나무 그늘이 환해졌기 때문이다. 그리하여 나비의 날개보다 자기의 '百結의 옷'(이는 너를 내려 놓은 마음의 가벼움과 허전의 무늬일 것이다)이 한결 가볍다는 것을 느낀다.

우리는 그의 시에서 기억이 미세한 편차를 가지며 나타남을 확인했다. 구체적으로 「오분간」 같은 시에서는 '예기'(기다림)로, 「누에의 방」에서는 추억의 형태로 드러나고 있으며, 「사과밭을 지나며」는 기억의 무게를 보여 주고 있었다.

5.

나희덕의 눈길은 형이상학적인 세계보다는 일상적인 현실, 구체적으로 삶의 비애를 감싸안는 데 바쳐지고 있다. 드물게 깊고도 정교한 사색을 모든 사물들의 속살 속으로 퍼뜨리는 이 시인의 장점은 거의 모든 시에서 발견된다. 그런 점에서 그의 상상력은 매우 감각적이면서도 정신적인 발걸음을 가졌다. 일상의 세사에서 만날 수 있는 삶의 부면들을 사색과 고뇌를 통해 건져 올리는 그의 시가 퍼뜨리는 파장은 은근하면서도 깊다. 그는 사물을 세밀하게 들여다보고 그것을 시인의 의식 속에서 되살아나게 한다. 보는 것은 벌써 자기 것으로 만드는 것이며, 우리가 만나는 대상은 자신의 내면에서 꺼내는 것과 같기 때문이다[6]. 말하자면 그의 시적 직관은 인식 가능성을 함축하고 있다.

---

6) EMMANUEL LEVINAS, LE TEMPS ET L'AUTRE, 강영안 옮김, 67면.

그는 무엇보다 세계를 단순화시켜 의미화할 수 있는 시인이다. 다람쥐 한 마리는 그의 앞에서 어린 것을 생각하면서 울면서 젖을 짜버리던 기억과 함께 "세상의 모든 어린것"으로 확대되며, 달리는 차창에 사선으로 떨어지는 빗방울을 통해 모든 "사라지는 것들의 비애"가 오버랩된다. 벗어놓은 스타킹을 통해 생의 얼굴을 본다. 말하고 있는 것은 빗방울, 다람쥐, 스타킹이지만 내면적으로 깔고 있는 것은 생의 모든 국면이다. 그는 모성의 따뜻하고도 그윽한 눈길을, 또 기억들의 섬세한 오솔길을 현재의 삶의 정황들과 부면들에 대면서 우리들 생이 매달고 있는 빛과 무게와 같은 무늬를 섬세하게 직조하고 있다. 그것은 "제 몸에 누구를 앉히는 일/저 아닌 무엇으로 풍성해지는 일"(「품」)이며, 동시에 내려놓는 일(「사과밭을 지나며」)이다. 시적 구도가 그의 손끝에서 섬세하게 설정되며 의미의 자장을 띠기 시작할 때 세계는 환해진다. 그런 점에서 그는 일상의 어떤 사건도 세계를 인식하는 나름의 방법과 언어로 빚어내는 시인이라 할 만하다.

가벼운 이미지, 무거운 존재
— 정복여의 시세계

1.

　정복여의 시는 세계의 본질을 투시하고 자기 식으로 구축하는 건축술을 가지고 있다. 우리 눈이 항용 질서라고 부르는 것들은 그의 미세한 감각의 돌기에 의해 해체된다. 그는 일상이 감추고 있는 현상이나 사실의 이면을 자신의 방법으로 드러낸다. 그는 "나무들은 제 그늘만큼의 연못을 품고 있다"(「나무연못」)고 쓴다. 그늘에서 연못을 보기. 나무의 존재와 성장을 깊이를 통하여 보는 능력. 그는 사물의 깊이를 볼 줄 아는 눈을 가진 시인이다. 관념적인 면이 있지만 그의 시의 세계인식 태도와 방법을 드러내는 한 편의 시를 인용함으로써 우리의 논의를 시작하자.

　　그는 나무를 깎는다
　　그는 나무의 나이테를 도려낸다
　　나무의 내부가 송두리째 빠져나온다
　　그의 나무 깎기는 나무의 둥근 둘레를 위한 것이다
　　그의 발밑으로 나무가 되었던 날들이 쏟아진다
　　푸른 잎으로 가는 정거장, 거기 촘촘히 줄을 섰던

햇빛들이 흩어져 허둥대며 집으로 돌아간다
흙빛을 벗으며 솟았던 몸이 가는 물기둥들은
땅 가까이 볼을 부비며 쓰러지고
방금 가지이던 바람이 그의 등을 쓸고 있다
이제 그의 나무는 텅빈 둥근 원이다
그는 말한다 모든 형태의 내장된 어둠은
어딘가에서는 빛이 된다고
비로소 온통 나무인 나무가
한 그루 서 있다

— 「모든 상징은 어둠이다」 전문

나무라는 실체에 다가가기 위해 그는 먼저 나무의 나이테며 내부(중심)를 지워간다. 나무를 구성하고 있는 물질이나 기억들은 사라진다. 나무가 되었던 날들이 쏟아진다거나, 햇빛들이 허둥대며 집으로 돌아간다거나, 물기둥들이 쓰러진다는 것이 바로 거기에 해당된다. 이 때 다시 태어난 나무는 가시적, 일상적 나무가 아닌 "온통 나무인 나무"가 되어 존재하게 된다. 이렇듯 그의 시에서 상징이란 안 보이는 어떤 것이면서 자유로움을 제공하는 이중적 성격을 가지고 있다. '도를 도라고 하면 영원한 도가 아니'(道可道 非常道,『道德經』제1장)듯, 그는 나무라는 확정된 상징, 그 중심을 무너뜨리고 해체되어 나올 때 상징이 된다는 것을 말하고 있다. 그에게 실제로 보이는 것은 상징체계가 아니다. 상징은 보이지 않는 어떤 것이다. 이는 일상이 감추고 있는 더 열린 세계의 진실을 만나려는 의도에서 나온다. 현상의 뒤에서 완강하고 신선하게 살아 있는 상징에 대한 믿음을 그의 시는 간직한다. 그의 중심 깨뜨리기는 "모든 형태의 내장된 어둠은/어딘가에서는 빛이 된다"는 세계의 근원적인 해체와 재건축의 인식에 기인한다.

현상에 대한 부정은 또한 일상적인 언어에 대한 불신에서도 드러난다.

새순이 많이 돋고 밑가지는 튼튼할 것
내가 심어둔 생울타리, 쥐똥나무는
정말 새순도 많이 돋아 내가 '아'하고 한 말을
'아야'라든지 '아이구' 혹은 아니라고 말했잖아 이 새끼야'
뭐 이런 말로 싹을 틔우고
가지를 있는 대로 키워서는 단단하게 밑둥을 박는다
그러니까 나는 내가 한 말보다 더욱 많아진
말로 울창해진 울타리
가을엔 쥐똥나무 소문이 다닥다닥 열리고
사람들은 잘 만들어진 내 울타리를 기웃거리지
그러나 그들이 볼 수 있는 건
울타리보다 조금 높은 창틀뿐인 걸
그렇게 사람들 지나가고 나도 그 옷자락 기웃거리면
빽빽히 키워낸 쥐똥나무 이파리가
힘껏 나를 막아선다
쥐똥나무, 그 주제에
무슨 사명감의 완성을 보려는 듯
밖이면 밖 안이면 안, 어쨌든 열심히
모든 생을 막아내고 있다

— 「생울타리」 전문

　존재의 본질을 은폐하는 것이 일상적인 '말'이라는 것은 역설적이다. 식물적인 이미지로 구사되고 있는 말의 욕망을 보라. 말의 끈질긴 욕망과 부풀림은 싹을 틔우고, 밑둥을 박으면서 사람을 아예 말로 울창해진 울타리로 만들어버릴 정도이다. 그러나 정작 그 울창해진 말 때문에 타자에게 나를 보여줄 수도 없고, 타자 역시 나를 볼 수 없다. 진실을 가려버리는 일상적인 말의 번식력 때문에 실제로 나 역시 내가 누구인지도 모른다. 타자와의 고리가 되어야 할 말이 역설적으로 존재의 소통을 가로막고 있는 현실을 그는 꿰뚫고 있다.

이러한 눈으로 시인은 자아와 세계 사이에 가로놓인 부정성 쪽으로 들어가기도 하고, 그 세계와 화해하지 못한 자아를 깊숙한 몽상의 세계 속으로 내려 보내 자아의 응집과 확산을 시도하거나, 혹은 자연에서 그 초월의 열망과 의지를 불태우기도 한다.

2.

'조개껍질'(「생각달팽이」「비단가리비」)이나 '방'(「깊은 방」「꿈의 출구가 있는 내 방은」「내가 사는 방으로 전화를 한다」), '물'(「나무연못」), '먼지'(「먼지는 무슨 힘으로 뭉쳐지나」), '거미집'(「내거미」「거미」), '주머니'(「블루터마린」), '울타리'(「생울타리」) , '둥근 유리'(「K는 조명 속으로 걸어들어가」「브릴리언트 아쿠어마린」) 등은 꿈꾸기 위해서 그의 자아가 들어가는 존재의 거소이면서 세계를 보고 느끼는 그의 상상력의 질료가 된다. 이런 상상력은 기실 내면을 다룬 그의 시들에서 주로 드러나지만, 일상성이나 자연을 다룬 시들에서도 근원적인 힘으로 존재한다. "깊이 꿈꾸기 위해서는 '물질'과 함께 꿈꾸지 않으면 안 된다"고 바슐라르는 말했지만, 이 공간들은 그에게 있어 자아의 응축과 확산의 기호이다. 말하자면 세계에 대하여 절망한 자아가 자신의 내부로 들어가는 공간이면서, 동시에 자아가 세계와 부딪히는 힘이 되기도 한다.

「저녁 풀밭에 누우면」은 개체로서의 소외와 고독을 돌의 이미지를 통해서 견디면서 자아의 균형을 획득하는 아름다운 시이다.

누군가 있어야 겠다는 생각을 한다

그 누군가가 다른 누군가로 바뀌기도 한다
그러나 그건 중요치 않아
생각이 점점 어두워진다
무거워지고 단단해진다
모래의 마음에 돌이 된다

그 옆에 누군가 없어도 되겠다는 싹이 튼다
정말 괜찮겠다는 뿌리가 돌 밑으로 뻗는다
돌 위로 풀이 무성해진다
언덕을 이룬 숲으로 붉은 바다가 흘러간다
흐린 별이 돌 속으로 스며든다
돌이 차가워진다

옷자락을 여미면 돋아난 몇 가닥의 풀잎이 보인다
— 「저녁 풀밭에 누우면」 전문

크고 작은 사물과 마음은 서로 스며 하나의 무늬를 이룬다. 이런 스밈과
번짐, 섞임과 뭉침은 한없이 쓸쓸하고도 처연한 풍경을 만들고 있지만, 결국은
세계 속에 놓인 자아의 안정과 균형을 도모하는 방향으로 이끌리고 있다.
어두워지는 생각은 무거워지고 단단해지면서 자연스럽게 돌로 스며든다. 이
돌을 껴안는 마음이 물기를 가질 때 싹이 트고, 뿌리가 뻗고, 풀이 무성해진다.
그리고 바다는 숲으로 흘러온다. 이 때 하늘의 별은 돌 속으로 들어오고, 차가
워진 돌로 자신의 옷자락을 여미는 자아에게 몇 가닥의 풀잎이 만져진다.
생각, 돌, 별, 바다가 서로를 배제하지 않은 채 천천히 섞이며 자아 속으로
들어오고, 자아는 혼자서도 '돌'의 마음으로 안정을 느끼며 세계를 견디는
것이다. 이런 시는 표면과 감각을 통해 본질과 감동으로 우리를 데려 간다.
이 때 표면과 감각이란 우리의 오관을 통해 느끼는 쾌감이고, 본질과 감동은

존재의 전환이다.

그러나 자아는 항상 안정적일 수는 없다. 자아가 놓인 공간은 자주 그 자리를 움직인다. 이 공간들은 상상력의 힘으로 무한히 변용하면서 몸을 바꾼다. 특히 방과 물의 이미지는 서로가 결합되면서 파문을 울리는 힘을 갖고 있다.

> 내가 세들어 사는 이곳에 아주 오래된 연못 하나 있었다
> 계약서에는 없던 무수한 물방울들이 처음 발을 들여놓자
> 사각의 방 모서리를 허물며 둥글게 안으로 흘러들었다
> 내 호흡의 울림으로 연못은 여러 개의 둥근 원을 그리기 시작하였다
>
> — 「깊은 방」 부분

고독의 뿌리를 방의 깊이를 통해 보여주는 시이다. 일상적인 방은 그의 상상력에 의해 연못으로 변용된다. 말하자면 연못은 가시적인 것이 아니다. 방은 내 호흡의 울림으로 여러 개의 둥근 원을 그리고, 오래 된 연잎의 뿌리에서 나 이전의 어떤 빛이 나를 보고 있다. 그 빛은 못 한 가운데 있는, 연못보다 더 오래된 깊이를 알고 있는 듯한 산을 보여주기도 하는데, 그 산 속의 바위가 연잎의 뿌리에 닿아 그 뿌리에 사는 빛의 그림자를 안고 있다. 나는 그 바위 아래서 잠들고, 내가 잠들자 연못도 잠든다. 나는 이 연못을 잠궈 두고 나갈 수 있을지를 염려한다. 여기서 우리는 방이 나를 있게 한 존재의 근원과 닿아 있음을 알 수 있다. 특이한 것은 그 근원적인 공간이 우리가 그것을 알아차리기도 전에 다가와 있으며, 우리의 눈이 거기를 향할 때 이미 우리는 오래 전부터 보이지 않는 것에 소속되어 있었던 것임을 일깨워준다는 것이다. 이 물의 상상력은 참으로 깊은 것이어서 사람뿐만 아니라 자연물에도 "나무들은 제 그늘만큼의 연못을 품고 있다"(「나무연못」)고 말할 정도이다. 자아는 그 속에서 꿈을 꾼다. 그러나 그 꿈은 타자에게 번번히 거부당하며 결국은 자신에게로 돌아온다.

집을 나온 꿈이 아침 위에 앉아 있다
잠이 보내온 반투명한 물방울들
둥근 표면 위에 그려진 꿈의 표정들이 보인다
원의 안쪽에 어둠을 품은 빛나는 저 눈동자들
내가 현관을 나설 때 물방울들은 따라나온다
(중략)
방심한 꿈들을 따돌렸다 생각했을 때
꿈의 사슬들은 다시 발목을 잡는다
나는 하루 동안 더욱 무거워진 꿈들을 끌고 돌아온다
꿈의 출구가 있었던 내 방은
이런 뚱뚱한 꿈들로 가득하다
밤이 지날 때마다 집을 나온 꿈들은
이제 커다란 몸으로 출구를 찾지 못한다

— 「꿈의 출구가 있는 내 방은」 부분

시적 몽상 속에서 더 커지는 꿈들을 그리고 있는 시이다. 여기서 꿈은 물방울과 결합되어 확산을 거듭한다. 자아가 그의 방에서 꾼 꿈들은 소리를 내는 둥근 사슬이 되어 따라오지만 타인들에게는 무참하게 밟히고, 매달리고, 틈에 끼여 일그러지고 무거워진다. 결국 버릴 수 없는 그 꿈들은 자아의 발목을 감는다. 꿈들은 밤이 되면 하루치씩 무거워진다. 그는 알바트로스처럼 그 꿈에 질질 끌려다니는 상태가 된다. 세상에 내보낸 꿈들이 현실에서는 적응하지 못하고 나에게 달라붙어 놔주지 않는 것이다. 자아의 우울은 뚱뚱해진 꿈들로 뭉쳐져 있다.

'나'는 바로 자신에 의해서 '무수한 나'로 증식된다.

점묘법으로 그려진 바다공중전화 카드를 밀어넣으면
출렁~ 은행나무 잎그림자가 흩어져 내리고

방의 한 모서리가 가늘게 떨며 전화를 받는다
벽을 타고오르는 인동당초 꽃잎이 저렇게 붉게 짙어지고 있어요
책갈피 속 글자들은 몸을 일으켜 다음 책장을 넘어가고 있구요
작은 틈 사이의 먼지들이 반짝이며 뛰어나와
당신이 먹던 참치 통조림으로 식사를 하고
당신이 쓰던 브렌닥스 칫솔로 이를 닦지요
그리곤 날마다 당신 침대 속에서 잠이 들어요
지금 이 소리 들리시나요
잠을 깬 한 당신이 슬리퍼를 끌며 욕실로 가고 있어요
또 한 당신이 수도꼭지를 틀고 사과를 씻고 있어요
당신이 없는 사이 이렇게 많은 당신이 생겼어요
저기 당신은 옛 친구가 보낸 안녕의 편지를 읽고 있군요
둥글게 말린 긴 방의 목소리가 풀려 나오고
거리의 마른 모래알들이 모두 쏟아져 나와
내 방으로 흘러가는 소리를 듣는다

— 「내가 사는 방으로 전화를 한다」 전문

시적 화자의 마음 속에 방의 한 모서리가 가늘게 떨며 전화를 받는 목소리
가 텅텅 울린다. 그 때 사물들은 소리에 의해 깨어나는 짐승처럼 움직인다.
인동당초 꽃잎이 붉게 짙어지고, 책갈피 속 글자들이 몸을 일으키며, 먼지들이
식사를 하고, 이를 닦고 잠이 든다. 그리고 잠을 깬 자아의 분신들이 슬리퍼를
끌고 욕실로 가고, 사과를 씻고, 정작 당사자인 자신마저 옛 친구가 보낸 편지
를 읽는다. 풍요롭고 깊고 따뜻한 방은 자아를 부화하는 거소이다. 친숙한
사물들을 살아있게 하고, 자아의 분신들을 계속 증식시키는 공간이다. 방이
그런 역할을 할 수 있는 것도 '점묘법으로 그려진 바다공중전화 카드' 즉,
물방울의 흐름에 의해서다. 그 흐름은 거리의 마른 모래알들마저 방으로 흘러
들어가게 한다. 타자의 간섭이 없는 이런 존재의 거소는 대단히 풍요롭고
충일하기는 하지만 내면성으로 인해 오래 지속될 수 없다는 한계를 가지고

있는 것이 사실이다. 또한 자아 내부에서도 세계로 나가고 싶어하는 열망은 언제나 간직하고 있기도 하다. 「생각달팽이」는 세계를 살아보려는 노력으로 길을 만들려고 하지만 결국 원점으로 돌아올 수밖에 없는 '갇혀 있는 자아'를 그린 시다. 이런 움츠림은 타자의 시선에 의해 더욱 강화되기도 한다.

> 일박이일의 검열이 있었다
> 장총처럼 아버지를 앞세운 엄마가 현관에 들어서면
> 집 안의 모든 집기들은 긴장한다
> 의자들은 똑바로 앉아 있는가
> 마루에 아무렇게나 살던 타올은
> 욕탕으로 돌아가려 안간힘을 다하고
> 방금 통화를 끝낸 수화기는 입을 쓱 닦는다
> 액자 속을 빠져나와 나뒹굴던 포도알이
> 뒷걸음치는 내 맨발에 으스러진다
> (중략)
> 검열을 마친 검열관이 돌아가고
> 원상복귀한 내가 목욕탕으로 들어간다
> 그런데 세상에
> 벽과 벽, 그 곳에 살던 거미, 그리고 집은?
> 나는 뛰쳐나간다
> 엄마 내 거미는 어디 있어요 내 집은!
>
> —「내 거미」 부분

장총으로 비유된, 키 큰 아버지를 앞세운 엄마 앞에서 흩어져 있는 내 공간 속의 사물들은 아연 긴장한다. 그 당혹과 긴장은 미세한 몸떨림으로 감지된다. 의자와 타올, 수화기, 먼지, 심지어 액자 속 포도까지 당황하여 움직이는 장면들은 통통 튀는 이미지들의 속도감과 리듬으로 시의 재미를 한껏 더하고 있다. 검열관이 돌아가고 난 뒤 '내'가 제일 먼저 들어가 확인하는 것은 목욕탕

안의 벽과 벽 사이에 살던 거미와, 그 집이다. 이 시에서 거미집은 자신을 타자로부터 지키는 고유 영역이고 자신의 존재 의미를 드러내주는 공간이며, 거미는 타자의 시선을 피해 살고 싶어하는 자아로 나타난다. 우리는 이 시집의 여러 시에서 거미, 달팽이 등을 발견하게 되는데, 이들은 자아의 방어기제와 관련되어 있음을 어렵지 않게 알 수 있다.

그러나 다른 한편으로 '거미 집'은 화자가 현실에 적응하기 위해서는 걷어내야 할 대상임에 틀림 없다. 시 「거미」는 이러한 결단 앞에 놓인 화자의 태도를 드러내 주는데, 시적 화자는 거미를 죽이겠다고 염소를 뿌리지만, 황급히 문을 열어주면서 "그놈의 목숨만은 가늘게 살아 있기를 간절히 바"(「거미」)란다. 화자의 '고독'에 대한 애증의 양가성을 보여주는 대목이다.

정복여의 시에서 자아와 타자의 소통을 막는 벽을 제거하면서 자아를 현실로 끌어내는 것은 자연이다.

지붕 가까이 내려와 놀던 하늘이
엎드려 내 가게를 들여다보다
구슬 하나를 떨어뜨립니다
놀란 하늘이 잡으려다 놓치고 맙니다
하늘 앞치마 가득 가지고 놀던 구슬
그렇게 한 구슬 내려와
내 유리에 길다란 금 하나 만듭니다
투명해서 보이지 않던 유리문이
분명한 문의 모습 보여 줍니다
하늘이 손을 길게 뻗어 만져보려 합니다
순간 나머지 구슬들도 와르르 쏟아집니다
둥근 몸 속에 어쩌면 저처럼 많은
사선의 금들을 말아두고 살았는지
유리 위로 무수한 금들이 생겨납니다

단단한 유리 문이 깨어집니다
문 밖의 싱싱한 비린내가
안으로 확 몰려옵니다
오랫동안 왜 아무도 오지 않았는지
내 앞에 쌓인 유리 한 조각을 집어올리며
나는 그 이유를 이제야 알았습니다

— 「브릴리언트 아쿠어마린」 전문

세계 내 존재인 '나'가 대상과 맨 몸으로 만나게 되는 과정을 드러내 주고 있는 시다. 하늘이 떨어뜨린 구슬(햇빛일 것이다)이 "내 유리"에 작은 금을 만든다. 그 균열로 인해 "투명해서 보이지 않던 유리문이/분명한 문의 모습"을 나타낸다. 그러나 나는 아직 문밖의 풍경을 날것으로서가 아니라 유리문을 '통해서' 본다. 마침내 하늘이 나머지 구슬들을 쏟아내리자(햇살이 강렬하고 환하게 비쳤을 것이다) 유리문은 깨어진다. 이 때 대상이 내 맨몸과 만나는 "문 밖의 싱싱한 비린내가/확 몰려"오고, 유리 조각을 집어올리며 자아는 "오랫동안 왜 아무도 오지 않았는지"를 깨닫게 된다. 유리는 내 "둥근 몸 속에" 있다는 점에서 대상과의 소통을 막고 있는 벽이다. 앞서 인용된 「생울타리」에서 이미 밝힌 바 있지만, '나'는 내상 쪽으로 가는 통로를 저음부터 차단해 놓고 있다. 하늘이 자아의 패쇄성에 구멍을 내어 타자와 현실 쪽으로 향하게 한다.

3.

「천사거미」는 머물던 집에서 새로운 세계로 나아가는 자아의 모습을 그린 아름다운 시이다.

그동안 잘 지냈구나 그동안 배불렀구나 계약기간이 끝나고 빛바랜 그물을

거둔다
　　외로움의 못으로 걸었던 초생달이며 거기 구름액자를 내리며, 그동안 즐거웠
구나
　　내 공기밥이었던 날개야, 하루살이야
　　여전히 유리창에 이마를 기댄 여뀌야 그런데 내 신발 못 보았니
　　나무색 줄무늬, 그동안 까마득히 잊었던 서른 살 신발
　　이제 보니 저기 창밑에 끈 떨어지고 찢어진
　　나도 몰래 세월이 얼마나 신고 다녔는지
　　밑창이 너덜너덜 구멍 뚫린 날들,

　　잔뜩 많아진 나를 꾸려 놓았는데
　　밖은 온통 허공에 바늘바람 압정을 뿌려놓은 듯 낯선 별밭
—「천사거미」 전문

　“날개”와 “하루살이”를 공기밥으로 삼으면서 자신만의 내밀한 공간에서, 끌어들인 자연들(초생달, 구름액자, 여뀌)을 친구삼아 혼자 살던 거미는 세상 밖으로 나가야 한다. 그러나 하지만 벗어두었던 나의 신발, 오기 전의 나의 모습은 “세월이 얼마나 많인 신고 다녔는지” 자신도 모르게 많이 변해져 있다. 그 구멍 뚫린 날들은 옛날의 나의 기반을 무너뜨리고 여러 ‘나’를 만들어 놓았다. 더욱이 밖은 “낯선 별밭”으로 나를 차갑게 한다. 「천사거미」는 내밀한 통로를 걷고 있던 자아가 실제로는 은밀히 세상 속으로 들어갈 준비를 하고 있었음을 보여주고 있다. 바로 정복여 시의 현실성이다. 그는 현실의 차가움과 불모를 몸에 심으면서 세상에 나온다.

　그러나 첫발을 디딜 때의 차가움의 경험은 타자와 함께 있으면서도 물질주의의 회랑을 걷는 사람들 틈에 섞이게 하지 않는다. 오히려 비판적인 거리로 일상성의 허위를 직시하게 하는 주변부의 인물로 자아를 몰고가는 것이다.

싱싱냉장고를 열면
피넛식빵은 사흘, 양팡우유는 이틀, 오이, 베이컨, 쏘세지,
모두 각기 다른 유효기간을 달고 있다
날마다 나는 가장 임박한 날짜 하나씩 먹어치운다
방부제가 섞인 날짜는 하루이틀 정도는 여전히 유효해
나는 내 방식대로 계산된 날짜를 적용한다
입 속에서 유효기간들이 잘게 부서진다
(중략)
내 혈관은 이런 날짜들로 가득해진다
걸어 다니는 냉장고, 몸이 걸어 간다
이를테면 하루 이틀쯤은 날짜를 넘겨도 좋을
그 거대한 누군가의 먹이가
지하 전동차 안으로 들어간다
덜컹, 서로 어깨를 부딪히는
손잡이에 매달린 빽빽한 유효기간들
방부제가 섞인 표정들이 모두 한 곳으로,
둥근 터널 속, 어둠으로
휙 빨려들어가고 있다

— 「걸어 다니는 냉장고」 부분

나는 음식이 아니라 날짜를 먹어치운다. 입 안에서는 유효기간들이 부서진다. "날마다 임박한 날짜 하나씩 먹어치"우는, "장소를 옮길 때마다 유효기간들이 늘어"나는 "날짜들로 가득해진 혈관"은 걸어 다니는 냉장고가 된 우리들 일상이 아닌가. "방부제가 섞인 날짜"를 먹는 우리들 혈관처럼, 삶의 본질을 잃어버린 생들은 의식하지도 못한 채로 한 곳, 둥근 터널의 어둠 속으로 빨려들어간다. "손잡이에 매달린 빽빽한 유효기간들"은 그들 생의 유효기간이 얼마 남았는지도 모르는 도처에 널린, 흔해빠진 죽음들이다. 그것이 "싱싱냉장

고"인 우리들 일상의 껍데기며 허구이다. 그들은 한편으로는 길 위의 생들을 산다.

> 저기 문 안으로 들어가는 장미꽃
> 저기 문 안으로 들어가는 야구모자
> 저기 문 안으로 들어가는 등 굽은 쉐타
> 문 밖을 오고 가는 길 위의 발들을 세다가
> 버스는 신호를 받아 출발한다
>
> —「길 위에 문」부분

'장미꽃', '야구모자', '등 굽은 쉐타' 나이를 짐작하게 하는 대유 문장의 병치와 행간의 여백들을 보라. 심각한 상황설정에도 재미를 느끼게 하는 시적 매력을 그의 시의 행간은 풍기고 있다. 우리는 생각없이 열리고 닫히는 삶과 죽음이 거느리고 있는 슬픔 같은 걸 경쾌하고 가볍게 띄우려는 시인의 의도를 읽을 수 있다. 심지어 일상은 공격적인 이미지로 우리들 내부로 파고들기도 한다.

> 등에 업힌 아이가 나를 보고 있다
> 올이 굵은 오렌지색 쉐터에 한쪽 볼을 짓이긴 채,
> 아이의 깊은 눈동자가 내 몸에 와 박힌다
> 잠시 흔들리던 내 눈동자는 미세한 힘으로 저항하다가
> 곧 풀이 죽어 눈이 시리다
> 아이의 검은 동공이 내 온몸으로 퍼져나간다
> 나는 지금 저 아이에게 꼼짝할 수 없다
> 얼마 후 아이는 검은 눈동자의 포박을 풀어주면서
> 만족스레 엄지 손가락을 빨고 있다
> 내게서 무엇을 가져간 것일가
> 그동안 버스에는 몇몇의 사람들이 내리고

다시 몇몇의 사람들이 올라왔다

나는 어깨에 맨 가방을 앞으로 당겨
앞으로 모르게
남은 시간을 더듬어본다

— 「귀가」 전문

우리는 섬뜩한 한 시선을 본다. 그 공격성은 한쪽 볼을 짓이긴 채, 몸에 박히고 세포 속으로 퍼져나간다. "흔들리던 내 눈동자"가 "미세한 힘으로 저항"해 보지만 꼼짝할 수 없다. 아이 눈동자의 포박에서 풀려난 '나'의 모습은 쓸쓸하고 처연하다. 나는 담담히 그 허무와 슬픔을 받아들인다. 오히려 즐기는 듯한 어투로 "내게서 무엇을 가져간 것일까"고 시적 화자는 묻고 있다. 결국 이 시는 아이 눈의 공격성을 통해, 아이가 성장하는 만큼 나의 삶은 짧아지고 있다는 메시지를 담고 있다. 이는 이어지는 행에 나타나는 동사 "내리고", "올라탔다"가 암시하는 죽음과 삶에 의해서도 확인된다. 그래서 나는 아무도 모르게 "남은 내 시간을 더듬어보"는 것이다. 그의 일상성에 대한 투시가 존재론적인 깊이를 가지는 부분이다.

이런 점에서 정복여의 시들은 이런 경향을 다룬 동시대 시인들의 시와는 일정한 편차를 가진다. 그는 일상적 사물과 행위를 통해 삶의 진실 쪽으로 들어가는 방법을 구사한다. 사물과 현상에 대한 성찰에서 출발하여 그것에 탄력적인 거리를 유지하며 보편적인 정서와 사실로 치환한다.

시인의 일상성에 대한 관심은 생명이나 본질의 반대편에 놓인 문명에 대한 성찰로도 연결된다. 「김요슬은 텍스타일 디자이너」, 「아르바이트하는 여자」 등은 우리들 일상성의 세목인 상품, 즉 광고의 허위를 다룬 시들이다. 광고는 언어로 구성된다. 김요슬이 만든 첫 번째 디자인은 "목소리가 따뜻한 사람"을 위한 것이다. 그 언어는 디자인과 결합되어 "영리한 옷감에 달라붙"어 사람들목에 꽃을 피운다. 상품은 실체처럼 우리들 삶을 지배한다. 그 꽃들이 보도블록 위에 무더기로 타는 것이 우리들 삶이다. 또 하루 두 시간 아르바이트하는 '그녀'는 피부에 가까운 일백 퍼센트 코튼 면을 걸치고 고탄력 스프링 침대에 눕는다. 그녀는 상품이 된 잠을 판다. 그녀는 소비자들에게 꿈꿀 수 있는 장소를 발견하게 해 주지만 그녀가 뿌렸던 행복한 잠이며 꿈들은 사실은 가공한 것이다. 가공된 꿈들은 행복한 잠이라는 상표로 시효가 끝나자마자 실려나간다. 「새장사」 역시 상품이 된 말, '팔리는 말'에 대한 시다. 그러나 그 말은 "어느 앵무새도 먹지 않는" 것이다. 시인이 지향하는 언어는 오히려 "잎새를 읽고 간 바람의 말/이슬비, 진눈깨비가 가지에 걸어놓은 말/땅 가까운 민들레 작은 울음"(「조화롭게—콘체르토」)들이다. 그는 "은행잎만큼이나 많은" 은행나무의 귀를 보는 눈을 가지고 있다. 일상성에 대한 투시를 보여준 시들이 원시적 생명력으로 감염되어 있는 자연을 다룬 시들과 연결되어 있는 것은 자연스런 일이다.

4.

그의 자연을 다룬 시들은 물활론에 깊이 뿌리 내리고 있다. 이는 인간과 자연을 연결시켜 사고하는 방식에서 기인하는데, 그 중심에 '나'의 존재에 대한 천착이 자리잡고 있다. 그에게 있어 '나는' 태초부터 지속되어 온 뿌리를 가지고 있다.

> 삼나무 한 그루가 깜박 잠이 들었을 때
> 아무도 모르게 생겨난 한 가지
> 어느날 나는 그 가지 하나로 태어났다
> 등이 흰 바늘잎은 나선형으로
> 갈색의 오랜 날들을 촘촘히 박아놓고

거기 한 단락처럼 내 기억이 싹트기 시작한 곳
울창하던 숲이 모래언덕이 되고 어느 땐 물줄기도 되던
그 곳에서 몇 해씩은 죽어 있기도 하던 몸
그러나 나 이전의 나무도 나여서
내가 모르는 수액을 가득 출렁이며
내게 무어라 노래하고, 귀 기울이면
오래된 내가 바람을 빌려 보여주던 몸짓들
가늘고 마른 잎새를 마구 흔들어 자꾸만 나를 휘감네
저기 나뭇잎 갈라진 틈새의 하늘이 나인 것은 분명한데
가지에 걸린 저 푸른 달도 나이었음이 분명해
그렇다면 여기에 온통 나, 모두가 나 뿐이라니
이렇게 누워도 나는 언제나 키 큰 삼나무 하나로 서 있고
자고 난 아침이면 어쩌다 내 가지를 물어준 작은 깍지벌레
그 붉은 반점이 와락 반가워지는
내가 사는 이 삼나무, 내 삶나무 관
오늘도 그 속에서 힘차게 돌고 있는 내 수천 년의 피돌기들
—「삼나무 관」 전문

잠자는 아담의 갈비뼈 하나를 빼어서 만든 하와처럼 '나'는 삼나무 한 그루
가 깜박 잠이 들었을 때 가지 하나로 우연히 태어난다. 그러나 기억으로 연결
된 그 생성의 바닥에는 무한히 팽창하는 근원적인 자연이 끈질기게 생명력을
유지하며 달라붙어 있다. 기억은 자아를 발견하게 하고 사물에게 의미를 부여
할 뿐만 아니라 근원에 접근할 수 있는 자기 초월적 계기가 되는 힘이다.
기억은 "나 이전의 나무도 나여서/내가 모르는 수액을 출렁이"는 태초의 시간
으로 데려갈 뿐만 아니라, 나뭇잎 갈라진 틈새의 하늘도 달도, 심지어는 보이
는 모든 것이 바로 자신이라는, 나와 사물의 경계가 소멸되는 지점에까지
끌고 간다. 어떤 비현실성이 장소와 시간에 스며든다. 나는 한그루 삼나무로
존재하고 있으면서도 나를 구성하는 외부 인자들에도 펴져 있고, 누워도 서

있는 존재가 된다. 세계이면서 세계의 일부로 있다는 존재의 생생한 가능성은
자신의 신체를 물고 있는 깍지벌레의 반점에서조차도 와락 반가움을 느끼는
행복감으로 이끌어 간다. 삼나무의 '삼'은 '삶'의 패러디다. 또한 관은 '管'이
면서 '棺'이다. 따라서 나는 삶나무의 관(管)에서 수천 년의 피돌기를 지속하
는 영속성의 끈질긴 존재로 뿌리를 내리고 있기도 하지만, 역으로 일상이
감추고 있는 관(棺)으로도 존재한다는, 어울릴 수 없는 인식이 그의 시의 품
안에서 적절하게 수용되고 있는 것이다.

자연과의 친화를 노래한 시들은 많다. 그러나 태초의 시간과 공간이 만나는
곳에 놓인 생물로 존재하는, 인류학적 혹은 신화적 상상력에 뿌리를 내리고
있는 시는 드물다. 이런 점이 정복여 시의 긴장감을 유지시킨다. 현존재를
영원과 연결시키고 싶은 의지는 "빗방울이 막 부드러운 땅에 닿는 순간 그대
로 퇴적되어 버린" 물방울 화석(「그리움」)에서 심장을 발견하려는 그의 의지
에서도 드러난다.

기억은 아울러 일상성에 짓눌린 삶의 출구로서도 기능한다.

수도꼭지에서 뽑아낸 적당한 분량의 시간은
뜨거운 바닥에서 하나 둘 기억의 공기방울을 만들고 있다
젖은 기억들이 바닥을 떠나 물의 표면으로 뛰어오른다
무수한 기억의 입들이 보인다

— 「아무도 없는 저녁을 위하여」 부분

기억은 물방울을 빌어 뛰어오른다. 상상력의 영역에서 소리로 이루어진
몸과 공기의 가벼움으로 증발하는 기억들을 보라. 이런 기억의 힘에 의하여
집은 가볍게 뜨는 것이다. 「나무 빈 의자」는 음악이 촉발된 시이다. 음악은
그에게 뭉게구름의 부력을 가지게 한다. 이미지가 새로우면 세계가 새롭다.
「이상한 침대」는 자연을 기억의 일부로서 채우고 살아가고 싶어하는 화자의

열망을 보여주고 있다. "밭 이랑에 살던 외현호색 마른 잎 위"에 저녁 해, 쌍둥이 유성, 봄비, 겨울 강물결, 풀벌레 노래, 클로버, 마른 번개, 하늘, 상수리나무, 딱따구리 울음, 드롭프스가 의도적 경쾌함과 기발한 상상력의 유희, 그리고 이미지의 연쇄로 깔린다. 일상의 상처를 자연 속에서 위무받고 싶어하는 화자의 마음은 「아르바이트하는 여자」에 나타난 침대와 비교하면 금방 알아차릴 수 있다. 이는 현상적인 집이 아니라 자연현상과 감각들의 질료 사이에 사물과 함께 동거하는 집을 지으려는 열망을 보여주는 「꿈꾸는 사업」에서도 신선하게 드러난다. 시인은 '싱싱냉장고'로는 결코 전달할 수 없는 싱싱한 원시적 생명력을, "잘 벼른 태양으로 봄여름가을겨울을 모두 불러내어 생(生) 것들의 참뜻을 꼼꼼히 새겨넣고 있"(「신팔만대장경」)는 자연 속에서 찾아 우리의 코 끝에 전해 준다. 함께 나이테를 키우던 한 나무였다가 잘려져 어떤 집으로 실려간 의자가 다른 집으로 실려간, 본래의 나인 또 하나의 의자에게 전화를 거는 동화적 상상력을 기반으로 이루어진 「갈참나무 의자」도, 빗방울로 무거워진 버드나무 가지가 트럼펫의 리듬을 받아 하늘로 부풀어오르려 할수록 퉁퉁 불어 나뒹굴어진 밑둥 때문에 올라갈 수 없는 안타까움을 그린 「수양버들」도 자연에 위무받고 싶어하는 자아의 열망을 드러낸 참으로 아름다운 시다.

우리는 앞에서 그의 이러한 자연지향이 물활론에 그 뿌리를 내리고 있다고 밝힌 적이 있지만, 그 근본적 생성을 이루는 상상력의 최소질료로 참가하는 것이 먼지이다.

누군가의 뒤 그 구석구석에

털실 보푸라기, 모기찢어진날개, 바오밥나뭇잎, 모닥불남은껍질, 네안데르탈검은머리카락, 피톨속을뛰쳐나온단세포, 책상모서리떨어진나이테, 페르샤의담요그씨줄, 음표에서흩어진메아리, 치약을 빠져나온페파민트향기, 팽이무

지개회오리, 대모산가을햇볕, 그리고 부서진사철나무빗방울, 아—이—우—오
—에—으—애—야—이 균들의 홀씨들,

회색 구름뭉치를 닮아 사로 모여 조금씩 움직이기도 하는
지구에 부딪혀, 떨어져, 흩어진,
우리는 별의 식구
함께 별이었던

떠나온 몸으로 돌아가려 한다
— 「먼지는 무슨 힘으로 뭉쳐지나」 전문

단어의 군(群)들이 먼지처럼 뭉쳐져 있는 이 시에서 우리는 그의 조어능력
과 리듬, 상상력의 원천 같은 걸 즐거이 확인할 수 있다. 먼지는 그의 시가
직조하는 빛과 어둠, 소리와 고요, 소멸과 탄생, 가벼움과 무거움, 상승과 하강
의 이미지 동력이다. 그것의 뭉침과 풀어짐, 가라앉음과 이동, "떠나온 몸으로
돌아가려"하는 그 이합집산의 형상들로 그의 시는 구성된다. 우리는 떨어져
있는 한 톨씩의 먼지들에서 "지구에 부딪혀 흩어진 별의 식구들"의 실체를
확인한다. 그것은 무거운 세계의 동력학에 대응하는 일이며, 가벼움은 무거움
속에 갇혀 있던 잠재적인 힘의 발현체라는 것을 확인하는 일이다.

5.

그는 자신의 시각을 외부와 내면으로 두루 살필 줄 아는 감성과 지적 능력
의 소유자이며, 현상의 양면성을 아울러 꿰뚫어 볼 줄 아는 눈을 가졌다. 그의
시를 읽다 보면 사물과 그것들의 미세한 음성, 움직임까지가 살갗에 와닿는다.
그의 시는 단조로운 일상 속에서 접한 가장 사소한 사물이나 인정을 불멸과
무한 속으로 연결시키면서 깊이를 보여 준다. 시가 안 될 것 같은 소재라도

그의 손에 들어가면 시로 빚어져 나온다. 그 미세한 촉수가 내면과, 일상, 자연에 골고루 뻗치면서 그의 시를 직조하는데, 어느 곳으로 향하든 그의 시는 개체적 존재와 삶에 대한 성찰을 일구어내면서 생명이 부재한 세계에 식물적 건강성과 생명력을 부여한다. 그는 무거운 이야기를 가벼운 어법과 리듬의 방식으로 처리하여 시를 만든다. 이는 우리들 일상이 근원적으로 거느리고 있는 쓸쓸함과 처연함 같은 감정들을 담담히 받아들이려는 의지이면서, 또한 경쾌하고 가볍게 띄워버리려는 의지이다. 그의 시는 이미지의 가벼움과 존재의 무거움, 그 사이에서 존재한다.

말, 그 영원의 형식
— 홍신선의 시세계

1.

  홍신선의 근작들은 그 자신 산문에서 운을 떼고 있거니와 '현실'에서 '이야기'로 가던 그의 시의 테마들이 현저히 '마음經' 쪽으로 기울어진 느낌이다.

  인간의 내면적 관심사들은 어쩔 수 없이 사적인 영역을 가지기 마련이다. 그러나 그 사적인 영역들도 주위의 외적인 현상이나 사실들을 자신의 경험(그것이 비록 사고의 경험이라도!) 속에 동화시킬 수 있을 때는 리얼리티를 획득하는 것이다. 벤야민식으로 말하면 도자기에 도공의 손자국이 남아 있는 것과 마찬가지로 이야기에는 이야기하는 사람의 흔적이 따라다니는 것이다. 사적 체험의 영역으로 떨어질 염려에서 완전히 벗어나는 것은 아니겠지만 그의 감각이 구체적인 경험의 자장 속에서 잡은 싱싱한 사고의 흔적들인 그의 시는 독자들에게 날것으로 군침을 돌게 한다. 말하자면 경험적 자아로부터 시적 자아로의 이동이 이루어지는 순간, 말을 숨기고 있는 사물은 표면적인 질서를 넘어서는 어떤 내면의 질서를 보여 주며 아연 생기를 획득하는 것이다. 이때 현상적인 세계는 응축적인 자기 조망으로 연결되면서 달관의 어떤 순간으

로 불쑥 떠오른다. 단적으로 그것은 마음의 풍경이라 할 만하지만 엄밀히
말하면 사물이 그 마음의 결에 가닿은 파문으로서의 풍경이다.

2.

물론 홍신선의 시들이 사회적 현실의 문맥에서 비켜 서 있는 것은 아니다.

> 이름이 佛堂골이라는
> 오래 전에 절 뜬
> 내 시골마을이기도 한 산골짝엘 갔습니다
> 진압복에 방패든 전경들처럼 쇠뜨기풀들이
> 무더기 무더기 외곽으로 投入된
> 공터에는
> 꼭 바늘귀만한 꽃다지꽃들이 냉이꽃들이
> 졸아들고 모지라지다 못해
> 실낱 같은 심지뿐인
> 노랗고 흰 연등들을
> 수도없이 들고나와 人山人海를 이룬 것을 보았습니다.
>
> 아니, 미천한 풀꽃들일수록 제각기 대운동장인 마음을
> 내면에 가만히
> 닦아가지고 숨긴 게 보였습니다.
>
> 말이 있을 때마다
> 말보다는 소리없이 제 뼈에다 금을 긋는
> 하찮은 돌도
> 우주도
> 탐, 진, 치도

一切가
마음 속에 있어서 마음 맨밑바닥이 훌렁 빠지도록
그 안에서
쿵쾅쿵쾅 뛰고 달리고 뒹구는 것을 보았습니다.

허허 참
마음이 있으면
너 어디 보여주려므나
문득 내려오다 뒤돌아본 하늘에는
섬유가 올올이 삭은 천처럼
너덜너덜
고함 한 폭 펄럭이는 것을 보았습니다.
오래 전
혼 뜬 절 한 채
그냥 거기 있는 것을 보았습니다
칠성각도 대웅전도
죄다 버리고
자유롭게 뜬.

「이름이 佛堂골이라는」 전문

이 시에서 佛堂골이라는 그의 고향 마을은 우리 역사의 현장으로 확대된다. 그것은 한국통신 노조의 강제해산을 위한 조계사 공권력 투입("진압복에 방패 든 전경들처럼 쇠뜨기풀들이/무더기 무더기 외곽으로 投入된")과 성소 불법 침입에 대한 항의표시로 무언의 시위를 하는 불자들의 연등행렬("꼭 바늘귀만 한 꽃다지꽃들이 냉이꽃들이/졸아들고 모지라지다 못해/실낱 같은 심지뿐인/노랗고 흰 연등들을/수도없이 들고나와 人山人海를 이룬")의 빼어난 類比이 다. 그러나 이 시를 현실적인 문맥으로만 읽는 것은 홍신선 시의 절반 이상을 놓치는 것과 같다. 2연에 이르면 이러한 독자들의 기대는 '아니'라는 어사에

의해 가볍게 배반된다. 문장은 그 방향을 바꾸면서 전이된다. 그 전이는 우리
의 실핏줄을 건드린다. 시인은 사회적인 문맥을 이야기하려는 것이 아니다.
그의 눈길이 닿는 것은 바늘귀만한 꽃다지꽃들이며 냉이꽃 등속의 미천한
풀꽃들이지마는 정작 그는 그 속에서 "대운동장인 마음을/내면에 가만히 닦아
가지고 숨긴" 것을 본다. 그들은 말이라는 효용론적인 형식에 기대는 자들이
아니다. 모든 것을 자기 탓으로 돌리는("말보다는 소리없이 제 뼈에다 금을
긋는") 민초들이다. 시인은 아울러 마음 그 정적인 정서의 바탕 속에서 "하찮
은 돌"이며, "우주"며, "탐, 진, 치"까지 "밑바닥이 훌렁 빠지도록 쿵쾅쿵쾅
뛰고 달리고 뒹구는" 엄청난 소용돌이의 動的인 구조를 본다. 4연에서는 대화
가 개입되면서 시는 극적인 형식으로 바뀌면서 또 한번의 반전이 이루어진다.
그는 천처럼 한 폭으로 펄럭이는 타자의 고함을 듣는다. 그것은 마음이 있으면
보여달라는 요구이다. 그 이미지에만 매달려도 우리는 다 시원하다. 그러나
소리의 시각으로의 변주로 끝나는 것은 아니다. 소리(고함) 뒤의 心經의 바탕,
하늘에는 절 하나가 고스란히 태어나는 것이다. 하늘은 절이라는 존재가 존재
하기 위한 관계적 무로서의 하늘이며, 절 역시 "칠성각도 대웅전도/죄다 버리
고/자유롭게 뜬" 것이란 점에서 현상형식으로서의 절이 아니다. 보이지 않음
으로써 보이는 실체, 펄럭이는 소리인 언어가 거하는 집으로서의 절이다. 그러
나 그 언어는 무슨 목적을 띠고 있는 것이 아니다. 무목적인 목적성으로 "그냥
거기" 있는 것이다.("오래 전/혼 뜬 절 한 채/그냥 거기 있는 것을 보았습니
다.") 그렇다면 홍신선의 시는 "바늘귀만한 꽃다지 꽃 냉이꽃" 속에서 우주를
보고 영원의 형식으로 존재하는 언어를 탐색하는 심경의 구조를 보여주는
탐색과정으로 읽을 수 있다. '바늘귀'라는 에피세트 속에서 우리는 진리 찾기
의 어려움을 상상할 수 있다. 바늘귀 같은 작은 사물의 공간 속에서 우주를,
거기 거하는 언어를 발견하기.

　영원의 형식으로서의 언어를 찾아가는 그의 시학의 방법론은 이번에 선보이

는 7편의 시에서 두루 발견할 수 있다. 그는 "시는 것은 一場春夢 말에 빚지는 일"이라고 말하며, 냉장고 속 칸칸이 채워놓은 언 횟감 속에서도 "언제적 말들"과 "녹아내린 상상력"을 본다. 말의 빚 독촉에 그는 죽음에서까지 말들을 내장하고 있는 냉장고를 자루 쏟든 "거꾸로 들고 쏟을까"를 고민하기도 하지만 독한 마음은 먼저 "회뜨는 칼날 아래/목부터 들이민다."(「사는 것은 一場春夢 말에 빚지는 일이니」). 발설하기보다는 말을 숨기고 있는 사물, 그리하여 사물 이 곧 언어가 되는 비결. 그것은 「여름, 책 읽다」에서 잘 드러난다.

> 지줏臺에
> 어린 오이 덩굴 쥐암쥔 손을
> 펴서 걸쳐주고
> 문수 없는 쬐그만 발도 가볍게 받쳐서 올려준다.
> 올려주는 대로 올라간 輕量級들 밑에는
> 올라가지 않고
> 한사코 바닥권에 주저앉은,
> 좀더 경량급 안면을 빼어
> 제 가랑이 사이로 빤히 내다보는,
> 반 다문 입 속에 옹아리만 가득 물고
> 옹알옹알
> 옹알옹알
> 옹알거리는
> 암꽃도 하나.
>
> 당연한 것들 가운데 당연하지 않게
> 저 혼자 삐긋
> 몸 뒤틀어 나온
> 읽다만 韓非子 한 줄이 푸르다

—「여름, 책 읽다」 전문

구절을 따라가다가 그냥 웃음이 나오는 그런 시다. 그는 지줏대 위에 작고 앙증한 주먹을 쥐고 있는 오이 덩굴의 손을, 그리고 "문수 없는 쬐끄만 발도 가볍게 올려준다." 그런데도 한사코 올라가지 않고 "제 가랑이 사이로 빤히 내다보는" "경량급 안면"의 어린 암꽃을 본다. 덩굴손에서 오이 순의 손과 발을 잡아낸 시인의 눈도 그렇지만 혼자 올라가지 않으려는 암꽃의 아름다움을 발견하는 시인의 눈은 너무 이쁘다. 발터 벤야민은 일찌기 아름다움을 두 가지 양식, 즉 그것이 역사에 대하여 갖는 관계로서의 아름다움과 자연에 대해 갖는 관계로서의 아름다움으로 나눈 바 있다. 전자가 이미 오래 전에 그것에 대해 감탄을 해온 자들에 가담하라는 하나의 신호라면, 후자는 베일에 감추어진 상태 속에서만 머물러 있을 수 있는 것으로서의 아름다움이다. 홍신 선의 그것은 당연히 후자이다. 그는 "당연한 것들 가운데 당연하지 않게/저 혼자 삐긋/몸 뒤틀어 나온" 암꽃에서 "읽다만 韓非子 한 줄"의 푸르름을 피부에 새긴다. 이 싱그러운 하나의 풍경에 우리의 세포가 저절로 열린다. 자연을 언어로 읽는 그의 시적 방법. 다시 말하거니와 그의 시의 사물은 언어 의 형식을 띠고 시간 위에 군림한다. 심지어 사물에서 소멸의 형식을 취할 때조차도 그 아름다움은 너무 싱그럽다.

> 큰 일이 가까웠다
> 가지끝마다
> 생밤을 치고 살림을 깎아서
> 뺌 가웃짜리
> 세월을 굄질하고
>
> 건 쓴 복쟁이 몇이 哭소리 잠긴 근처 하늘 속에
> 나왔다가 들어간다
> 죽음을 산 지나간 날이 아름답다고
> 속에서는 작은 시절이라도 또 장만하는지

옹솥 가시는 소리
祭器 행주질하는 소리
부산하기가 꼭 咸南 利原의 시골 장날인.

노송나무, 송화를
피웠다. 발밑에서 머리끝까지 고혈짜듯 수액 짜올려
어머니인 하늘 앞에서
떼를 쓰는
혹은 혼곤히 잠든
꽃들을 피우다.

공기의 서늘한 살에 살이 닿는다
목숨 식은 싱싱함이 분다
네 귀 짜맞추듯 켜켜이 백노지 깔고
괴어올린
머지 않아 풀어먹일 祭需들
해탈하듯 술술 빠져나갈
골다공증이 온 숫꽃술
몇
점.

— 「소나무, 송화를 피우다」 전문

    위 시는 소나무 가지에 붙어 있는 꼭 乳頭같은 생명인 송화가 가루가 되어 어머니인 하늘로 들어가는 상태를 빼어나게 아름다운 그림으로 보여 준다. 1연에서 송화의 소멸의 양식은 "큰 일이 가까웠다"고 함으로써 열반, 혹은 입적으로 비견되고, 스스로의 몸의 일부를 떼어낸 상태를 "생밤을 치고 살림을 깎아" 제상을 차리는 것으로 치환된다. 2연은 아마 송화가 바람과 햇살의 율동에 날아가는 외양의 묘사일 것이다. 그러나 그것은 소멸의 형식이 아니라 축제의 형식으로 나타난다. 우리는 "옹솥 가시는 소리", "祭器 행주질하는 소리"와 "건 쓴 복쟁이 몇이 뭇소리 잠긴 근처 하늘 속에/나왔다가 들어간다" 등의 구절을 위해 바람과 햇살 외에 몇 마리 벌들의 날아다님을 연상하면 좋을 것이다. 그것은 생명이 꺼진 상태에서 가지에 붙어 있었던 지나간 시절 조차도 아름다왔다고("죽음을 산 지나간 날이 아름답다고") 맞이굿을 올리는 신명의 분위기에서 이루어진다. 시인은 그 상황을 <부산하기가 꼭 咸南 利原의 시골 小祥날인."이라는, 30년대 정주의 빼어난 서정시인 백석의 구절이 겹쳐 읽혀지는 이 싱그러운 구절에 담는다. 3연에서 "발밑에서 머리끝까지 수액 짜올려" 어린 송화를 낳는 신산은 인간의 출산의 과정으로("어머니인 하늘 앞에서/떼를 쓰는/혹은 무릎 베고 혼곤히 잠든/꽃들을 피우다.") 읽는다. 4연에 오면 이제 공기의 입자와 합쳐지는 소멸의 순간의 묘사로 이어진다. 이승의 뜨거웠던 목숨은 이제 공기의 서늘한 살에 부려지면서 식는다. 식기만 하는 것이 아니라 벌써 바람의 입자가 되어 싱싱함으로 분다.

  공기의 서늘한 살에 살이 닿는다
  목숨 식는 싱싱함이 분다

  일찌기 박용래가 「저녁눈」에서 그 기미를 읽은 바 있지만 홍신선의 윗 구절은 우리 시에서 소멸의 아름다움을 나타내는 몇 안되는 표현이 아닌가 한다.

  「遺跡」이라는 소품에서도 홍신선은 사라짐의 무늬, 그것도 순간적인 무늬를 우리에게 떠올려 준다. 그의 시적 감각의 선명한 렌즈는 쏟아진 물의 형해를 확대하여 우리에게 보여 준다. 잦아드는 물의 장면만 보더라도 "비실비실", "등밀이로", "몸 뒤집어" 등으로 우리의 눈과 살을 만지며(그렇다 만지고 있는 것이다.) 스러지고 있는 것이다. 그에게 말의 실체인 사물은 하나도 남김없이 깨어야 도달하는 세계이며, 그 때 "제도가 아닌 마음 속에 유토피아가 슬라브

치고 있다"는 아포리아가 불쑥 떠오른다.

그의 시는 그렇듯 의도의 잣대에 의해서 먼저 재단되지 않는다. 말하자면 시의 출발이 끝을 먼저 내장해버리거나 성급하게 예상케 하는 형식으로부터는 일정한 거리를 유지한다. 오히려 시적 자아가 마주치는 사물 속에서 마음의 결이 빚어내는 찰나적 형상의 무늬로서 그의 시는 이루어져 있다. 그의 눈이 의도된 시각으로 사물을 보는 것이 아니라 사물이 다가와서 그의 마음결을 두드릴 때 인생의 진리에 대한 터득의 순간이 열리며 독자들은 시적 자아와 함께 그 기쁨에 동참하게 되는 것이다.

일견 조각난 것처럼 보이는 사물들도 그의 시에 이르면 사물과 인간이 내면적으로 맺고 있는 관계에 의해서 하나의 의미구조로 수렴된다. 그러나 그것은 절대로 인위적으로 이루어지지 않는다. 이는 기존의 그의 시의 틀을 넘어서려는 몸짓이고 몸짓 자체에 시를 맡기는 형식이다. 어법은 그만큼 가볍고 유연하다. 그는 근본적으로 절제의 시인이지만 생각의 결이 만들어내는 풀림의 어법을 그대로 둔다. 홍신선 시에 나타나는 이미지는 말하자면 표면에 나타나는 모습이 전부가 아니며 다음 순간 어느 지점으로 위치를 바꿔 갈지를 짐작할 수 없게 하는 충일한 생성의 의지로 가득차 있다. 이럴 때 "작품을 너무 시적으로 만들려는 조바심에서 벗어나 허심탄회해졌다."(황동규)거나 "어떤 제재를 갖다 안기더라도 그 특유의 끈적한 체취를 거뜬히 삭여낼 수 있는 역량"(장호)이라는 진술은 유효하다. 가볍고 유연한 어법으로 삶의 궁극적 문제들을 투시하고, 이를 통해 새로운 시적 심연으로 들어가려 하는 그런 경향을 대표적으로 보여 주는 시를 우리는 「李達, 무덤을 옮기다」라는 여행시에서 만날 수 있다.

1
그날 중에 제일 거친
올이 느리디 느린 햇볕으로
天幕을 짓고

파묘 뒤에 광중을 열었다
석회분이 흙 속에 시간의 잇뿌리처럼
욱신거리며 그대로 박혀 있는
幽宅.
아무도 없다

......

......

終映의 끝 화면
혹은 수세기만의 완벽한 잠적.

누더기 발바닥 두 짝
눈 쓸린 하늘가에 달랑 벗어놓은
몇 만Km를 뛴……

포크레인이 모가지 내리고 어깨 꺾었다.

2
타고다니던 불출의 신분을
체제 밖에 세워 둔

원주서 목계로 빠져나가는
지방도 급커브 길
햇빛 덮고 누워 한가하다.

외진 옆으로 햇볕이불 한자락 들치고
계집 사내처럼 서로 부둥켜안고 떨어질 줄 모르는
서로 드러내놓고 사타구니를 씻어주는
목계강 수척한 물과 암벽

혹은 손곡(蓀谷) 생전의
詩와 술?

밝기 최대로 올린
返照 속의 정신 날카로운 겨울 잡목 숲

3
苗圃집 주인이 말했다
"朱木 종자는 겉껍질이 워낙 딱딱해서
냉장고에 넣어 동파(凍破)시켜야 싹이 틉니다"
우격다짐의 냉동을 거쳐서야
비로서 갑피에 실핏줄이듯 잔금들 엉겨들어가고
폭발하는 빅 뱅.
삶이 가냘플수록 웅장하다.
목숨 싸고 있던 죽음을 벗기고 나면
이렇게
완벽한 開闢인가
내 後天의 눈 쓸린 하늘에
달랑 벗어둔
얼개 헐거운 말이
시 몇 편이
편안하다.

—「李達, 무덤을 옮기다」 전문

    시인은 여행 중 우연히 李達 묘의 이장 현장을 보았거나, 보도를 통해 그 소식을 들었을 것이다. 시는 극적인 구조와 반전으로 이루어져 있다. 전혀 연관이 없을 듯한 사람과 사물들이 시인의 心經이 따라가는 어떤 인력에 의해 뜨뜻하게 결합된다. 시인의 말대로 하면 "자연과 사람들이 거대한 화엄의 세계를 열어놓고 있음"을 우리는 본다.

시인은 (이달의 몸이 도망을 치지 못하도록) 올 느린 햇볕으로 천막까지
짓고 破墓에 들어간다. 그러나 광중(壙中)을 열어 보아도 분명 그리로 들어갔
던 이달의 육신의 흔적은 없다. 흙 속 시간의 잇뿌리처럼 석회분만 욱신거리며
박혀 있을 뿐. 시인은 그것을 수세기만의 잠적이라고 짐작한다. 그가 보는
것은 누더기 발바닥 두짝이다. 그것도 하늘가에 찍힌. 문득 그것을 알아차린
'포크레인'마저도 이달의 삶에 고개 숙이고 어깨 꺾어 경의를 표한다. 시인과
포크레인의 삶이 서로를 내장하고 있는 순간이다. 자재의 행보가 시작되면서
시인의 시점은 이제 무덤(체제)밖으로 향한다. 이달의 몸은 이제 지방도 급커
브길에서도 발견되고, 햇빛이불 들쳐 보는 "계집사내처럼 부둥켜 안고 떨어질
줄 모르는/서로 드러내놓고 사타구니를 씻어주는 목계강 수척한 물과 암벽"은
이달 생전의 詩와 술로도 읽힌다. 몸, 그것은 결국 詩(말)로 남으며 그것은
영원히 없어지지 않는다는 발견에까지 이른다. 이는 죽음이란 자연과의 저항
없는 섞임이며 죽음과 친숙해짐으로써 삶과 죽음은 절대적으로 대립되는 요소
가 아님을 확인하는 과정이다. 인위적으로 만들어내려는 주제의 무게를 덜어
내면서 세속의 존재를 가볍게 하려는 형식은 편안하고 가벼운 마음의 상태로
이르며 그 눈은 마침내 이달의 영혼으로 표상되는 "밝기 최대로 올린/返照
속의 정신 날카로운 겨울 잡목 숲"을 보기에 이른다.

그러나 이 시의 묘미는 3에 이르러서야 온전히 드러난다. 묘포집 주인이
대수롭잖게 내뱉는 주목 이야기는 자연스레 이달의 생애와 겹쳐진다. 우리는
억지로 앞의 잡목숲이 주목이었다는 것을 확인할 필요는 없으리라. 붉은 나무
는 술로 붉어진 이달의 얼굴을, 딱딱한 껍질은 세상과 절연한 불우한 그의
생애를 암시한다. 세상과 절연했던 그의 불우를 시인은 "우격다짐의 冷凍"으
로 폭발시켜 준다. 극적인 빅 뱅이 일어나고 목숨싸고 있던 죽음이 벗겨진다.
이달의 목숨은 시인의 後生으로까지 이어진다. 시인은 後天을 당겨 "얼개
헐거운 말/ 시 몇 편이/편안"히 있는 것까지를 당겨 본다. 자아와 타자, 사람과

사물의 경계는 스스럼없이 허물어지고 다 같이 놓인다. 죽음 앞에서도 파괴되지 않는 것은 말이며 그것도 발화되지 않은 말이라는 것을 시인은 알아차린다. 이 때 우리는 역동적인 운동의 세계가 응축적인 자기 조망으로 연결되고, 달관의 순간으로서 지양되면서 언어는 영원의 형식으로 남게 된다는 홍신신 시학의 핵심에 이른다.

보들레르는 사진사보다 훨씬 더 나쁜 것은 사진의 영향을 받은 현대 화가들이라고 말한다. 현대화가는 그가 꿈꾸는 것을 그리는 것이 아니라 보는 것을 그리게 된다는 것이다. 그것이 어디 화가뿐이랴! 예술가가 꿈꾸는 거소와 그가 보는 것 사이에는 다양하고 복잡한 관계, 상호간의 영향과 융합이 있을 수 있다는 인식의 결여는 예술을 평면화한다. 좋은 시인은 그런 평면화의 체제에 저항하는 사람이며 자주 그런 길항의 형식을 만드는 사람이다.

홍신선의 시는 일상성의 영역 속에서, 때로 일상성의 출구가 막힐 때는 여행의 영역 속에서 事象이 그의 마음결에 찍힐 때 그려지는 삶의 내면적 구조를 발견하려는 몸짓으로 읽힌다. "마음 매이지 않고 흐르면서 내면풍경을 시로 압축해 내면서 쉬임없이 새로워지고 싶다", 혹은 "시도 수단 아닌 목적으로 대접하고 싶다... 사람을 목적으로 삼는 순간 세계에는 다양한 개성과 삶의 절대성 그리고 외경이 떠오른다."(『현대시』 1994. 11, 167~8면)는 그의 진술이 그의 시와 겹쳐져 읽힌다.

홍신선은 이번 신작에서 형식을 통하여 하나의 정신으로 재생산되는 시의 구조를 보여 주었고, 우리는 그것이 결국 물질의 원초적 상태를 살고 있는 언어 쪽으로 수렴된다는 것을 확인할 수 있었다.

주체, 역사, 연속성에의 의지
— 이동순의 시세계

1. 민족 주체적 정서의 시화

이동순의 『개밥풀』은 사연이 많았던 이 나라 민중들의 마음의 심지를 두루 감싸안으려는 따뜻한 눈길이, 든든한 현실주의와 활발한 리듬, 역사성과 결부되어 배태된 수일한 서정 시집이다. 이 시집은 더불어 사는 삶, 하늘과 땅과 그 속에 있는 생물들을 통해 공동체를 이루며 살아 가는 이치를 탐구하고 노력하는 데 바쳐진다. 그러나 그는 공동체를 이루는 사람, 사물들에 대한 공감과 연민의 차원에서만 머무르는 것이 아니라, 오늘의 공동체를 있게 한 과거의 역사, 과거의 문학적 양식의 원용 등 다양한 방법을 통해 그야말로 이 땅에 살았고, 또 살고 있는 민중들의 서럽고 당당한 삶을 부조하고 있는 것이다.

그리하여 그의 눈길이 진주 형평운동과 같은 역사적 맥락을 소재로 해서 지은 「검정버선」과 같은 작품에 이를 때에도 그것은 여전히 오늘의 문제와 연관 속에서, 그야말로 '개밥풀'로 살아온 우리 민중들의 이야기로 수렴되어 이루어진다.

현실에 대한 냉철한 관찰을 바탕으로 한 올곧은 목소리와 생각과 느낌을 시라는 틀에 얹어 놓는 짜임새는 이 시집의 시 어느 것을 읽어봐도 발견할 수 있는 것들이다.

이동순 시의 출발은 등단작인 「魔王의 잠」 연작들에서 드러나듯 모더니즘 시에서이다. 하지만 이 시편들을 제외하고는 모더니즘적인 색채가 두드러지는 작품은 눈에 띄지 않는다. 이는 그가 모더니즘의 한계를 인식하고 자신의 시세계를 '서러운 개밥풀'인 바로 우리 이웃, 민중들의 삶의 의지 쪽으로 확산 심화시켜 나갔다는 것을 알 수 있게 한다. 그가 석사학위 논문에서 다룬 시인이 김기림이었음을 생각할 때, 초기시에서 일부 보이는 모더니즘의 영향은 어쩌면 당연한 것으로 보인다. 그러나 그는 모더니즘 시인들의 좋은 덕목을 문학적 자산을 넓히는 하나의 덕목으로 활용한다. 이동순의 시가 언어의 품격을 아직까지도 지속적으로 유지할 수 있는 것은 그의 시, 「애장터」 등의 어법에 나타나는 바와 같이 정지용 등의 모더니즘 시인들을 자기 체질로 끌어들인 덕분이라 하지 않을 수 없다.

이동순 시의 묘사에서 두드러지게 나타나는 특징은 시적 대상으로서의 자연과 인간이 분리될 수 없는 하나라는 사실에 있다. 그의 시에서 즐겨 다루는 대상은 인간이지만, 눈(「눈에 대하여」, 「잔설 1·2」) · 애장터(「애장터」) · 영가(「靈駕」) · 노래(「사랑노래」) · 윷(「싸리윷」) · 초(「땀흘리는 초」) · 벼루(「水滴」) · 어항(「어항 1·2」) 등의 사물, 쑥(「쑥의 美學」) · 개밥풀(「개밥풀」) · 앵두(「앵두밥」) · 달개비(「달개비꽃」) · 상사화(「相思花」) · 보리(「보리밟기」) · 아주까리(「아주까리」) 등의 식물, 새(「물새와 지주」, 「새의 자유」) · 닭(「닭집을 지나며」) · 올챙이(「올챙이」) · 나비(「나비꿈」) 등의 동물(곤충을 포함한) 등으로 두루 나타난다. 그러나 사람, 사물, 식물, 동물 등 어느 것을 다루든 그것들이 한결같이 나타내는 것은 작고 하잘 것 없고 연약한 존재들이다.

어디서나 휘몰리고 부딪치며 부서지는
개밥풀 개밥풀 장마 끝에 개밥풀
자욱한 볏짚에 가려 하늘은 보이지 않고
논바닥을 파헤쳐도 우리에겐 그림자가 없다

—「개밥풀」 부분

제목이 암시하듯이 이들은 역사와 현실 속에서 언제나 제대로 뿌리 내리지 못하고 "휘몰리고 부딪치며 부서"져 온, 억압과 멸시에 시달리면서도 끈질긴 생명력으로 버티어나가는 존재들이다. 이 시집에 나타난 시편들은 이렇듯 처절할 정도의 비극적 정서와 사물에 기반을 두고 있지만 아울러 이들의 설움과 지혜와 끈질기게 살아가고 있는 튼튼한 생명력을 묘사함으로써 이들이 민족의 주체라는 것을 보여주며, 이동순의 시는 바로 우리의 주체적 정서의 시화로 요약될 수 있는 것이다.

2. 미래에 대한 연속성의 의지와 실천

이동순 시에 나오는 주체들은 농업공동체에 기반한 소외계층이라는 점에 주목해야 한다. 그들은 현재의 서럽고도 힘든 생활의 한을 간직하고 있는 사람들이며, 그 응어리 속에서도 미래에 대한 끊을 수 없는 힘들을 간직한 존재들이다. 그 전망을 끌어당기는 희생을 자발적으로 선택하는 인물들이다. 이는 이 땅에 뿌리를 내리고 있는 서러운 이웃들을 유대 합일의 공간으로 이끌어내려는 의도에서 창출된 것으로 보인다.

너희들 봄의 번성을 위하여
우리는 겨울 논바닥에 말라붙는다

—「개밥풀」 부분

정말 무서운 것은 강한 햇살에 녹지 않고
구석에서 차갑게 번뜩이는 저 은비늘이다
단 몇 마리의 삶을 위하여
수천의 알을 깔기는 물고기처럼
끝끝내 살아남는 몇점의 비늘을 남기려고
이 밤도 흰눈은 무작정 쏟아진다.

—「殘雪 1」 부분

　"봄의 번성을 위하여 겨울 논바닥에 말라붙는" 개밥풀이나, "끝끝내 살아남는 몇점의 비늘을 남기려고/무작정 쏟아지는" 흰 눈의 의지는 무모하다고 할 정도의 사랑에 기반하고 있다. 주체적 역사를 위해 그들은 자신의 몸을 던질 각오가 되어 있는 것이다. 그러기에 시인은 그들을 "정말 무서운 것"이라고 말하는 것이다. 이렇듯 이동순의 시는 개인적인 노래가 아니라 공동체와 너끈히 연결되어 우리 민족의, 민중들의 목소리로 존재한다. 인물들은 역사와 앞날을 위한 유대로 연결되어 있으며 이 서러운 힘들이 절망 가운데서도 의지의 끈을 놓지 않는 이유가 되어 있다. 이 시집의 정서를 관류하고 있는 것으로 보이는 「서시」의 첫머리 "이 땅에 먼저 살던 것들은 모두 죽어서/남아 있는 어린 것들을 제대로 살아 있게 한다."라는 구절에서도 충분히 나타나 있듯이 한없는 모성적 힘이 그의 시적 정서 밑바닥에는 관류하고 있다. 죽음이 삶의 동력이 됨을 보여주는 그 힘은 실향민을 주체로 하는 시편들에서는 민족의 분단을 넘어 하나됨을 지향하는 꿋꿋한 힘과 정서로 나타난다.

끊어도 끊어지지 않는 사랑의 단단한 끈이
우리 겨레의 가슴속으로 이어지기를 바랍니다
지금 내 마음 무어라 말할 수 없이 행복합니다
죽기 전에 소원이 있다면 꼭 한 가지
대대로 이어진 나와 당신의 작은 눈이나마

영영 꺼지지 않는 이 나라의 불씨가 되어
북녘 고향 찾아가는 벅찬 행렬을
두 눈이 뭉개지도록 보고 또 보았으면 하는 것입니다
— 「내 눈을 당신에게」 부분

분단극복에 대한 의지가 관념으로서가 아니라 구체적인 대상을 통해 생생하게 전달되고 있는 시다. "대대로 이어진 나와 당신의 작은 눈이나마/영영 꺼지지 않는 이 나라의 불씨가 되어/북녘 고향 찾아가는 행렬을" 보겠다는 데서 우리는 세대를 넘어서는 주체의 끊을 수 없는 연대와 의지를 읽을 수 있다. 모든 살아 있는 존재들 간의 유대로 따뜻함을 나누며 그것으로 하나가 되어가는 세계를 다루는 이동순의 시에서, 현재의 삶은 웃대의 그것과 무관한 것이 아니고 또 미래와도 연결된다는 것을 보여주는 예가 될 것이다. 역사와 민족 속에서의 주체로 놓이면서 이 땅에서의 삶의 연속성으로 너끈히 연결되어 있는 이러한 의지는 산 자들이 전유물이 아니다. 이동순은 죽은 자들의 영혼도 서로를 위무하며 함께 어우러지는 하나의 따스한 공간을 만들어낸다.

대낮인데도 마을사람들 멀리 돌아가고
아이들의 혼령은 아조 외로운가 보이
봄이면 수년을 길길이 자란 다복쑥 덤불 속에
다소곳이 눈을 뜨는 애기똥풀 마디풀
새보얀 일년초의 꽃들이 피어
땅 속의 아이들 차츰 외롭지 않으이
해 지고 어두운 찬 솔바람 속
누웠던 아이들 모두 일어나 앉아
먼 마을의 깜빡이는 등불을 보네
등불 속에는 눈물짓는 어머니
어린 것을 내다버린 언 땅이 가슴 아파
밤이 이슥하도록 베갯잇을 적시네

창밖을 달리는 밤바람소리
이런 밤엔 애장터의 아이도 잠들지 않으이
언제나 빈 골짝에 달 뜬 밤이면
찾아와 놀아주는 혼백들 있네
경인년 사변통에 이쪽 저쪽 군인들이
마을장정 이끌고 와서 총을 쏘던 이 골짝
그때 죽은 혼백들 함께 와 노네
아저씨 아저씨 어서 오셔요
피투성이 아저씨가 그래도 좋으냐
해 지고 비 뿌리는 찬 솔바람 속
아무도 돌보지 않는 혼백끼리 만나서
아이들도 어른도 차차 외롭지 않으이

—「애장터」 부분

죽은 자와 생물의 교감, 죽은 자와 산자의 교감, 죽은 자끼리의 교감이 핏줄처럼 따스하게 살아 메아리치는 시다. 죽음은 이미 슬픔을 넘어서 있다. 죽어서 누워 있는 아이들의 외로움을 달래주는 사물은 먼저 다복쑥, 애기똥풀, 마디풀 등의 일년생 혹은 다년생의 풀들이다. 그들의 힘으로 외롭지 않게 된 아이들은 먼 마을의 불 빛 속 어려서 죽은 그들을 내다버린, 밤이 이슥하도록 베갯잇을 적시는 어머니의 모습을 본다. 더욱이 밤이면 경인년 사변통에 죽은 남과 북의 군인들 혼백이 그들과 놀아주려 온다. 산 사람들은 아무도 돌보지 않지만 죽은 영혼들이 그들 혼백끼리 만나 나누는 교감이 얼마나 따스한지. 이 시집의 시에서도 가장 이채를 이루는 부분인 죽은 자들끼리 도란거리며 나누는 정감은 "하이", "하네" 등의 예스럽고 의젓한 말투를 빌어 죽음조차도 세상살이와 다르지 않음을 일깨우는 시인의 마음의 깊은 심지를 읽을 수 있다. 박두진의 「묘지송」, 정지용의 「향수」, 「장수산」 등의 시들에 나타나는 정감과 어법들을 주체적으로 소화함은 물론 더 나아간 지점을 보여주면서

특유의 따뜻하고도 친밀감 있는 공간을 만들어냈다는 점에서도 이 시의 가치
는 새롭다고 하겠다.

이동순의 시들은 이렇듯 체제를 포괄하여 산 자와 죽은 자를 두루 감싸안으
면서, 미래에 대한 연속성에 대한 의지와 실천이라는 맥락에서 민중 생활사와
민족 주체적 정서에 보다 확실한 감각을 가지고, 이들을 훌륭히 소화하고
있다.

그의 시는 민족주체의 정신적 토양을 확고히 끌어안으면서 본래적인 생명
력과 함께 행동성, 실천성을 섬세한 감각과 언어의 운율적 조직에 실어담을
수 있었다. 이는 그의 시가 이 땅의 하잘것없는 것에 대한 연민과 사랑을
지향하고 있기 때문이라고 할 수 있다. 이 점은 양식적인 면에서 더욱 두드러
지게 나타난다.

3. 변두리 양식의 중심화

이동순이 이 시집에서 우리의 민중적 감수성의 밀도를 더하고 주체적 힘의
복원을 위하여 행한 또 하나의 시도는 서민가사 양식의 채용이다. 이동순이
한 글1)에서 오늘의 시들은 겨레가 오랫동안 가꾸어 온 특유의 시 정신과 시
양식에서 멀리 떨어져 비주체적 편향을 보이고 있다고 지적하면서, 잃어버린
힘을 우리의 가락에서 찾고 그 중에서도 4음보와 변형에 기초하고 있는 가사
를 지적하고 있는 것은 주목할 만하다. 구체적으로 이동순은 식민지 시대
진주의 형평운동을 제재로 한 장시 「검정버선」에서 조선시대 가사, 특히후기
서민가사의 구조와 리듬, 어조를 차용하고 있다. 이동순의 「검정버선」은 서사
민요를 도입한 신경림의 장시 「남한강」, 판소리 사설을 원용한 김지하의 장시

---

1) 이동순, 「한국시의 비주체적 편향과 자아복원의 양상—복원력으로서의 4음보격에
   대하여」, 『청람 김판영 박사 화갑기념논문집』, 1983.

「오적」등과 함께 우리 시사에서 특히 주목을 요한다.

> 풀꽃에만 씨앗 있는 줄 알았더니
> 사람도 미리 정한 씨가 있다 허더라
> 나랏님 용씨 대감님 옥씨 세도양반 금싸락씨
> 이방님들 술씨 어전님네 돈씨 평지풍파 평민씨
> 대관절 우리네 검정버선은 무슨 씨앗고
> 수백년 고리고리 엮어내린 촐고리가
> 얼매나 단단한지 풀리지 않는 고리씨앗
> 검은 머리 검은 얼굴 번뜩이는 두 눈 속에
> 죽지 못해 연명해가는 가여워라 백정씨앗
>
> ― 「검정버선」 부분

　‘형평사 길소개 노인의 말’이라는 부제가 붙어 있는 이 시는 식민지 시대 피지배민중의 현실과 떠도는 삶 속으로 긴밀히 자리를 잡음으로써 역사 속에 떠밀려 내려온 삶에 대한 공감을 통해 이 땅에 살아온 민중들의 삶의 내력과 의지, 그리고 그들이 얼마만큼 오늘의 역사를 이루어가고 있는가에 대한 시인의 눈길을 복합적으로 울려주는 데 조금도 부족함이 없다. 풍자와 해학, 억눌림을 풀어내는 화법과 함께 인간의 아픔과 슬픔, 더불어 살아야 하는 인간의 참된 바램같은 것들을 육화시키면서 이 시를 신분의 차별로 인한 핍박과 같은 층위로만 읽을 수 없게 하고 있다. 이 시는 진주 형평사와 농청원의 충돌, 대구 남산 덕산정의 소요사건, 충청도 천안 입장면의 소요사건, 예천, 달성군 현풍의 여러 사건들을 녹여내면서 지역을 초월한 민중적 감수성의 밀도를 더함은 물론, 역사성, 모국어에 대한 애정까지를 같이 녹여내고 있다. 특히 "우리 재인들 물 위에 뱅뱅 도는 개밥풀 되어", "서리서리 한으로 누빈 검정버선", "오늘도 검정버선은 새벽 일터로 나아간다" 등의 구절에서도 나타나듯이 역사적 맥락과 현실의 문제를 아울러 보는 눈을 제시하고 있다는 점에서 동시대적이라고 말할 수 있다.

길소개 노인의 말이라는 부제가 붙어 있는 이 시처럼 타인의 목소리를 통하여 시인의 감정을 전달하는 배역시는 이동순 시의 특징을 드러내는 중요한 화법이다. 구체적으로 「瑞興金氏 內簡」은 돌아가신 시인의 어머니를 시적 화자로 내세우고 있으며, 「내 눈을 당신에게」는 실향민이 시적 화자로 등장한다. 그의 시에서는 심지어 올챙이가 시적 화자로 등장하는 시(「올챙이」)까지 나타날 정도다. 박태일은 이러한 이동순의 시를 '탈시'(mask lyric)로 규정하고 "탈을 빌어 현실 구석구석, 갖는 층위의 삶을 그대로 생생하게 되살려 내고 있다"[2]고 규정하고 있다. 서사의 수용과 그에 알맞는 문체를 효과적으로 감당해내기 위해 그가 설정한 방식으로 볼 수 있다.

이동순이 서민가사의 리듬과 어조를 차용하거나 어머니의 화법, 심지어 올챙이와 같은 미물의 화법을 빌어 이야기 시를 만들어 나간 것은 바로 이 땅에 살아왔고 살고 있는 그들의 목소리로 과거와 오늘의 현실을 꼼꼼하게 되살려 내려 하는 데 의의가 있다. 특히 「검정버선」에서 나타나는 서민가사 양식의 차용은 오늘날 장르에서 밀려난 변두리 양식의 계승과 변용을 통해 우리의 미학적 전통을 오늘에 살리고 한 발 너 발전시켜 나기야 한다는 믿음을 보여 주는 것이어서 여간 소망스럽지 않다.

4. 맺는 말

이동순의 『개밥풀』은 저자의 후기에서 드러나듯 "대대로 늘 당하기만 하고 살아온, 그러면서도 그들의 한을 풀지 못하고 응어리진 가슴으로"[3] 살아가는

---

2) 박태일, 「이동순 시와 패러디의 논리」, 김준오 편, 『한국현대시와 패러디』, 현대미학사, 1996, 341면.
3) 이동순, 『개밥풀』 후기, 창작과비평사, 1980.

이 나라 민중들의 서러운 몸짓을 육화시킨 뛰어난 시집이다. 그의 시는 구체적 감각과 현실묘사를 통해서 이 땅에 살다간, 혹은 살아 있는 '개밥풀'과 같은 서러운 민중들의 삶을 부조하면서 서정시가 나아가야 할 현장감과 역사성, 집단성에의 의지를 보여 주었다. 그의 시는, 시가 더불어 나누어야 할 공동체의 노래임을 일깨워주었다.

그의 시에 나타나는 인물들과 사물들은 역사와도 넉넉한 뿌리로 연결되어 있었고, "이 땅에 먼저 살던 것들은 모두 죽어서/남아 있는 어린 것들을 제대로 살아 있게 한다."에서 나타나듯 현 존재의 죽음이 삶의 동력이 됨을 보여주는 그 힘들을 내장하고 있었다. 그 힘은 민족의 분단을 넘어 하나됨을 지향함은 물론 삶의 연속성이라는 명제를 너끈히 포괄함으로써 단절을 극복하고 감싸안는 합일의 미학으로 수렴되고 있었다.

이 시집에서 주목해야 할 부분은 현대시에서 자행되고 있는 비주체적 정체성, 병적 취약성, 도취적 몽상성 등 비주체적 편향을 극복하기 위하여, 우리 민족의 공동체적 힘이 집약된 민중의 리듬인 4음보 노래인 서민가사의 양식과 어조를 차용하고 있다는 점이다. 이 노래 양식은 오랜 시간의 경과에도 불구하고 우리 민족의 삶을 가장 잘 담아왔던 것으로, 이 땅에 살았고, 또 살고 있는 민중들의 서럽고 당당한 삶을 부조하고, 일그러지고 삐뚤어진 삶의 부조리를 해체하는 능동성을 내포하면서 오늘의 삶이 묵은 원과 갈등을 풀고 하나로 합일하는 생생한 감각과 정서를 보여주기에 부족함이 없었다.

현상과 내면 의식의 교융
— 정영선의 시세계

1.

정영선의 시들은 섬세한 감각의 돌기를 가지고 있다. 시에서 감각이 어떠해야 하는 것인가를 보여 주는 수일한 예라 할 만하다. 그의 감각은 나태와 욕망이라는 일상적 존재의 외피를 자극하고 갱신시키는 힘으로 작용한다.

그것은 "흉터 속에 잠잠한 첫 두근거림에 몸"댈 때 살아나, "건드리기만 하면 모두 그 쪽으로 물결치는 섬모의 떨림"(「흉터 속에는 첫 두근거림이 있다」)을 갖는, "잇몸까지 왔지만 침묵이 된/생각 속의 수많은 말들을 어루만"져서 읽은(「무창포에서1」) 결 고운 무늬로서 우리 앞에 제시된다.

그는 감각을 반짝이는 상상력에서만 아니라 사물들 속으로 깊이 들어가서 길러낸다. 대부분의 시에서 그는 사물에의 투시를 통해 자기 식의 감각과 사유를 발랄하고 싱싱하게, 또는 진지하게 열어 나간다. 그 공간 속에는 사물의 본질에 대한 묘사는 물론, 현재 내지 일상의 자아의 모습에 대한 성찰, 나아가 바람직한 생의 발견 같은 것들이 들어 있다. 말하자면 그의 감각은 무엇보다 대상에 대한 깊이 있는 착반과 함께 그것을 자아 내지 현실 쪽으로 끌고 가면서 시적으로 변용하는 유연성을 갖춤으로써 독특한 하나의 자장을 형성하는 것이다. 또 하나, 그는 언어에 성실한 시인이다. 그의 시들에서 우리는 진지하고도 깊이 있는 사유로 대상에 파고 들어간 고투의 가열성과 함께, 그런 바느질 자국을 시행에 남겨놓지 않는 언어의 광휘(光輝)를 함께 발견할 수 있다.

이는 사물을 매개로 밖의 현상과 내면의 의식이 교융하는 지점을 섬세하게 짚어내고, 시의 구심점과 초점의 응집력을 유지시키는 언어로 풀어나가는 방식을 통해 달성된다. 그는 대상에 몰입함으로써 새로운 공간을 만들고, 이를 내적 질서를 갖춘 이미지로 연결시킨다. 이 때 사실적 공간은 시적 공간으로 자연스럽게 이행된다. 이 때 우리는 시적 화자가 대상 속으로 어떻게 스며들어 그들과 몸을 나누며 세계를 열어 가는가를 살펴볼 필요가 있을 것이다. 그만큼 그의 시는 시적 화자의 대상에의 틈입과 몸 나누기가 자연스럽고 날렵하다.

잎사귀가 돋는다 반짝 푸른 아우성이 마른 뼈를 타고 미끄러진다 먹먹한 세상의 고막이 가볍게 치고 간다 생각을 묵힌 항아리가 쩡 울린다 깨진 항아리 사이로 지상 통제실이 보인다 지시를 따르지 않으면 영원히 미아가 될 수 있다고 신호가 오다 혼선이 된다

봄은 혼선이다

—「봄」 전문

화자는 지금 대상의 격정적인 한 순간 — 잎사귀가 돋는 — 가운데 있다. 생명의 원형질을 품고 있는 접점의 중심에 있다. 사실 "반짝 푸른 아우성이 마른 뼈를 타고 미끄러진다 먹먹한 세상의 고막이 가볍게 치고 간다 생각을 묵힌 항아리가 쩡 울린다" 같은 구절은 잎사귀가 돋는 순간의 자아의 상상력과 감수성의 무늬이다. 자아는 대상 속에서 자신의 존재를 느끼고, 세계를 충격하고 경험한다. 대상에의 내면적 몰입이 이런 봄이라는 생명의 충격현상

을 되살게 하는 것이다. 그것은 "묵힌 항아리를 쩡 울리듯" 우리들 일상적
자아를 들어올린다.

> 늦가을
> 미루나무에 꼬리연이 덜컥 걸린다
> 바람이 불자 꼬리가 팔락팔락
> 내 마음의 비탈에 떠 있는 집이 기우뚱한다
> 덧문이 열린다
> 대못에 걸린 옷가지들이 이리저리 기울어진다
> 옷 밖으로 추억들이 알몸으로 미끄러진다
> 언덕 위에 홀로 서 있는 집 기댈 데가 없다
> 바람이 문고리를 당기고 안을 들여다본다
> 나무 아래 사람들이 바람에 펄럭이는 연을 올려다본다
> 누가 사나 그 집에는
> 엄마는 함지박 이고 역전으로 가시고
> 오빠는 창피하다고 어스름이 지붕을 덮어야만 들어오고
> 아직 가난이 부끄러움인 줄 모르는 계집애만 나와
> 오두마니 햇빛 쬔다
> 연살대 부러진다
> 집이 찢긴다
> 오빠는 큰집 양자로 서울 유학 가고
> 아버지 소식은 어쩌다 태평양을 떠내려오고
> 연줄 놓아버린 그 집
> 비탈에 떠서 덧문 덜컹거리고
> 엄마가 언제 오시려나 조바심하는
> 계집애가 나무에 걸려 있다

— 「연」 전문

두 개의 장면으로 결합되어 있는 시다. 화자가 외적 현상으로 지금 보고

있는 미루나무에 걸린 연과 내면의식의 공간에 새겨지는 어린 시절의 가계. 외적 현상의 시간적인 진행과정은 화자의 심리 화면에 차례로 어린 시절의 정경을 다른 무늬로 찍는다. 덧문과 대못, 옷가지, 추억의 알몸, 문고리들이 퍼뜩 스쳐지나간다. 이 때 화자는 "누가 사나 그 집에는"이라는 예기치 못한 화법으로 객관적인 화면을 독자에게 보여준다. 함지박의 엄마, 늦게 들어오는 오빠, 오두마니 햇빛 쬐는 계집애(이 간접화를 보라.). 여기서 또 한번의 반전. 연살대가 부러지지는 현재의 장면과 오빠의 큰집 양자, 아버지의 해외체류. 마침내는 연줄 놓아버린 집, 어머니의 귀가를 기다리는 계집애가 연으로 나무에 걸린 장면에 이르면 우리는 화자의 대상에의 몸 나누기가 얼마나 자연스럽고 날렵한지를 짐작할 수 있는 것이다. 여기에 현재형 간결체의, 어느 곳에서라도 쏙쏙 기억을 당겨내는 문장의 속도는 또 어떤가. 그의 시의 감각은 감각 그 자체를 즐기는 데서 머물지 않고 현실을 담음으로써 따뜻함과 절실함이라는 깊이를 획득한다. 우리는 이 시에서 스토리를 가지는 시들이 빠지는 조악성을 넘어 한 가계의 몰락을 감정의 흔들림 없이 느낄 수 있는 것이다. 특히 마지막 행에서 계집애가 연이 되어 걸려 있는 비논리마저 수용하는 방법을 통해 시적 질서가 내적 구조를 획득하면서 울림을 가지는 것을 확인한다.

앞에서 우리는 그의 시적 화자가 대상에 몰입함으로써 새로운 공간을 만들고, 이를 내적 질서를 갖춘 이미지로 연결시킨다, 고 썼다. 따라서 우리는 시적 화자의 자연스럽고도 빠른 대상에의 스밈과 몸 나누기의 진행속도와 과정을 살펴볼 필요를 느낀다.

(가)굵은 나무 둥치의 구멍 속에 보금자리를 정한 코뿔소새를 본다 그녀는 지푸라기와 진흙을 물어 와 부리를 내밀 만한 구멍을 남기고는 출입구를 막아버린다 바깥으로 그녀는 그녀를 닫아버린다 나무들이 몰려와 구멍 안을 들여다본다 나도 들여다본다 그녀는 날갯죽지 안으로 따스함이란 따스함은 다 쓸어안는다 큰 어둠 덩어리에 스며 있는 희미한 따뜻함도 허투루 버리지 않는

다 새어나가지 않도록 웅크린다 수컷이 암호 같은 울음을 울면서 다가와 건네
주는 날것의 따뜻함도 받아 안는다 어느새 나는 새가 된다. 나는 어미새의
체온에 나를 더한다 나를 나누어 가질 몸을 위해 새는 체온을 먹는다고 믿는
다 달이 차면 둥글어지는 사랑 속에서 터뜨려질 生 그 꿈의 만개를 보기
위해 나는 어둠의 번데기 속에 나를 꽁꽁 묶고도 눈은 초롱초롱하다

— 「둥글어지는 사랑 속에서」 전문

(나)지구숲, 서울나무 어미 뻐꾸기가 개개비 둥지 속을 몰래 들어와 급하게
나를 쿵 밀어뜨려놓고 갔다 나는 지금 혼돈의 알 속에 있다 오렌지빛 청청한
햇빛 아래서 빛보다 빠르게 불안은 자라 둥지에 창창 깊은 그늘을 드리운다
개개비 알들이 동글동글 오그리고 있다 알에서 알을 타고 전해지던 숨결,
따스한 체온이 흥건하다 생각은 곰곰 서울 우듬지를 날다 캄캄한 실뿌리 흙
속을 헤맨다 …… 알집 밖을 선뜻 나서지 못한다. 귓가의 뻐꾹 울음 한 발
앞서 나오라는 발 구르는 재촉, 귀막고 싶어, 귀 막고 싶어

봄은 빽뻐꾹 깊어만 간다

— 「실업뻐꾸기」

(다)내소사에서 만난 봉래루는 절름발이 누각이다. 스물네 개의 대들보 기둥
은 모두 길이가 달라 문수가 다른 스물네 개의 주춧돌 신발을 신고 있다.
부족한 다리 길이만큼 밑창의 두께가 다른 돌신발을 수제화로 맞추어 신고
있다. 백년을 신은 신발은 발을 편하게도 하지만 너무 헐겁지 않을까 그래서
밤이면 몰래 들르는 그에게 슬그머니 신발을 벗어주고 온 경내를 절뚝이며
돌다가 아침이면 감쪽같이 돌신발을 신는 건 아닐까. 누군가의 뒤꼭지를 목표로
부지런히 따라가다 잠자리에 든 날이면 내 어느 쪽 다리 하나가 길어져 있다.
그 밤에는 어김없이 와서 내 다리를 맞춰주고 가는 이가 있다. 저 누각에
맞는 돌신발을 신겨 준 이도 그가 아닐까. 누각은 한지문을 모두 열고 세마장쯤
아래 있는 늙은 느티나무를 그윽히 바라보고 있다.

— 「절름발이 누각」 전문

산문시 형식 속에 단문들이 짧게짧게 배열되는 형태의 글은 자아의 참여를 비교적 자유롭게 할 여지를 만들어놓고 있다. 정영선의 시들은 이런 형식 속에서 자아가 대상과 유연하게 몸 나누기를 거듭한다. 세 편의 시들은 자아가 참여하는 과정과 형식을 다르게 보여주는 예에 속한다. (가)는 자아가 대상 속으로 천천히 들어가는 방식, (나)는 처음부터 자아가 대상의 일부로 존재하는 방식을, (다)는 대상과 나를 병치하는 방식을 보여주고 있다. 정영선은 이렇듯 자아의 섬세한 변용을 통하여 시적 성숙을 기하는 방법을 쓰고 있다.

먼저 (가)를 보자. 사실 자아는 대상과는 따로 노는 타자였다. 그러다 새로운 생명을 잉태하기 위한 코뿔소새의 눈물겨운 사랑의 의지에 변화된다. 바깥으로부터 그녀를 닫아버리는 적극적인 자기 투신과 무관하게 있던 타자인 '나무들'과 함께 '나'가 우연히 그 쪽으로 가서 그 현장을 보게 되고 동화되는 것이다. 자아는 날갯죽지 안으로 따스함이란 따스함은 다 쓸어안는, 심지어 큰 어둠 덩어리에 스며 있는 희미한 따뜻함마저 새어나가지 않도록 웅크리고 있는 사랑에 몸을 충분히 적시고, 생명을 만드는 새로 참여한다. "나무들이 몰려와 구멍 안을 들여다본다 나도 들여다본다"와 "어느새 나는 새가 된다"의 행동양식의 차이는 얼마나 큰가. 구경꾼으로 있었던 타자인 자아는 알 만들기의 둥글어지는 사랑 속에 자신을 던져놓고는 의식의 눈을 초롱초롱하게 뜨고 마침내 세계 열기에 적극적으로 동참하게 되는 것이다. 이 때 유연한 통사적 구조를 통해 새로운 시적 공간이 만들어지기 때문에 새와 나 사이의 간격은 소멸된다.

(나)에서 화자는 처음부터 뻐꾸기 알로 참여한다. 그러나 이 역시 대상으로의 완전 스밈이라고 하기에는 무리이다. 왜냐하면 개개비알들 사이에 끼어 있는 이물질로서 존재하고 있기 때문이다. 이 시는 둥지 밖으로 밀어내려는 다른 생명들과 몸을 포개고 불안 속에 존재하는 자아를 그리고 있다. 화자는 아직 "뱃심을 못 길러" 울음소리와 만나는 삶의 길을 따라 나서지 못하고

스스로 내면의 칩거를 택하고 있다. 이 시는 "실업뻐꾸기", "지구숲", "서울나무"라는 조어능력에서 볼 수 있듯이 얼핏 개인의 차원으로 떨어지기 쉬운 서정시에 보편성의 형식을 부여함으로써, IMF라는 시대상을 미학적인 깊이로 녹여낸다. 그에게 있어 현실의 삶은 "안 보이는 초원을 찾아" 마음의 갈기를 날리면서 평원을 달리 누우떼의 한가운데(「이동」) 있는 것이다.

　(다)는 발상만으로도 뛰어난 시다. 주춧돌에 연결되어 있는 서로 다른 길이의 대들보 기둥의 모습을 두께가 다른 신발로 잡아내는 능력은 이 시인의 언어가 얼마나 주밀한 지점에 와 있는지를 짐작하게 한다. 특히 이 시에서 시적 화자는 사물들과 자신의 존재에 균형을 잡아주는 서늘한 존재를 상정함으로써 하나의 개안을 얻고 있다. 시인에 의하면 절름발이 누각이 세월의 풍상 속에서 무너지지 않고 자신의 삶을 살아가는 이유는 "밤이면 몰래 들르는 그"라는 존재 때문에 가능한 것이다. 마찬가지로 화자는 "누군가의 뒤꼭지를 목표로 부지런히 따라가다 길어"진 자신의 다리 길이를 맞춰주고 가는 이가 그라고 생각한다. 절름발이 누각의 존재와 욕망으로 길어진 다리를 맞춰 자기 분수대로 살아가게 하는 이가 동일인이라고 생각하는 시인의 사유는 자아의 정체성을 지켜주는 이상적인 존재인 '그'를 상정함으로써 가능하다. 이 계열들의 시는 앞서 언급했다시피 사물들의 이야기와 자아의 일상이 병치되는 구조를 갖고 있다. 그의 대부분의 시들이 이런 시적 형식을 유지하고 있다. 이런 시들 역시 사물들의 충격이 자아를 깨닫게 하고 변화시키는 기능을 한다. 화자는 좌판 위에 한 사과에서 "누군가의 잠을 지나온 나의 내력을 더듬"고(「잠자는 사과나무를 읽다」), 물에 잠긴 미역을 통해 "단단하게 잠근 마음을 헤쳐놓는 것을"(「바다의 슬픔을 본다」) 보기도 한다. 이러한 특징은 「이동」, 「황태 덕장에서」, 「바다의 슬픔을 본다」, 「거진의 바다를 서울에서 만나다」 같은 시들에서 일관되게 적용되는 데 대부분 자아의 현재의 욕망을 서늘하게 성찰하는 데 활용된다.

편의상 세 가지 정도로 형식을 살펴보았지만, 이 모든 것들은 사물을 매개로 외적 현상과 내면 의식이 서로 만나는 지점을 찾아내고, 이를 새로운 시적 공간으로 만들어내는 그의 시작 방식에 수렴되는 것이다. 시인이 대상으로 육박해 들어가서 그 내면을 만나는 일이란 그리 호락한 일이 아니다. 그럼에도 왜 시인은 이런 지난한 작업을 계속하고 있는 것일까. 이는 「목」이라는 시에서 확인되는 바, "책을 사다리로 삼아 꽃나무에 닿고 싶다거나/그믐달배에 오르고 싶은 바람이 역력"한 '머리'와, "땅에 퍼질러지고 싶어하는" '몸' 사이에 끼인 '목', 즉 이상과 일상의 나락 사이에 놓인 존재의 불안정이 사물 탐구를 재촉하고 있는 것으로 보인다.

정영선은 대부분 외적 현상이나 사물의 특징 속으로 걸어들어가는 방식을 택하면서 언어 역시 이미지 계열체를 써서 일관된 하나의 질서를 만들고 있다. 예를 들어 「거진의 바다를 서울에서 만나다」에서 '흘러온' '출렁인다' '벌름거린' '흘러왔다' 등에서 보이듯 그는 모든 언어들은 물(바다)과 관련된 것으로 선택하고 있는 것이다.

2.

정영선의 시에서 사물과의 소통은 말의 문제와 연결되어 있다는 것을 발견하는 것은 즐거운 일이다.

> 징그럽다, 혹은 간지럽다라는 언어가 없는 나무의 나라. 그 나무나라의 가지 위를 노래기 한 마리가 열심히 기어간다. 천 개의 발을 첫발이 '고'하면 다음 발이 '물' 받아 고물고물 기어간다. 천번째의 발이 움직여 그 몸길이만큼 나간다. 그 발 밑의 나뭇가지는 간질간질, 근질근질해서 재채기라도 크게 할 법한데, 아무 데고 북북 긁고 싶을 텐데 가렵다는 말이 없는 나무나라에는 가려움이 없다

우리가 이 시에서 주목해서 읽어야 할 구절은 "가렵다는 말이 없는 나무나라에서는 가려움이 없다"는 진술이다. 창세기의 첫 구절처럼 말의 위력을 상기시키는 구절처럼 보이지만, 우리는 그것을 진술 그대로의 뜻으로만 따라갈 필요가 없다. 오히려 "나무는 노래기를 사랑하기에 가렵다는 말은 하지 않는다" 정도로 읽어야 할 것이다. 타자와의 하나됨에 비중을 두고 있음을 우리는 알 수 있다. 이는 인용이 생략된 구절 "사람나라에는 막무가내 보자기 같은 '사랑'이란 말이 있어 솎아내도 자꾸 싹터오는 미움을 그대도 덮어가며 산다"를 읽으면 더 확연할 것이다. 그러나 그의 시에서 식물들의 세계에도 말들은 무성하게 존재한다.

이른 봄날 물푸레나무 밑에서 나는 편지가 되었지요. 땅 가득 떠나지 않는 지난 해의 물푸레나무 잎사귀들이 올해의 물푸레나무 잎사귀들에게 자꾸 무언가를 전하고 싶다는군요. 그냥 나무 아래 서 있기만 하면 된다고 했지요 발 밑에서 버석거리는 소리들을 우편배낭 같은 가슴으로 부쳐 오면 소리들이 잠시 모였다가 제 주소로 찾아가는 푸른 숨결로 타올랐지요 가슴, 어깨, 머리에 푸른 물이 드는 것 같았지요 귀 뒤에서 연두 잎들을 밀어내는 것 같았지요 발이 푹푹 빠지면서 그렇게 하염없이 서 있었지요. 그런데 새순들이 입을 벌리고 연신 말을 받아 삼키고 있었지요 벙싯 벌어지고 있었지요 연두 잎들 하나하나가 꽃이었지요 하룻밤 새에 어린잎들이 초록으로 꽃피는 건 지난해의 잎사귀들이 들려주는 혼신의 말 때문이었지요.

― 「가랑잎 사랑」 전문

어린잎들의 푸르름이 지난 해 잎사귀들의 말들 때문이라는 진술을 토대로 시가 진행되고 있다. 이채로운 것은 자아가 생명의 연결고리 역할을 맡고 있다는 것이다. 지난 해의 잎사귀들이 올해의 앞사귀들에게 말을 전하고 싶다고 자아에게 말을 건다. 자아는 그냥 서 있기만 하면 된다. 그들을 연결, 매개하는 '우편배낭'으로 있으면 그 소리들은 제 주소로 찾아가면서 푸른 숨결로 타오른다. 자아의 가슴과 어깨, 머리가 푸른 물이 들고, 귀 뒤에서 연두 잎들이 밀려나오고, 그것을 새순들이 입을 벌리며 받아삼킨다. 그 말로 인해 잎사귀들은 푸르게 꽃핀다. 우리는 여기서 말들이 사물을 꽃피운다, 라는 하나의 싱그러운 전언을 듣게 된다.

그러나 자아와 사물간의 소통을 가장 싱그럽고도 유머러스하게 묘사한 시는 아마도 표제작인 「장미라는 이름의 돌멩이를 가지고 있다」일 것이다.

> 내 손 안에 든 돌멩이 하나, 빤질빤질한 이마를 하고 있다. 깜깜하게 눈감고 있다. 나는 돌멩이에게 말 건다. 내 말들을 잡아먹고 묵묵하다. 침묵을 거느린다. 침묵이 거느리는 둘레는 무겁다. 둘레는 둘레의 그림자를 거느린다. 그 둘레 안에 나는 산다. 몸을 오므린다. 돌멩이가 꿈꾸는 꿈을 꾼다. 돌멩이가 피리를 불고, 덩실덩실 춤추고, 노래하는 꿈을 꾼다. 오래 깨고 싶지 않아 몸을 더 오므린다. 장미라는 이름을 붙여준다. 아침마다 내 마음 울타리에 한 송이씩 속엣말을 빨갛게 토하는 덩굴장미. 울타리 가득 번지는 붉은 말들의 잔치 흥겹다. 나는 돌멩이를 버리고 싶어서 돌멩이를 꼬옥 쥐고 꿈꾼다.
> ─「장미라는 이름의 돌멩이를 가지고 있다」 전문

아마 화자는 던지려고 돌멩이를 손에 쥐었는 듯하다. 그러나 돌멩이의 표정은 냉담하다. 살짝 토라지고 의뭉스런 표정. 빤질빤질한 이마로 깜깜하게 눈감고 있다. 화자는 그에게 말을 걸어 본다. 말들을 잡아먹고 묵묵해지는 돌멩이. 그 침묵의 둘레가 무겁게 느껴진다. 문득 화자는 손 안에 번져나가는 그 둘레 안에 산다는 실감이 든다. 몸을 오므려 돌멩이와 하나가 된다. 대상에의 동화가 강해지면서 돌멩이의 꿈을 꾼다. 피리 불고, 춤추고, 노래하는 꿈을 꾼다. 그런 대상에의 동화는 돌멩이가 장미로 변신되는 지점에까지 이른다. 그 장미는 한 송이씩 속엣말을 토해놓고, 울타리 가득 붉은 말들의 잔치 흥겹고 이쯤에 이르면 화자가 의뭉스러워진다. "돌멩이를 버리고 싶어서"라는 말을 쓴 의도를 한번 생각해 보라.

3.

　정영선의 시는 시의 금도(襟度)를 벗어나지 않는 품위와 깊이와 함께 발랄한 언어의 층위를 아울러 거느리면서 시의 구심점과 초점의 응집력을 유지하고 있다.

　그의 시는 아울러 좋은 시가 갖추어야 할 요건인 묘사와 고백, 발견이라는 요소를 골고루 가지고 있다. 섬세한 조어능력으로 한번씩 간직하고 싶은 어휘나 표현에 이르는 그의 시의 독서과정은 즐겁다. 그의 시는 담백하면서도 섬세하고, 아름다우면서도 무겁다. 때로 따뜻하면서도 절실하다. 여기에 그는 퉁퉁 퉁기는 말들의 재치까지 갖추었다.

　대상에 들어가는 과정의 성실성으로 그의 시에서 자아는 스스로의 갇힘과 풀려남을 거듭한다. 이는 대상이 거느리고 있는 생명의 육체적 충격현상을 내면화하려는 화자의 의지에 기인하는 것으로 보인다. 사물에 대한 유연한 감수성과 상상력으로 우리 삶이 미문 자리에 대한 성찰과, 자아와 대상과의 이동, 그리고 말에 이르기까지 섬세한 조형능력으로 풀어내면서 적극적인 세계 열기를 시도하고 있는 그의 작업들이 우리 시의 새로운 광맥의 한 부분을 더 깊이 파고들어갈 수 있기를 기대한다.

제3부

섬세함의 옹호

주체의 흔들림, 혹은 삶의 전복(顚覆)으로서의 시

— 함기석, 「축구소년」

소년은 무엇이든 차버린다
소년의 주특기는 빠른 땅볼이다. 새를 기르던
소녀 앞에서 멋진 슛을 날리면 날릴수록
공은 늘 담장 위로 도망치며 소년을 배신했지만
소년의 꿈은 최고의 축구선수가 되는거다 그래서

소년은 무엇이든 차버린다
소년은 책상을 찬다 책상은 발을 아파한다
소년은 국어책을 찬다 국어책은
교실 유리창을 깨고 겨드랑이에 떨어져 소년을 읽는다
소년은 시계를 찬다
시계는 손목에 떨어져 소년의 내일을 아파한다
하얗게 타들어가던 겨울하늘을 아파한다
불기둥 사이 예쁘게 발광하던 소녀를 아파한다
소년은 구두를 찬다 아니
구두가 소년을 차버리고 소년을 가둔다

소년은 힘껏 가난을 차버린다
가난은 골대에 정면으로 맞고 튀어나와
소년의 얼굴을 더 세게 때린다
코피를 닦으며 소년은 아빠를 차버린다
아빠는 포물선을 그리며 술병 속으로 똑 떨어진다
술병은 아빠를 아파한다 소년은 새벽마다
아빠의 늑골 사이에서 울려나오는 삽질소릴 아파한다
술병 속으로 석탄을 실은 화물열차가 연달아 들어가고
만취한 아빠는 비틀비틀 어두운 술병을 걸어나온다

운동장은 한장의 낡은 지폐, 허리가 찢겨 있다
소년은 울먹이며 허공으로 제 머리를 차올린다
머리는 살짝 구름에 걸려 떨어지지 않는다
구름 뒤로 흰 부리의 새떼들이 날아오르고
운동장으로 수 천의 깃털들이 떨어진다

눈내리는 겨울저녁
머리없는 소년이 운동장을 뛰어다닌다
목에 축구공을 붙이고 천막집으로 돌아가는
소년의 내부에 공의 내부보다 캄캄하게 휘어진
아빠의 금간 어깨뼈가 달그락 흔들리고
소녀를 닮은 3층집이 아파하며 커오른다

밤새도록 눈이 차오르는 겨울 하늘아래
펄럭이는 지붕소릴 들으며 뒤척이는 소년
소년의 앙상한 등줄기를 밟고 캄캄한 머리 속으로
새떼들이 차례로 등불을 들고 걸어들어 간다

소년은 겨우 발가락 끝까지 환해지며 잠이든다

—「축구소년」 전문

1.

함기석의 시들을 주목한다. 그것은 합리적 이성 즉 '큰 타자'라고 불리는 상징계의 질서를 전복하고자 하는 주체의 의지를 보여주는 드문 시도를 하고 있으면서 만만치 않은 시적 완성도를 가지고 있기 때문이다.

왜 사물들은 한 가지 이름으로만 규정되는 거지?
왜 철공소는 철공소고 타조는 타조여야 하는 거야?
……그건
인간들이 인간만을 위해 만들어놓은 질서잖아!

—「타조와 소년」 부분

주제가 문맥으로 너무 불거져 나온 문맥이기는 하지만 "인간들이 인간만을 위해 만들어놓은 질서"는 무엇인가? 바로 상징계로 표상되는 '큰 타자'의 문화적 코드이다. 아이는 어머니의 욕망을 포기하고 아버지의 법, 질서를 따름으로써 언어활동의 상호주관적인 세계로 들어가게 된다. 그 세계 안에서 이질성은 존재할 수 없고, 인간과 사물, 자연은 전혀 소통할 수 없다. 함기석의 시들은 '큰 타자'(라캉에 있어서 '큰 타자'는 언어로 나타난다)의 욕망의 언술 안에 종속되어 있는 획일화되어 있는 이 세계를 뚫고 만물이 서로 넘나드는 소통을 꿈꾸는 욕망의 문법이다.

인용되지는 않았지만 윗 시에서 소년은 →염소 →체육관 →소화기 →타자기 →의자로, 타조는 →칠면조 →무덤 →선풍기 →당나귀 →책상 등 전혀 연관을 지을 수 없는, 혹은 끊임없이 미끌어지는(floating) 시니피앙의 연쇄체

계로 나타난다. 시의 끝 부분인 "타조와 소년이 멱살을 움켜쥐고 싸우는 사이/
장의사와 노파가 팔짱을 끼고 걸어가며 중얼거렸다/책상과 의자가 또 싸우기
시작했군!"과 같은 구절은 '사물들'이 "한 가지 이름으로만 규정되는" 상징계
의 거부를 시작 모티프로 삼고 있음을 단적으로 드러내 보여 주고 있다.
　다분히 동화적 구성을 가지고 있는 「산수시간」 역시 같은 맥락이다.

> 삼삼은 9 삼사는 12 삼오는 15
> 자 아무 생각 말고 따라해봐! 선생이 말한다
> 교실 밖으로 새끼 앵무새가 날아다닌다
> (중략)
>
> 새는 창문을 넘어 교실로 날아든다
> 금붕어 소년이 재빨리 새를 가방에 감춘다
> 선생이 소년에게 묻는다. 삼삼은 얼마지?
> 파란 하늘이다 앵무새가 대답한다
> 아이들이 까르르 웃는다
> 왜 대답을 않는 거지? 어서 말을 해봐!
> 삼삼은 금붕어가 날고 싶은 하늘이에요
> 선생이 회초리를 흔들며 다시 묻는다. 얼마라구?
> 앵무새가 큰소리로 말한다
> 삼삼은 아무것도 아니야 구도 팔도 다리도 아니야
> 삼삼은 앵무새야 당나귀야 산수선생이야

—「산수시간」 부분

　'삼삼은 9'로 표상되는 문화적 코드는 개인보다 선행해서 있고 미리 결정하
는 상징적 체계이고 언어로 인해 습득되는 규범적 법칙성의 영역이며 사회적
체계이다. "아무 생각 말고 따라해"야 하는 그 세계는 아이들에게는 감옥("제
발 우리 좀 구해 줘, 여긴 감옥 같아")이며 아이들은 그 감옥에 갇혀 있는

금붕어가 된다. 함기석은 동물(앵무새)을 매개로 그 표정 굳은 문화적 코드며 법칙을 해체시키고 갱신시킨다. "삼삼은 9"라는 단일의미는 아무것도 아닌 것으로, 다시 9→8, 8→팔(腕)로("삼삼은 아무것도 아니야 구도 팔도 다리도 아니야"), 앵무새로 당나귀로 산수선생으로, 마침내는 흰구름, 자전거로 끊임없이 이동되며그 이동은 필연적으로 대상의 변화를 끌어내면서("유리창은 모래밭이 되고/천장은 하늘이 되어 둥글게 솟아오른다"), 상징계의 영역을 추방시킨다.("선생이 귀를 틀어막으며 교실을 나가버린다"). 기존 언어의 세계를 전복시키는 언술의 문법으로 함기석이 창조한 세계가 "아이들이/하늘과 땅을 자유롭게 날아다니며 뛰어"노는 상상계의 세계라면 그것이 다분히 유희적인 상태를 띠고 있다는 점에서 긴장이 덜하다. 이와는 달리 이제 우리가 본격적으로 살펴 볼 「축구소년」은 상징계의 지배를 받고 있는 주체(소년)의 현실태가 육체 절단이라는 그로테스크한 모습을 보여 준다는 점에서 훨씬 리얼하다.

2.

「축구소년」은 소년과 소녀를 축으로 짜여진 한편의 드라마이다.

> 소년은 무엇이든 차버린다
> 소년은 책상을 찬다 책상은 발을 아파한다
> 소년은 국어책을 찬다 국어책은
> 교실 유리창을 깨고 겨드랑이에 떨어져 소년을 읽는다
> 소년은 시계를 찬다
> 시계는 손목에 떨어져 소년의 내일을 아파한다
>
> —「축구소년」 부분

소년의 '차기'는 사회적 코드 안에 있는 하나의 시니피앙이기를 거부하고 내가 주체적으로 창조하려는 상상계적 생명성의 리듬이다. 그러나 사회, 역사,

문화적 코드 안에 감금되어 어떻게 해도 '큰 타자'의 상징적 질서를 벗어날 수 없다. 인용된 구절은 그것을 극명하게 보여 준다. 국어책과 시계, 책상은 큰 타자의 상징적 질서의 세목이다. 그가 차버리는 큰 타자인 책상과 국어책과 시계는 오히려 그의 발을 아파하며, 그를 읽으며, 그의 내일을 아파한다. 큰 타자는 육체마저도 점령해 버리며 온통 둘러싸고 있는 것이다. 그 진술은 물론 표면적 진실은 아니며 은유구조이다. 우리는 그것을 "겨드랑이에 떨어져"와 "손목에 떨어져"라는 두 구절로 확인할 수 있다. 즉 소년은 책도 시계도 차버리지 않는다. 현상적으로 소년은 책을 겨드랑이에 끼고, 시계를 손목에 낀 채 책상에 앉아 있을 뿐이다. 그것은 가난을 찬다는 문맥에서도 마찬가지다. 그러나 끊임없이 미끄러지는 시니피에의 배반 가운데서도 우리는 더 이상 의미의 근원이 될 수 없고 시니피앙의 결과물이 되어 상징계의 지배를 받고 있는 인간 주체의 모습을 확인할 수는 있다. 그것은 가난의 문맥을 밑그림으로 하고 있다. 가난은 아버지의 무능과 함께 주체의 소외를 더욱 심화시킨다. 여기서 한가지 생각해 볼 것은 아버지의 문제이다. 함기석의 시에 있어 아버지는 어머니와의 나르시시즘적 2자 관계를 파괴하고 주체 안에 들어오는 제3자로서 언어와 함께 들어오는 상징계로서의 아버지는 아니다. 그것은 자본주의 체제의 문화적 코드 안에서 가난의 문맥을 더 강화시키는 존재로서의 기능을 한다. 아버지 역시 상징계의 자장 속에 들어 있는 것이다.("술병은 아빠를 아파한다 소년은 새벽마다/아빠의 늑골 사이에서 울려나오는 삽질소릴 아파한다")

소년은 울먹이며 허공으로 제 머리를 차올린다
머리는 살짝 구름에 걸려 떨어지지 않는다
구름 뒤로 흰 부리의 새떼가 날아오르고
운동장으로 수천의 깃털들이 떨어진다

눈내리는 겨울저녁
머리없는 소년이 운동장을 뛰어다닌다
목에 축구공을 붙이고 천막집으로 돌아가는
소년의 내부에 공의 내부보다 캄캄하게 휘어진
아빠의 금간 어깨뼈가 달그락 흔들린다

—「축구소년」 부분

우리는 "울먹이며 허공으로 제 머리를 차올린다"는 구절에 주목할 필요가 있다. 아이는 자본주의가 그의 육체를 조아 누르는 운동장("운동장은 한 장의 낡은 지폐, 허리가 찢겨 있다")에서 가난을 차지만, 가난은 "골대에 정면으로 맞고 나와/소년의 얼굴을 더 세게 때"린다. 오히려 상징적 아버지의, '큰 타자'의 문화적 체계 안에서 꼼짝 못하고 있는 자신의 위치성을 깨닫게 되면서 극단적인 공포를 느끼게 되고 마침내 그는 자신의 육체를 절단하기에 이른다.

육체절단의 이미지는 나르시시즘적 동일시가 약화될 때 거울단계 이전의 단계로 돌아가려는 욕망인데 그것은 곧 상징계에 의해 문화적으로 사회적으로 코드화된 깨끗하고 적절한 몸에 대한 반란이다.

그러나 소년의 내부에는 "공의 내부보다 캄캄하게 휘어진/아빠의 금간 뼈가 달그락 흔들"리고, "소녀를 닮은 3층집이 아파하며 커오른다". 3층집은 우리에게 프로이트의 ID, EGO, SUPER EGO 즉 인간 내부의 심리의 3층집을 연상시킨다. 첫 연에서 소녀는 공을 차는 소녀 앞에 서서 새를 날리는 존재로 나타나 있다. 그렇다면 소녀는 소년이 흔들림을 극복하고 정립해야 할 주체, 즉 '또 하나의 나'에 다름 아니다. 그러므로 마지막 연에서 소년의 "캄캄한 머리 속으로" 소녀가 키우는 "새떼들이 차례로 등불을 들고 걸어들어 갈 때/소년이 겨우 발가락 끝까지 환해지며 잠이" 들 수 있는 것이다.

함기석의 시들은 큰 타자가 덮어씌운 규범과 의무, 요구와 금지 등의 법칙 안에서 사회적 질서 안에 존재하게 되는 개인의 모습과, 상상계의 지배를 받고 있는 거울 이후 단계에서도 거울 이전 단계를 버리지 못하는 주체의 흔들림, 나아가 상징계의 문화적 코드에 대한 억압을 벗어나 상상계로 돌아가려는 욕망의 문법을 보여 주는 수일한 예이다.

탄탄한 구성과 특이한 개성은 그의 세계가 더욱 깊어지고 있음을 실감케 하지만 글의 서두에서 인용한 생경한 문맥들의 불거짐과 같은 것들은 지양해야 할 부분으로 보인다.

‘저만치’와 ‘城보다·살림보다 높이’ 사이의 균제미
— 「여름숲」에 나타난 장석남 자연관의 한 표정

저만치 여름숲은 무모한 키로서 반성도 없이 섰다
반성이라고는 없는 綠陰뿐이다
저만치 여름숲은 城보다도 높이, 살림보다도 높이 섰다

비바람이 휘몰아쳐오는 날이면 아무 대책 없이 짓눌리어
도망치다가,
휘갈기는 몽둥이에 등뼈를 두들겨 맞듯이 휘어졌다가 겨우,
겨우 펴고 일어난다
그토록 맞아도
그대로 일어나 있다

진물이 흐르는 햇빛과 뼈를 익히는 더위 속에서도 서 있다
그대로 거느릴 것 다 거느리고 날 죽이시오 하듯이
삶 전체로 전체를 커버한다 조금의 반성도 죄악이라는 듯이
묵묵하다
그건, 도전 以前이다

그래도 그 위에 울음이 예쁜 새를 허락한다
휘몰아치는 그 격랑 위의 작은 가지에도 새는 앉아서 운다
떠오르며 가라앉으며 아슬아슬히 앉아
여름의 노래를 부른다

새는
쫄아드는 고요 속에서도 여름숲을 운다
城보다도 높이, 살림보다도 높이
여름을 운다

— 「여름숲」 전문

1.

장석남의 「여름숲」은 드물게 보는 하나의 풍경을 제시한다. 그것은 자연에
대한 인식이다. 드물게 본다고 했지만 그것은 우리 시인들이 진작 시도했어야
할 문제가 아니었던가. 사실 많은 시인들이 자연을 매개로 한 유기체적인
상상력을 보여주고 있는 시들을 양산해내고 있고, 그것은 21세기 우리 시단의
하나의 중요한 풍경을 이루고 있지만, 정작 그 자연을 다룬 시들이 보이는
약점은 자연의 매개화 과정일 것이다. '나'와 자연은 지난한 고통의 과정이나
내적 필연도 없이 친화한다. 그것은 그들의 의도와는 달리 자연을 다시 한번
대상화시키는 것이다. 그러기에 우리는 그들의 자연관에 쉽사리 동의할 수
없고, 우리의 미학적 잣대를 들이댈 수 없는 것이다.

지금 우리에게 그리운 건 오히려 "벼락과 해일만이 길일지라도/문 열어라
꽃아/문 열어라 꽃아"(서정주, 「꽃밭의 獨白」)라고 자연의 닫힌 문 앞에서
고뇌했던, 나아가 "단신으로 측근하여/육체의 광맥(鑛脈)을 통해 십이지장까

지"(서정주, 「韓國星史略」) 별을 끌어들였던 원로시인의 목소리라는 게 아이러니이다. 그런 사투의 과정을 통해서 자연에 들어갈 수 있었기에 그의 목소리는 공허하지 않았던 것이다. 엄밀히 말해서 요즘의 자연을 노래한 시인들의 시는 서정주의 60년대보다 한 걸음도 나아가지 못한 것처럼 보인다. 자연이 그리 호락호락하게 우리에게 다가올 것인가.

실상 서구의 모더니티라는 것은 인간이 주체가 되어 자연을 대상으로 규정하는 것, 즉 인간이 자연으로부터 분리되어 자연을 인식하고 지배하는 주체로 군림하는 데서부터 출발한다. 인간과 자연을 주체와 대상으로 분리시키는 논리는 결국 인간의 자기 지배라는 자기파괴로 이어진다. 이 때 신화의 어둠을 밝히던 계몽적 이성은 도구적인 합리성의 모습으로 타락한다. 동양의 지혜 속에서 드러나는 자연의 발견이 이런 점에서 새로운 시대를 열어가는 중요한 화두가 된 것은 당연한 일이다. 그렇다고 동양의 이 정신에 고민도 없이 합류하는 것은 더 무모한 일이다. 앞에서도 언급한 바와 같이 요즘의 시인들이 다루고 있는 자연은 이미 시인 앞에 주어진, 놓여져 있는 자연이다. 그 앞에 나아가 시인들은 쉽사리 위로를 받고 삶의 초월을 노래한다. 자연은 가만히 있는데, 인간만이 소리를 질러대고 감동받는다. 중립화되지도 않은 자연이 설득력을 가질 수 없는 것은 자명한 일이다.

2.

'여름숲'으로 표상되는 장석남의 자연은 요즘 시인들이 다룬 자연들과는 다른, 움직이고 있는 '거친 자연'이다. 다른 이들의 시에서보다는 어떤 점에서 미개하고 원시적인 모습까지를 띠고 있다. 그는 여름숲의 모습을 세밀하게 관찰한다. 엄밀히 말해 이 시에는 두 개의 자연의 층위가 놓여 있다. 여름숲을 온통 "몽둥이로 휘갈기는" 비바람과 "진물이 흐르"게 하는 햇빛의 '가혹한 자연'과, 그 자연의 횡포 앞에서 버티어나가는 '학대받는 자연'. 장석남이 주목하고 있는 것은 후자이다.

우리는 여름을 서서 견디는 숲과 그 위에 앉은 한 마리의 새의 모습을 각인한다. 그러면서 1연의 "城보다도 높이, 살림보다도 높이"라는 비유에서 보이듯 이 작품은 그의 이 때까지의 작품들과는 다른, 새로운 표정을 선사한다. 우리는 이것을 그의 넓어진 시야 때문이라고 판단한다. 진정한 의미에서의 힘이란 바로 이런 것일 터이다.

이전의 그의 시들은 대부분 상당히 사적인 여운이 컸고, 언어의 매만짐에 많은 무게를 두었다. 감동적이었지만, 그것은 자체로 미흡함도 있었다고 판단된다. 필자는 이 시가 그런 그의 시적 경향에 하나의 새로운 물줄기를 내는 작품이라고 성급하게 진단해 본다. 문맥에서도 부분적으로 드러나 있지만, 이것을 촉발한 중요한 동기는 아마도 김수영과 김소월의 시적 세계관이었을 것이다. (지엽적인 이야기이지만, 이 시에서는 '반성', '일어난다'는 몇몇 명사와 동사들만이 나타나는데도 밑그림으로 김수영의 「絶望」, 「풀」 같은 작품이 저절로 떠오른다. 그러나 본질적인 것은 김수영의 현실주의적인 사고의 어떤 흐름이 그의 내면을 움직이고 있는 과정일 것이다. 또 하나, 이 시의 미학을 버팅기고 있는 것으로 우리는 김소월의 시적 세계관, 특히 「山有花」를 덧붙여야 할 것 같다. "저만치"와 "城보다도 높이, 살림보다도 높이"의 발상에서 그렇다.) 그러면서도 장석남 특유의 형상화 능력으로 자신의 세계를 들어올린다. 그것은 자연에 대한 섬세한 관찰에서 나온다.

3연까지는 여름 숲의 묘사다.

저만치 여름숲은 무모한 키로서 반성도 없이 섰다
반성이라고는 없는 綠陰뿐이다
저만치 여름숲은 城보다도 높이, 살림보다도 높이 섰다

비바람이 휘몰아쳐오는 날이면 아무 대책 없이 짓눌리어
도망치다가,
휘갈기는 몽둥이에 등뼈를 두들겨 맞듯이 휘어졌다가 겨우,
겨우 펴고 일어난다
그토록 맞아도
그대로 일어나 있다

진물이 흐르는 햇빛과 뼈를 익히는 더위 속에서도 서 있다
그대로 거느릴 것 다 거느리고 날 죽이시오 하듯이
삶 전체로 전체를 커버한다 조금의 반성도 죄악이라는 듯이
묵묵하다
그건, 도전 以前이다

　여름 숲의 무모한 키, 성장의 모습은 정말 징그러울 정도이다. 대책 없이
매달고 있는 자식새끼들처럼 잎이며 가지, "거느릴 것 다 거느리고 날 죽이시
오 하듯" 그들은 자란다. 아니다. 2연의 "도망치다가", "등뼈조차 휘어졌다
가", 겨우 펴고 일어나는 모습을 보라. "그토록" 몰아치는 자연의 핍박 앞에,
"그대로" 일어나는 또 힘없고 묵묵한 자연. 장석남은 3연에서 "삶 전체로
전체를 커버한다 조금의 반성도 쇠악이라는 듯이"라고 말한다. 그건 "도전
以前"의 모습이다. 어찌할 수 없는 자연의 내적인 생명력. 그들의 생장 의지는
자연의 가혹한 시련 이전에도 그 너머에도 있는 것이다. 자라야 한다는 생각
이전, 도전한다는 마음도 없이 미친 듯이 뿜어내는, 저절로 관류하고 있는
원시성의 녹음의 풀무가 장석남이 잡아낸 여름숲의 장면이다. 이 끈질긴 생명
의 의지가 1연의 "城보다도 높이, 살림보다도 높이"라는 구절을 낳았다. 사실
이 비유는 돌발적이면서도 맞춤한 듯 시에 끼워져 있는 단어들이라 쉽사리
해명되지 않는 말이지만, 문면적으로는 '城'이 권력 내지 힘 같은 의미의 자장
을 거느리고 있다면, '살림'은 그야말로 일상의 세사(細事)이다. 시인의 시에

순간적으로 달라붙은 이 언어의 보석들은 이 시의 정제미와 현실적인 함의를 넓히는 데 결정적으로 기여한다.

4, 5연은 여름숲에 앉은 "울음 예쁜 새"의 묘사에 시를 할애한다.

> 그래도 그 위에 울음이 예쁜 새를 허락한다
> 휘몰아치는 그 격랑 위의 작은 가지에도 새는 앉아서 운다
> 떠오르며 가라앉으며 아슬아슬히 앉아
> 여름의 노래를 부른다
>
> 새는
> 쫄아드는 고요 속에서도 여름숲을 운다
> 城보다도 높이, 살림보다도 높이
> 여름을 운다

"휘몰아치는 격랑 위의 작은 가지에" 새를 얹은 여름숲의 모습을 상상해 보라. 여름숲이 여름의 정수라면 새는 여름숲의 혼이다. 일상의 소도구로 놓인 울음은 소용이 없다. 흔들리고 있기에 "떠오르며 가라앉으며 아슬아슬히 앉아" 가파른 노래를, 여름을 우는 새이기에 그 울음이 "城보다도 높이, 살림보다도 높"은 것은 당연한 일이다.

3.

이제 지금까지의 이야기를 정리할 때가 된 것 같다.

앞에서 필자는 이 시의 균제미를 "저만치"를 "城보다 높이, 살림보다도 높이"로 연결시키는 능력에 둔다고 했지만, 기실 이 논리는 이 시를 버팅기고 있는 가중 중요한 축이다. 짓눌리고 도망치고 맞아도 '겨우' '그대로' 일어나는, "삶 전체로 전체를 커버하는" 여름숲의 모습은 김소월의 「山有花」와는

다른 하나의 미학적 공간을 만들어내고 있는 것이다. 김소월의 자연인 '山有花'가 '저만치 — 혼자서'의 고독과 정관의 거리를 축으로 만들어지고 있다면, 그 세계관이 전형적인 한국인의 한 속에 놓여져 있다면, 장석남의 자연인 '여름숲'은 '저만치 — 城보다도 높이, 살림보다도 높이'의 새로운 자연의 해석을 끌어낸다. 말하자면 '혼자서'와 '성·살림보다도 높이'의 거리가 이 두 시인의 자연관의 표정의 차이이다. 거칠게 보면 20년대의 외로운 시인의 내적 혼이 잡은 자연은 정적이고, 90년대(그는 주로 90년대에 활동했다.)의 한 젊은 시인이 잡은 자연은 다소간 동적이다. 그럼에도 외로운 한 혼인 새를 띄우고 있다는 점은 유사하다. 한 사람은 아무도 없는 공간에서 "산이 좋아 산에서 사는 새", 또 한 사람은 '격랑'과 쫄아드는 고요 속에서 "여름숲을, 여름을 우는" 새. 산과 여름숲이 놓인 공간 속에 울고 있는 새의 모습의 차이는 어느 정도일까. 문맥적으로는, 특히 시작 방식상으로는 젊은 시인이 아직 20년대 시인의 자장권을 완전히 벗어나 있지는 않은 것 같다. 그러나 우리는 아직 이 젊은 시인의 자연관이 어느 쪽으로 움직일지를 모른다. 다만 이 시의 2, 3연에 주로 나타나듯, 우리 일상의 더 거칠고 깊은 곳까지를 포괄하는 자연을 껴안을 수 있기만을 조심스럽게 바랄 뿐.

건강한 농본주의 혹은 교감의 시학
— 고재종, 「그 희고 둥근 세계」

나 힐끗 보았네
냇갈에서 목욕하는 여자들을

구름낀 달밤이었지
구름 터진 사이로
언뜻, 달이 얼굴 내민 순간
물푸레나무 잎새가
얼른, 달의 얼굴 가리는 순간

나 힐끗 보았네
그 희고 둥근 여자들의
그 희고 풍성한
모든 목숨과 新出의 고향을

내 마음의 천둥 번개 쳐서는
세상 일체를 감전시키는 순간

때마침 어디 딴세상에서인 듯한
풍덩거리는 여자들의
참을 수 없는 키득거림이여

때마침 어디 마을에선
훅, 끼치는 밤꽃향기가
밀려왔던가 말았던가

— 「그 희고 둥근 세계」 전문

고재종의 시들은 현학적인 우회나 번잡한 수사가 배제된 명징한 단순성에 도달한 아름다움의 세계를 보여 준다. 그 단순성은 시 의식의 단순함과 소박함을 말하는 것이 아니라, 농본주의적인 것의 건강성을 꾸준히 노래하고 있는 그의 눈이 자연 속에서 더 열리고 성숙하고 무르익은 데서 나온다. 그것은 그의 시가 건강한 농경문화와 인류의 원초적인 성(性)의 이미지에 맞닿아 있다는 데서도 즐겁게 확인된다. 고재종의 시적 공간인 농촌은 화자에게는 그가 직접 거주하는 곳이기도 하지만 우리들에게는 잃어버린 낙원의 심상 풍경이기도 하다. 그의 시는 운명에의 수동적 순응이나 퇴영적인 정적주의와 일정한 거리를 유지한다. 대상은 살아 움직이며, 그 움직임이 화자의 느낌에 섬세한 구체성을 부여하고 우리의 보편적인 감성의 성감대를 울린다.

시어의 상투성과 작위성, 현학성에서 멀찌감치 떨어져 있는 이러한 구도를 떠받들고 있는 것은 신성의 모습까지를 띠고 있는 자연의 풍경들과, 이를 통한 삶의 긍정이라는 요즘 시에서는 보기 드문 시적 자세가 신화의 문맥과 어울리면서 친연성을 확보하고 있기 때문이다.

나 힐끗 보았네
냇갈에서 목욕하는 여자들을

구름낀 달밤이었지
구름 터진 사이로
언뜻, 달이 얼굴 내민 순간
물푸레나무 잎새가
얼른, 달의 얼굴 가리는 순간

나 힐끗 보았네
그 희고 둥근 여자들의
그 희고 풍성한
모든 목숨과 神出의 고향을

　여체에 대한 그리움의 모티프가 강력한 감염력을 발휘하는 것은 인간과 자연이 살아 있는 역동적인 공간 속에 놓여있다는 시점에서 가능하다. 화자는 냇갈(내)에서 목욕하는 여체를 본다. 달과 물푸레나무 그리고 '나'는 여체를 중심으로 하나로 이어지는 흐름 속에 있다. 이 세 대상은 여체를 순간적으로 보거나 은폐하는 데 동참한다. 그것은 '힐끗'과 '언뜻', '얼른'이라는 살아 있는 동작 부사들로 연결되면서 속도감 있는 역동적 힘을 형성한다. 이 대상들의 표정과 움직임에 우리늘은 입가에 미소를 머금게 된다. 노출과 은폐의 이 신묘한 교감 속에서 "모든 목숨과 神出의 고향"이 되는 "희고 풍성하고 둥근" 여체의 신비를 보게 된다. 농본주의를 배아로 하고 있는 여성은 대지모신적인 양상으로 나타난다. 그 희고 풍성한 곳에서 신(神)마저도 태어나게 하는 생명력을 가지고 있다. 굳이 엘리아데를 인용하지 않더라도 고재종에게 있어 달은 여체라는 보편적 상징으로 기능한다. 그러면서도 신화적인 문맥에서 한 발짝 벗어나 있다. 달은 세계의 눈으로 기능하며 또 물푸레나무라는 자연물은 여체의 편에서 은폐의 기능을 담당한다. 우리는 이를 대지적 교감이라 부를 수 있으리라. 이 교감속 마음의 결을 그는 다른 시에서 '흥감', 혹은 '쟁쟁거린다'

(「篤信의 방」)라는 말로 표현한다. 세계의 핏줄이 보이는 이런 교감 속에서
그의 마음은 움직이고 맑게 울린다. 이는 부동의 대상이 움직임을 갖도록
일으켜 세운 하나의 힘이 있다는 믿음에서 배아된다. 함께 발표한 다른 시를
보자.

<blockquote>

씨르릉 씨르릉……거리고
또르르 뜨르르……하는 이것들이
저마다의 목청에 담고 있는
구슬을 밤내 굴려선
신새벽 푸성귀밭에
이슬알을 무척은 토하게 하시는
하느님이여

</blockquote>

— 「篤信의 방」 부분

그에게 있어 '하느님'은 특정한 대상이라기보다는 자연의 섭리쯤으로 기능
한다. 그 섭리로 인하여 모든 생명들은 '알'(이슬이 아니고 이슬알이라는 데
유념할 필요가 있다.)을 산출한다. 인간뿐만 아니라 미물에게도 생명의 풍요와
다산의 힘이 미만해 있다. 그 힘은 그러나 단단하며 투명하다. 윗 시에서 사용
된 '무척은', '이렇게는' 등에 나타나는 '은(는)'이라는 조사를 보라. 한정조사
'은(는)'은 일반적으로 화제(Topic)와 대조(구별한정), 강조적인 첨의 기능을
갖고 있는데 여기서는 둘째와 셋째 뉘앙스와 함께, '도'에서 나타나는 영탄이
나 풀어짐을 절제하려는 화자의 결단이나 투명한 의지가 그 속에 함의되어
있는 것이다. 이럴 때 우리는 엘리어트가 말한 "자잘한 동사나 형용사 하나의
차이에서 우주의 차이를 느낀다"는 말의 뜻을 조금은 알 수 있을 것이다.
  다시 논의 시로 돌아가기로 한다.

  내 마음의 천둥 번개 쳐서는

세상 일체를 감전시키는 순간

때마침 어디 딴세상에서인 듯한
풍덩거리는 여자들의
참을 수 없는 키득거림이여

때마침 어디 마을에선
혹, 끼치는 밤꽃향기가
밀려왔던가 말았던가

　여체의 신비와 성욕이 반쯤씩 버무려진 고양된 순간에 화자는 감전된다. 그 감정의 증폭의 순간은 내 속에 세계가 모두가 들어와 있다고 혹은 세계의 중심에 내가 들어 와 있다고 느끼는 순간이다. 이 순간은 그러나 핏줄이 곤두서는 욕망으로 인하여 세계와의 화해가 깨어지는 집중과 긴장의 순간이기도 하다. 이 무거운 시간이 "풍덩거리는 여자들의/키득거림"이라는 가볍고도 유희적인 세계로 인하여 일시에 무화된다. 여체의 성과 밤꽃 향기의 남성이 자연스럽게 결합하는 순간의 무늬를 고재종은 "밀려왔던가 말았던가"라는 적절한 거리에서 육화시키고 있다. 그럴 때야 비로소 달과 물푸레나무와 여체, 그리고 밤꽃향기가 모두 분별이 없이 서로 얼리며 세계를 구성하는 인자로 기능하며, 화자는 비로소 세계 속의 질서의 한 부분으로 존재하는 것이다.

　고재종의 시는 자연과 인간의 교감을 살아 움직이는 대상들로 구축한다. 그의 시에서 우리는 농경 문화적인 것이 얼마나 우리 내부를 감싸고 있는지, 개인의 정서적 체험을 간섭하고 있는지를 깨닫게 한다. 급격한 사회 변화 속에서 잃어버린 낙원에 대한 믿음은 그의 시에서 여성의 몸으로, 관능과 그리움의 신화로 개개인의 무의식의 촉수를 건드리며 우리들에게 자기 동일성을 일깨워 준다. 자연의 세목은 그 자체가 가진 상징의 외연을 넘어선다. 마치

두보가 하나의 넓은 호수에 불과한 동정호에서 "하늘과 땅 아침과 밤이 뜨고 가라앉는 乾坤日夜浮"(杜甫,「登岳陽樓」) 경이를 발견하였듯이.

　단단한 언어의 균제성으로 포착된 이 농촌의 풍경은 가난마저도 초월한다. 그런 점에서 그의 시는 시간의 풍화작용을 이겨내면서 싱싱함과 푸르름을 유지한다. 나는 그의 시를 성공적인 농경문화 지향의 원형을 보여 주는 시라고 평가하고 싶다. 개성적인 시적 상상을 통한 호소력과 감각적인 생동성의 바탕에 적절한 정도의 유희는 그의 시가 무르익었음을 즐겁게 확인하게 한다.

실직의 심리적 차원

— 김기택, 「화석」

그는 언제나 그 책상 그 의자에 붙어 있다
등을 잔뜩 구부리고 얼굴을 책상에 박고 있다
책상 위엔 서류들이 어지럽게 널려 있다
두 손은 헤엄치듯 서류 사이를 돌아다닌다
하루 종일 쓰고 정리하고 계산기를 두드린다
전화벨이 울릴 때마다 거북등 같온 옆구리에서
천천히 손 하나가 나와 수화기를 잡는다
이어 억양과 악센트를 죽인 목소리가 나온다
수화기를 놓은 손이 다시 거북등 속으로 들어간다

때때로 그의 굽은 등만큼 배가 나온 상사가 온다
지나가다 멈춰서서 갸웃거리며 무언가 묻는다
등에서 작은 목 하나가 올라와 고개를 가로젓는다
갑자기 배 나온 상사의 목소리가 커진다
목은 얼른 등 속으로 들어가 나올 줄 모르고
굽어진 등만 더 굽어져 연신 굽신거린다

―거북아 거북아 어서 나오너라
―나오지 않으면 구워서 먹으리
모래밭에서 한참 거북등을 굴려보다 싫증난 맹수처럼
배 나온 상사는 뒤돌아 어슬렁거리며 제 정글로 돌아간다

겨울이 지나고 창 안 가득 햇살이 들이치는 봄날
한 젊은이가 사무실에 나타난다 구두 소리 힘차다
그의 옆으로 와 멈추더니 자리를 내놓으라고 한다
그는 기척이 없다 그 자리에 꼼짝 않고 붙어 있다
젊은이가 더 크게 소리치며 굽은 등을 툭툭 친다
먼지가 일어나고 등이 조금 부서진다
젊은이는 세게 그의 몸을 흔들어댄다
조그만 목이 흔들리다가 먼저 바닥에 굴러떨어진다
이어 어깨 한 쪽이 온통 부서져내린다 사람들이 몰려온다
거북 등처럼 쩍쩍 갈라져버린 그의 몸을 들어낸다
재빠르게 바닥을 쓸고 걸레질을 하고 새 의자를 갖다 놓는다

― 「화석」 전문

1.

김기택의 「화석」은 한 샐러리맨의 파면(혹은 파면에 대한 심리적 공포)을 다루고 있다. 시인은 익명의 한 사람의 등장인물과 그의 사무실이라는 배경을 재료로 해서 줄거리와 사건을 독자들에게 상상 속에서 재구성해볼 것을 권유한다. 상상해보기에 따라서 우리는 극적인 디테일을 보충해 넣을 수도 있겠으나 그것은 근본적으로 한 개인의 파면이나 실직의 심리적 경험의 맥락에서 크게 멀리 떨어져 있는 것 같이 보이지는 않는다. 그런 점에서 이 시는 일견 단순하게 보인다. 그런 감정은 '―ㄴ다'라는 현재형의 어사가 거의

행의 종결어미로 되어 있는 문장 구성으로 더해질 수 있는 소지를 가진다. 그러면서도 이 시가 그런 무표정으로 떨어지지 않는 것은 범상한 현실적(혹은 심리적) 경험에 뚜렷한 형태를 부여함으로써 비근한 순간의 심리적 결을 매우 뚜렷하게 제시하고 있다는 점에 있다. 이 견고한 단순성 속에 소홀치 않는 이 시의 銳氣가 담겨 있다.

우리는 앞에서 이 시가 심리적 경험의 한 순간을 잡은 것이라는 말을 했다. 그런데도 이 시에서 개인의 행위며 동작은 온전히 물질적인 이미지로 전락되어 있다. '그'의 손은 "헤엄치듯" 서류 사이를 돌아다니며, "전화벨이 울릴 때마다 거북등 같은 옆구리에서/천천히 손 하나가 나와 수화기를 잡는다/이어 억양과 악센트를 죽인 목소리가 나온다". 위의 시행 속에서 우리는 손이며 목소리가 그의 의지와는 물론 그의 신체와도 도무지 연결되어 있지 않고 따로 논다는 것을 확인한다. "손 하나가 나와"에서 '하나'라는 말은 그 지체가 어디에 붙어 있는지 붙어 있다면 누구에게 붙어 있는지를 암시해주지도 않는다. 아무 목적 없이 어디서 많은 손 중의 하나가 그냥 따분하게(?) 나온 것이다. 마찬가지로 "목소리가 나온다"라는 구절은 마음(의지)에서 분리된 행위를 단적으로 드러낸 준다. 김기택의 시에서 몸의 지체는 육체로부터, 마음의 행위는 마음으로부터 소외되어 있다. 이니 그것은 지극히 물질적인 차원으로 치환되어 있다. 김기택의 시에서 개인의 삶을 대변하는 기초동작은 물질적이다. 그의 시는 마음과 육체, 내면세계와 외부현실이라는 인위적인 양분법을 허용하지 않으며 오히려 후자가 전자를 포섭하는 것으로 나타난다. 마음마저도 육체의 한 부분이다. '육체의 현상학' 혹은 '물질적 현상학'이라 부를 수 있는 이 방법적 전략은 누구도 침범할 수 없는 김기택 시의 사유재산이다.

시인의 상상력의 방법적 전략은 이미지가 표상하는 대상의 감각적 성질을 확대하는 것으로 나타난다. 2연에서 그것은 "그의 굽은 등만큼 배가 나온 상사"와의 대화 내용을 통해 회화화된다. 그 과장성으로 인해 대상의 비객관화가 시작된다. 그것은 고대가요인 「구지가」의 삽입으로 아연 극적인 진실성과 페이소스를 부축받는다. 다분히 카프카적인 그 과장은 오히려 그의 시의 리얼리즘에 기여한다. "배가 나온 상사의" 커진 목소리에 "얼른 등으로 들어가 나올 줄 모르"는 그의 목은 거북이 자체가 되고, 상사의 심리적 어법은 효과적으로 「구지가」의 목소리로 대치된다. 마지 못해 "어슬렁거리며 제 정글로 돌아"가는 상사의 행위는 또한 그대로 "모래밭에 한참 거북등을 굴려보다 싫증난 맹수"의 그것으로 된다. 대상의 감각적 성질을 확대함으로써 독자들은 자신도 모르게 시인의 의도성의 축의 방향으로 이끌려가게 되는 것이다. 그러나 아직 2연에서는 그 대상이 과도하게 변형되거나 변질되지는 않으며, 더욱이 이미지의 범주가 의미범주의 변화로까지 넘어서서 이루어지지는 않는다.

그러던 것이 3연에 이르면 대상의 변형은 물론 의미범주로까지 확대되는 상상력에 독자들은 아연 긴장감(생소함이라는 말이 더 적절하리라.)을 느낀다. 구두소리도 요란하게 '그'를 대신할 신입사원이 들어와 "자리를 내놓으라고" 소리친다. (물론 그것은 심리적 무늬이다.) 그가 꼼짝이 없자 마침내 그의 "굽은 등을 툭툭 친다." 그러자 그의 살은 먼지가 되어 떨어지고, 형태만 남아 있는 목마저 바닥에 굴러떨어지고, 마침내 그의 동료들은 "거북등처럼 쩍쩍 갈라져버린 그의 몸을 들어"내며, "재빠르게 바닥을 쓸고 걸레질을 하고 새 의자를 갖다 놓는다." (물론 그것도 심리적 무늬이다.) 그의 몸은 화석이 되어 있는 것이다. 얼마나 철저한 리얼리즘인가. 재로 되어 폭삭 내려앉은 신부의 이야기는 미당의 시를 통해 본 적이 있지만 사무실에 앉아 있는 육체가 먼지로 내려앉는 현대성의 그림은 잘 보지 못했다. 그의 육체로부터 소외된 지체들(1, 2연)의 장면에서 더 나아가 육체 자체가 물질(화석)이 되어버리는 그야말로 끔찍한 리얼리티를 우리는 목도하고 있는 것이다.

2.

　김기택의 「화석」은 실직의 경험에 노출되어 있는 한 무명의 개인을 잡아 냈지만 엄밀히 말하면 그것은 개인적인 차원에 머물지 않는다. 타자로부터는 물론 자기 상실과 자신으로부터의 소외가 불가피하게 수반되는 파편화된 생활 세계의 기본구조의 결을 감지하고 있다는 점에서 김기택의 이 작품은 사회적 차원으로까지 진입해 간다. 그것은 어쩌면 누구나가 겪게 되는 실직에 대한 악몽과 불안에 대한 무늬이다. 아울러 그것은 이 사회의 지배적인 담론과 분위기가 개인을 누르고 있는 실체 있는 불안이요 공포이다. 이런 억압 속에 떨고 있는 마음의 무늬를 김기택은 우리에게 슬로우비디오처럼 제시하고 있는 것이다. 그의 시는 직관으로 이루어져 있다. 그 직관의 결은 사물(혹은 사람)의 현상들을 선험적으로 인식하여 상상력의 무늬를 우리에게 각인해 준다. 그 상상력의 무늬는 그러나 상상력의 직물만을 우리에게 펼쳐 보여주지 않는다. 그 상상력은 생활세계의 진실 쪽으로 그 출구를 대고 있다, 그 밑그림은 다시 말하거니와 소비사회의 비정함이며 그 속에서 겪고 있는 자아와 타자로부터의 이중의 소외와 불안, 슬픔 같은 것이다.

　김기택의 시는 사적 감정의 가벼운 나열이나 배타적 조직이 점점 서정시의 전문 영역으로 되어가고 있는 한국 시단에 하나의 새로운 시도로 보인다. 독자들은 온갖 욕망으로 출렁대던 육체가 화석으로 굳어버린 그의 시의 폐허 속에서 자기발견의 슬픔과 함께 표피적 현실성의 그물을 빠져나가는 상상력의 영역 한 가운데 서 있는 즐거움을 아울러 누리게 될 것이다.

태풍, 그 역동적 리듬의 우주 체험
— 이준관, 「여름의 나뭇잎으로 파도쳤으면……」

항시 내가 올려보는 하늘이
여름의 나뭇잎으로 파도쳤으면 좋겠다.
여름의 나뭇잎들이 밟고 오는
뭉게뭉게 피어오르는 뭉게구름의
음악이었으면 좋겠다.
소나기가 들판으로 몰고가는 엉겅퀴꽃 군락.
사랑하는 여자의 애칭을 지닌
마악 남태평양을 출발한 태풍과의 격렬한 포옹.
아아, 내 귀에 펄럭이는 푸른 해도 한 장.
새떼들은 구름가로 날아가고
이제 내가 날아갈 차례인가 보다.
나뭇잎들이 나를 구름 위로 밀어 올린다.
푸른 번갯불이 내 몸을 훑고 지나간다.
성큼성큼 푸른 지구의 발자국을 찍으며
걸어오는 태양.
나는, 여름내 아름다운 풍경을 짚고 다닐

손가락을 하나씩 넘겨본다.

— 「여름의 나뭇잎으로 파도쳤으면……」 전문

1.

이준관의 시에서 인간과 자연은 풀물처럼, 발효되는 포도주처럼 섞여 있다. 어렵지 않게 인간의 자아가 자연 쪽으로 가기도 하고 자연이 인간에게 그렇게 하기도 한다. "내가 방안에 있다고 하는 것은 동시에 방이 나의 일부임을 의미한다"는 화이트 헤드의 진술처럼 그의 시에서 관찰 대상과 관찰 주체, 자연과 인간 정신을 분리하는 것은 불가능하다. 가령 이준관이 이번에 『녹색평론』에 발표한 한편의 시에서 "발끝에 피어나는 양지꽃을 보고, 아들이/저것은 내 자그만 밥그릇이야,"(「둑 위의 식사」) 하고 말했을 때 그것은 단순한 기교의 차원으로 보이지 않는다. 양지에 피어나는 꽃은 이내 소년에게 가족과 같이 친근한 식기로 치환되면서 꽃과 소년 사이의 거리는 무화된다. 이 때 생물(꽃)과 무생물(그릇)의 차이는 전혀 문제되지 않는다. "새들은/강낭콩 같은 머리에/물을 적셨지."라는 싯구에서는 동물(새)과 식물(강낭콩)뿐만 아니라 하늘과 물 사이도 쉽게 넘나들며, 심지어

> 걸어가고 싶어하는 둑길의 나무들에게
> 내 푸른 발가락을
> 다 주어도 좋았지

라는 구절에 이르면 우리들 발가락에 푸른 기운이 막 돋아나면서 우리와 나무의 경계는 완전히 소멸되고 마는 것이다. 이준관의 시에서 사물들은 움직인다. 단순히 움직이는 정도가 아니라 인간과 한 식구가 되어 같은 일에 참여한다. 그러기에 둑 위의 "풀과 나무들도 둘러앉아/식사를" 하고, 이들에게 태양은

둥근 식탁을 마련할 수 있는 것이다. 낭만주의의 중심개념인 '상상력'이라는 것 자체가 기계론적 유물주의의 생명 없는 차가운 세계를 활동적인 우주로 전환시키는 인간 고유의 능력을 가리키는 것일진대 이준관의 상상력은 가장 건강한 의미에서 낭만적이며 그는 생래의 낭만주의자라 할 만하다.

2.

인간과 자연의 세목들이 모두가 우주 생명의 탯줄로서 하나로 이어져 있다는 이준관 시의 밑그림을 따라가다 보면 우리는 「여름의 나뭇잎으로 파도쳤으면……」이라는 시를 만난다. 형식적인 면에서 혹은 작품의 완성도에 있어서는 앞의 시보다 나을 것이 없어 보이는 이 시는 힘의 원천으로서의 자연에 대한 정열로 우리의 가슴을 펄떡거리게 한다. 우선 전문을 인용한다.

항시 내가 올려보는 하늘이
여름의 나뭇잎으로 파도쳤으면 좋겠다.
여름의 나뭇잎들이 밟고 오는
뭉게뭉게 피어오르는 뭉게구름의
음악이었으면 좋겠다.
소나기가 들판으로 몰고가는 엉겅퀴꽃 군락.
사랑하는 여자의 애칭을 지닌
마악 남태평양을 출발한 태풍과의 격렬한 포옹.
아아, 내 귀에 펄럭이는 푸른 해도 한 장.
새떼들은 구름가로 날아가고
이제 내가 날아갈 차례인가 보다.
나뭇잎들이 나를 구름 위로 밀어 올린다.
푸른 번갯불이 내 몸을 훑고 지나간다.
성큼성큼 푸른 지구의 발자국을 찍으며

걸어오는 태양.
나는, 여름내 아름다운 풍경을 짚고 다닐
손가락을 하나씩 넘겨본다.

—「여름의 나뭇잎으로 파도쳤으면……」 전문

이 시는 태풍의 기운을 축으로 활달하고 역동적인 다이나미즘의 상상력으로 구성되어 있다. 그러나 태풍의 현상에 대한 것은 아니다. 자연주의자들이 대개 자연의 위력에 무력한 인간의 모습이나, 섭리에 놀라는 정도의 모습을 보여 줄 때 그는 태풍의 기미를 잡아낸다. 생명의 원초적 에너지로서의 태풍, 그 생명의 동적 리듬을 그의 체내에 싣는 것. 그것이 이준관이 이 시에서 파악한 시적 의도성의 축이다.

시는 전체적으로 1행부터 5행까지의 현실, 6행부터 15행까지의 상상, 다시 16행부터 17행까지의 현실이라는 구조로 짜여져 있지만 우리는 의도적으로 그것을 구분할 필요도 없고 실제로 태풍의 추이와 함께 현실/상상은 분리될 수 없을 정도로 얽혀져 있기도 하다.

시의 템포 역시 자연의 리듬과 일치하면서 진행된다. 유연하게 시작한 시적 어조는 태풍의 기미와 함께 그 리듬과 힘이 증폭된다. 그는 나뭇잎이 펼쳐진 태풍 전의 하늘을 올려다본다. 그러면서 "내가 올려보는 하늘이/여름의 나뭇잎으로 파도쳤으면 좋겠다."고, "여름의 나뭇잎들이 밟고 오는/뭉게뭉게 피어 오르는 뭉게구름의/음악이었으면 좋겠다."고 적는다(1행—5행). 그러나 다소 간의 유연하고 느긋한 그 상태는 태풍의 기미와 그에 따른 상상력의 전적인 참여로 단연 동적인 가치를 화육(化肉)받게 된다. 그것은 명사형으로 끝나는 문장(6,8,9,15행), 'ㅇ'음의 빈번한 사용에 의하여 효과적으로 달성된다.

태풍의 힘에 그의 몸이 감응하는 6행부터 15행까지의 문장은 자연의 숨결이 자아와 하나의 리듬으로 흘러 넘치는 역동적인 드라마로 우리의 혈관을 상쾌하게 출렁거리게 한다.

소나기가 내려치고 바람에 엉겅퀴꽃 군락들이 허리를 드러내며 밀릴 때(6행), 그는 이미 사랑하는 여자의 몸을 안듯이 격렬하게 태풍의 기운을 끌어안는다(7—8행). 사랑의 터질듯한 힘!으로 동반하는 천둥 소리는 "내 귀에 펄럭이는 푸른 해도 한 장"까지를 소유케 한다(9행). 새떼들이 그 힘에 합류하며 구름가로 날아갈 때(10행), 그의 몸은 날아가는 예감으로 설레고(11행), 마침내 소용돌이치는 나뭇잎의 힘으로 밀어올려져 푸른 번갯불과 푸른 지구, 태양의 발자국을 그의 몸에 찍는다(12—15행). 다시 현실로 돌아 온 그는 이러한 예감으로 떠돌며 아름다운 풍경을 짚으며 다닐 손가락을 넘겨가며 세어 본다.

이 시는 물리적으로 보이는 것만을 서술하려는 '눈의 독재'로부터 떠나 있다는 점에서 우리의 눈길을 끈다. 그것은 상상력의 참여로 이루어진다. 역동적인 상상력의 자장으로 우리 몸은 태풍의 중심 기운 속으로 가볍게 뜬다. 일반적으로 알려져 있듯이 상상력이 이성을 부인하는 것으로 보아서는 안된다. 상상력은 이성의 기초 위에서 성립된다는 점에서 직관적 혹은 시적 능력에 가깝고 어떤 점에서는 가장 밝은 합리적 사고를 가리키는 것이다. 이를 위해 우리는 워즈워어드가 '가장 고양된 기분 속에서의 이성'이 바로 상상력이라고 하던 말을 기억할 필요가 있다.

3.

그렇다면 그의 이러한 상상력으로 파악한 자연은 왜 문제적이란 말인가. 결론부터 말하자면 이준관이 잡은 자연은 사랑의 욕구대상으로서의 자연이며, 나태와 무기력에 잠들어 있는 인간 정신을 깨어나게 하고 재충전시키는 힘으로써의 대응물이다. 그의 시에서 나타나는 자연이 더 이상 자신의 자리에 붙박힌 부동의 대상이 아니라는 것은 이런 점에서 의미심장하다. 그의 자연시를 단순히 자연에 대한 경사만을 보여 주고 있다거나 현실도피적인 꿈의 추구의 성격까지를 띠고 있는 것으로 규정하는 것은 성급한 속단이다. 중요한 것은 삶을 절실하게 느낄 수 있는 능력과 인간적 삶에 대한 지향의 크기, 그리고 현실을 타개하려는 정열의 심도이다.

오늘날 우리 인간이 인격적 주체로서가 아니라 단순한 하나의 물건 또는 도구로서 규정된다고 할 때 이는 우리 사회 자체의 맹점이라기보다는 그것을 움직이는 원리인 거대한 체제 메커니즘에서 기인된다. 그의 시에서 자연은 인간과 사랑의 터질 듯한 힘으로 묶여져 있는 모습을 보여 주면서, 굳어져 가는 일상의 나른한 자아와 사회까지를 길항하는 갱신의 에너지로 기능하고 있는 것이다. 이러한 그의 시작 방식은 자연과 인간 정신 사이의 균형된 일치의 좋은 본보기라 할 만하다.

이준관이「여름의 나뭇잎으로 파도쳤으면……」에서 보여 준 "남태평양을 출발한 태풍" 속에 내재된 격렬한 힘과의 조우는 안온하고 편안한 그의 자연시의 정서가 이제 새로운 길로 접어 들게 되었음을 즐겁게 예감케 한다.

내면 투사로서의 琉璃

— 이기철, 「내 안의 琉璃 2」

예고 없이 달려와 가슴 속에 집을 짓는 비애들아
우수가 타고 온 낡은 수레 앞에
나는 땀밴 홑옷을 벗어던진다

고뇌가 익어 마침내 메밀꽃으로 피어날 때까지
나는 번뇌의 텃밭에 메밀씨를 심는다

못가본 평원 끝으로 해가 질 때
나는 댕기꽃과 상수리나무의 아름다움을 노래하면서 왔다

햇볕에 밟혀도 초록은 아파하지 않는다
나 없어도 혼자 출렁일 대서양
아무도 그에게 겸양을 가르칠 수 없다

누가 넉넉히 제 지나온 날들을 소년으로 돌이킬 수 있는가
스스로를 걸러내지 않고는 아무도 유리의 투명에 이를 수 없다

이슬의 눈으로 들여다보면
고통의 단단한 뼈, 증류수 같은 맑은 유리의 마음이 보인다

깨어진 분신으로 흩어질지언정
진흙으로 스스로를 은폐하지 않는 유리

나는 유리를 꿈꾼다
조각나면 파편으로 서서 푸른 칼날이 되는
유리의 마음을

—「내 안의 琉璃 2」 전문

1.

　이기철의 '琉璃 연작'을 읽는다. 필자가 읽은 유리를 재제로 한 이기철의
시는 열편이다. 이 연작들은 내적 체험의 깊이를 묘사적 시 언어의 감각성과
정제된 어법으로 보여주고 있다는 사실 하나만으로도 이미 새로운 반열에
들 만하다고 생각한다.

　'유리'는 이기철의 시와 삶이 찾아낸 새로운 화두라고 할 수 있다. 유리
연작은 세상사의 먼지와 남루로부터의 초월을 지향하는 정신주의자, 구도자로
서의 자세를 보여주고 있다는 점에서 이기철이 지속적으로 추구하고 있는
세계, 특히 『지상에서 부르고 싶은 노래』와 『열하를 향하여』의 연장선상에
놓여 있지만, 하나의 소재를 감각의 깊이와 사색의 산물인 정제된 언어의
보석으로 밀도 있고 유연하게 보여주고 있다는 점에서 이채를 띤다. 무엇보다
이기철이 추구하는 초월이 현실을 배제하지 않음으로써 달성되는 세계라는
데 이번 연작은 의미를 띤다. 그것은 「琉璃의 나날」, 「마음의 琉璃」, 「琉璃

의 길」, 「琉璃, 세월」, 「투명의 琉璃」, 「내 안의 琉璃」, 「물의 琉璃」와
같은 제목에서도 이미 확인된다.

유리는 "오랜 사색의 흰 길"(「琉璃의 나날 4」)이 가 닿은, 먼지의 길에서
때묻고 남루해지는 인간의 삶 너머에 있는 세계이다. "이슬의 눈으로 보"(「내
안의 琉璃 2」)여질 수 있는 그 세계는 고통을 스스로 단련하여 "많은 불행들
이 펄럭이며 날개 치다가/마침내 내 안에서 보료처럼 따뜻해질" 때 "생애의
옷을 벗고" "맞을"(「琉璃의 나날」) 수 있는 세계이다.

유리는 사적(史的)인 맥락까지 가지고 있다. 유리를 향한 화자의 자기 탐색
은 역사 속의 인물로 촉수를 뻗친다. 그는 원측과 원효, 의상, 의천과 같은
역사 속의 인물 속에서 "유리에 닿기 위해 생을 노 저어 간"(「마음의 琉璃」),
"수정의 마음으로 반야의 길 열어 놓고 별빛 속에" 누운(「琉璃, 세월」) 유리의
실체를 발견하며, 이들이 정결한 정신으로 이룩한 세월을 "성(聖) 세월"(「琉
璃, 세월」)이라고 말한다. 이는 이기철의 작업이 주관화에 빠지는 것을 막아주
는 힘이기도 하다.

유리의 표상은 자연이며 자연화된 인간이다. 그래서 이기철은 "수억 광년
먼지의 길을 뚫고 와도/때묻지 않는" 햇빛(「琉璃의 나날」) 속에서 유리의
마음을 발견하며, "군거보다 차라리 외로운 흔들림을 택한", "이슬의 투명으
로 몸을 적시는" 나무들이 "먼저 유리에 닿을 것이"(「투명의 琉璃」)라고 말한
다. 바람과 산, 강, 나무, 바위(「琉璃의 나날1」)는 유리의 피붙이라 할 만하다.
유리는 "먼지 세상에서도 햇볕에 놀란 5월이/제 옷섶에서 가락지꽃 한 송이
밀어올리는 것 보면/경건해"(「마음의 琉璃」)지는 마음에서 촉발된다. 자연화
된 인간의 모습은 가식과 욕망을 벗어버리는, "세사에 표연"(「琉璃의 나날1」)
한 인간이다. 그러나 "슬픔 하나만은 홑옷의 몸속에/엽록으로 지닌다"(「琉璃
의 길」)는 구절에 적절히 육화되어 있듯이, 우리는 초월이 지상의 슬픔을 자양
으로 내장하고 있다는 혹은 "고통을 식탁에 초대"(「琉璃의 나날」)한 결과로

익어간다는 이기철 시학의 현실성을 직시할 수 있다. 이기철이 예거한 역사 속의 인물들이 자연과의 거리가 무화된 자연화된 인간인 것도 이러한 맥락에서 파악될 수 있다.

2.

이 명징성에의 탐구는 자기 고백의 매개체로서의 의미를 갖는다. 그는 "유리에 닿는 길"이 "세상의 먼지 위에 명징의 집 한 채 올려놓는 일"(「琉璃의 나날2」)이며, 심지어 그 길이 "나의 종교"이고 "그 수정의 문간에 닿기 위해/ 오랜 사색의 흰 길을 걸어왔다" (「琉璃의 나날 4」)라고 말한다.

그러나 유리는 고정된 실체로 존재하지 않는다. 이기철은 유리라는 대상을 놓고 정적 구도 속에 그에 대한 주제의식을 끌어내는 외부의 시선을 유지하지 않는다. 유리는 질료와 속성, 정신의 세계를 넘나드는 유연한 외연과 내포를 함의한다.

그것은 "이슬처럼 제 육신을 스스로 부수고 다시 완성"(「마음의 琉璃」)하고, "스스로 맑아질 줄"(「琉璃의 길」) 아는 적극적인 의지를 수반하는 정신의 세계이며, "깨어져도 진흙으로 스스로를 은폐하지 않는"(「내 안의 琉璃 2」) 세상에 영합하지 않는 자아에 대한 현상으로서 존재한다. "제 속의 물도 불도 제 속의 살과 피도/감추지 않는"(「투명의 琉璃」) 안과 밖이 구별이 없이 넘나드는 정신의 모습이면서 "조각 나면 파편으로 서서 서슬 푸른 칼날이 되는" (「내 안의 琉璃 2」) 매운 지조와 기개의 현화이다. 동시에 그것은 세상에 없는 길을 찾아나서며 "깨어져서도/세월의 심장 노리는"(「琉璃의 나날」), 심연을 두려워하지 않는 자아의 길의 표상이기도 하다. 그러나 그 단단함, 엄격함의 경계는 "흘러서 세상의 혼탁을 씻"는, "지상의 고매함이 낮은 데도 있음을 가르치는"(「물의 琉璃 2」) 정화와 부드러움, 낮음으로 표상되는 물의 세계

로 허물어지며, 또 "스스로는 아무것도 지닌 것 없"(「琉璃의 나날」)으면서
"투사하는 모든 것 닮아 빛"(「물의 琉璃 2」)나게 하는 넉넉함과 자애로움,
소통과 스밈의 명징한 육체를 열어보일 정도로 풍요롭다. 특히 우리가 대상
시로 삼은 「내 안의 琉璃 2」의

> 고뇌가 익어 마침내 메밀꽃으로 피어날 때까지
> 나는 번뇌의 텃밭에 메밀씨를 심는다
>
> 못가본 평원 끝으로 해가 질 때
> 나는 댕기꽃과 상수리나무의 아름다움을 노래하면서 왔다
>
> 햇볕에 밟혀도 초록은 아파하지 않는다
> 나 없어도 혼자서 출렁일 대서양
>
> 이슬의 눈으로 들여다보면
> 고통의 단단한 뼈, 증류수같이 맑은 유리의 마음이 보인다

와 같은 구절에서 유리는 '메밀꽃', '댕기꽃과 상수리나무', '초록', '대서양',
'이슬'이라는 생명체로 살아서 움직인다. 이기철의 시적 수사 속에 잡힌 유리
는 원래의 질료를 잃지 않으면서도 역동적인 생명의 모습으로 교감된다. 여
기서 인공의 무생명체인 유리는 생장의지를 가진 살아 있는 자연으로 현화되
는 것이다. 여기서 자연은 소유와 욕망, 인위의 저편에 있는 스스로 움직이는
생명으로 존재한다. 유리를 현실적 삶의 초월의지의 발현으로 볼 수 있는
이유가 여기에 있다. 그러나 한가지 분명한 것은 "스스로를 걸러내지 않고는
아무도 유리의 투명에 이를 수 없다"는 사실이다. 예를 들어 시적 화자는
"제 속에 아무것도 감춘 것 없는 유리 앞에서/감출 것이 많은 나"가 두렵다(「
투명의 琉璃」)는 반성을 계속한다. 우리가 이기철의 유리 연작을 자아의 완

성태를 향한 자기 고백의 시로 읽는 이유가 거기에 있다. 그것은 "못가본 평원 끝"의 "댕기꽃과 상수리나무의 아름다움", 혹은 "나 (죽고) 없어도 혼자서 출렁일 대서양"이라는 미지와 영원의 세계를 끌어당기는 것이기도 하며, "제 지나온 날들을 소년으로" 돌이키는 과거 회귀적인 것이기도 하다. 즉 그의 유리 연작은 과거와 현재, 그리고 미래로 이어지는 지속에의 의지를 통해 자아의 정체성을 확보하고 끊임없이 자아를 완성시켜 가려는 열망의 산물이다.

이기철의 유리 연작은 특정한 소재를 대상으로 다루는 대부분의 작품들이 대상을 정적 구도 속에 포착하여 주제론적인 측면에서 형이상학적인 접근을 시도하는 일종의 사물시의 형상을 띠고 있는데 반하여 다양한 육체로 생기를 획득하면서 내적 체험의 진폭과 깊이를 더한다.

이 때 "시란 삶에 활력을 부여하고 비전을 제시하여 삶의 윤기를 더하는 것"이라거나 '나의 시'는 "생을 긍정하여 구가하고 내일에의 소망을 잔잔하게 일깨워주는 데 집중"(『현대시』 1996년 4월, 190, 192면)된다는 그의 언술은 의미를 띠게 되는 것이다. 풍요와 속도가 전지구적으로 넘치는 시대에 "뼛속까지 명징한/핏줄까지 명징한 유리의 날"(「琉璃의 나날」)을 택한 시인의 선택과 결단을 우리는 고루하다는 말로 쉽게 재단해버릴 수는 없을 것이다.

환상적인, 되돌아가야 할 '별'의 자리

— 이상국, 「어느 농사꾼의 별에서」

감자를 묻고나서
삽등으로 구덩이를 다지면
뒷산이 꽝꽝 울리던 별

겨울은 해마다 텃밭 닥나무 글거리에 몸을 다치며
짐승처럼 와서는
헛간이나 덕석가리 밑에 자리를 잡았는데
川防둑 너머에서 개울은
물고기들 다친다고 두터운 얼음 옷을 꺼내 입고는
달빛 아래 먼 길을 떠나고는 했다

어떤 날은 잠이 안 와
입김으로 봉창 유리를 닦고 내다보면
별의 가장자리에 매달려 봄을 기다리던 마을의 어른들이
별똥이 되어 더 따뜻한 별로 날아가는 게 보였다

하늘에서는 다른 별들도 반짝였지만
우리별처럼 부지런한 별은 없었다

그래도 소한만 지나면 벌써 거름지게 세워놓고
아버지는 별이 빨리 일어나지 않는다며
가래를 돋구어 대고는 했는데

그런 날 새벽 여물 끓이는 아랫목에서
지게 작대기처럼 빳빳한 자지를 주물럭거리다 나가보면
마당에 눈이 가득했다

나는 그 별에서 소년으로 살았다

— 「어느 농사꾼의 별에서」 전문

이상국의 시들을 읽기 위해 그의 시집들을 다시 한번 독서할 기회를 가졌다. 그러면서 왜 '별'이라는 소재가 반복되어 나타나는가를 고민하게 되었다. '별'은 그의 시에서 소재 차원을 넘어서는 대상이다. 피붙이 같은 끈끈함으로 그의 육신을 만지고 있는 근원으로 자리잡고 있었다.

하늘 뒤에서 별이 어둠을 씻고 나온다

— 「저녁의 집」 부분

울타리 나무들이 별을 지고 섰다

— 「복골 사람들」 부분

지붕 위에서
밤나무 꼭대기에서 내려다보는 별은
나 떨궈놓고 소금장사 떠날까봐
손목에 감고 자던 어머니 옷고름으로

아직 칭칭 동여매져 있다

큰집으로 가는 길은
그 별의 집으로 가는 길이다

— 「큰 집 마당에 뜨는 별」 부분

오래 전부터
내가 소를 잊고 살듯
별쯤 잊고 살아도

밤마다 별은
머나먼 마음의 어둠 지고 떠올라
기우는 집들의 굴뚝과
속삭이는 개울을 지나와
아직 나를 내려다보고 있다

— 「별에게로 가는 길」 부분

그 날 아침
우리 동네 집들의 지붕과 마당에
별의 피가 묻어 있었다

—「별」 부분

    확실히 별은 그를 고향으로 혹은 근원적인 곳으로 데려다주는 매재로 작용한다. 별은 단순히 자아가 자연에 다가가 관계를 맺는 대상의 하나로서가 아니라 애초에 인간과 자연의 구별이 무화된 자리에서 발원하는 존재로 기능한다. 구체적으로 「저녁의 집」과 「복골 사람들」의 별은 어려운 현실을 버티어 나가는 자아를 위무하는 존재다. 이는 "세상의 모든 어두움은/너에게로 가는 길"(「별」, 시집 『집은 아직 따뜻하다』)과 연장선상에서 파악되는 구원의 존재로, "별을 노래하는 마음으로/모든 죽어가는 것들을 사랑"(윤동주, 「서시」)하려는 자아의 의지를 촉발하지만, 별은 그 이상의 존재로 지속적으로 드러난다. 「큰 집 마당에 뜨는 별」에서의 '별'은 어느새 소복히 쌓여 지붕 위에서 밤나무 꼭대기에서 나를 내려다보는 인간의 자리로 내려앉는다. 별과 어머니 옷고름 의 차이는 무화되어 있고, 아예 큰집 자체가 온통 '별의 집'으로 화할 정도이 다. 우리는 여기서도 흥미로운 사실을 발견할 수 있는데 다름 아닌 인간과 별의 관계이다. 별은 나보다 더 깊은 곳에 존재한다. 소를 잊고 살 듯 별쯤 잊고 살아도 굴뚝과 개울이라는 인간의 細事를 지나와 나를 바라보고, 내 속에 들어 와 있다. 물론 여기서 소를 잊고 산다고 했을 때 시인이 가축을 폄하하는 것은 아님은 물론이다. 실은 소와 인간은 같은 층위에 있고(이는 시집 『집은 아직 따뜻하다』의 「동면 화암리 박씨집 가을 아침」 같은 시에 잘 묘사되어 있다.), 그 너머에 별이 존재하고 있음을 암시하는 것이다. 내가 "별에게로 가는 길이 없"고 별만이 "아직 나를 내려다보고 있"기에 "별 보면 섧"(「별에게로 가는 길」)은 것이다. 「별」(시집 『우리는 읍으로 간다』)은 "이른 봄 새벽", "묶이는" 시인을 별로 환치하면서 "아직 쫓기는 편과 쫓는 편이 있"는 현실을 직시하는 시이다. 우리는 이 같은 개괄적인 진단에서 그의 시에 나타나는 별이 초월적인 심상으로부터 구체적인 인간에 이르기까지 매우 다양 하면서도 결곡한 관계로 자아와 관계를 맺는 것을 살펴보았다. 그러나 어떤 것과 관계를 맺듯 그의 시의 자연은 음풍농월의 그것이 아니라 자아와 일체화 된 존재로 나타난다는 데 의미가 있다.

오늘 우리가 살펴볼 그의 「어느 농사꾼의 별에서」는 지금까지의 별을 다룬 그의 시들에서 더 나아간, 발상과 묘사 방식이 전혀 다른, 더 깊고 무르익은 하나의 지점을 보여주고 있다.

감자를 묻고나서
삽등으로 구덩이를 다지면

뒷산이 꽝꽝 울리던 별

겨울은 해마다 텃밭 닥나무 글거리에 몸을 다치며
짐승처럼 와서는
헛간이나 덕석가리 밑에 자리를 잡았는데
川防둑 너머에서 개울은
물고기들 다친다고 두터운 얼음 옷을 꺼내 입고는
달빛 아래 먼 길을 떠나고는 했다

어떤 날은 잠이 안 와
입김으로 봉창 유리를 닦고 내다보면
별의 가장자리에 매달려 봄을 기다리던 마을의 어른들이
별똥이 되어 더 따뜻한 별로 날아가는 게 보였다

하늘에서는 다른 별들도 반짝였지만
우리별처럼 부지런한 별은 없었다

그래도 소한만 지나면 벌써 거름지게 세워놓고
아버지는 별이 빨리 일어나지 않는다며
사래를 놀구어 대고는 했는데

그런 날 새벽 여물 끓이는 아랫목에서
지게 작대기처럼 빳빳한 자지를 주물럭거리다 나가보면
마당에 눈이 가득했다

나는 그 별에서 소년으로 살았다

— 「어느 농사꾼의 별에서」 전문

제목에서 나타나듯 이 시는 '농사꾼의 별'이라는 공간에서 살았던 시적 화자의 체험을 보여주고 있다. 그러면서도 우리의 삶과 '별' 시인의 고도의 언어 조탁과 그러면서도 흠집을 남기지 않는 형상화에 농밀하게 결합되어 있다. 각연을 간략하게 요약해 보면 다음과 같다.

> 삽등으로 구덩이를 다지면 뒷산이 꽝꽝 울리던 별(이 있었다)(1연).
> (그 곳에서는) 겨울이 짐승처럼 와서 헛간에 자리를 잡고, 개울은 먼 길을 떠나고는 했다(2연).
> 봄을 기다리던 어른들이 겨울을 못 넘기고 다 따뜻한 별로 날아가시는(돌아가시는) 것을 보기도 했다(3연).
> 농사꾼들이 사는 이곳은 하늘의 어느 별보다 더 부지런한 곳이었다(4연).
> 그런데도 아버지는 소한만 지나면 밝기도 전에 일하려 하셨다(5연).
> 그런 날 새벽이면 마당엔 '아직' 눈이 가득했다(6연).
> 나는 그런 별에서 소년으로 산 적이 있다(7연).

우리는 여기서 2연과 6연을 제외하고는 모두 별의 묘사로 일관하고 있는 것을 알 수 있다. 그러나 그 별은 하늘의 별이 아니라 시적 화자가 살고 있는 집이나 마을, 나아가 지구라는 공간이다. 이 때 사물과 인간, 그리고 마을의 삶은 별이라는 우주적 자연 안에서 하나로 움직이는 일체감으로 수렴되는 것이다. 자연 자체가 일체화된 더 큰 맥락의 우주적 질서 안에서 보여질 수 있을 때 안팎의 시각은 균형을 가질 수 있다. 그것을 시인은 사물에 생명력을 깃들이게 하는 형상화와 인생에 되비추어 삶의 깊이로 육화시키는 능력으로 하나의 밀도 높은 풍경을 재현시킨다. 좀더 세밀하게 보자.

시적 화자는 어린이이지만, 현재의 '나'의 지적 통제를 받는 겹시각의 문장으로 시가 구성된다. 시인은 감자 묻은 구덩이를 삽등으로 다질 때 뒷산이 꽝꽝 울리던 별에서 살았다고 1연에서 말한다. 그러면 시인은 왜 "뒷산이 꽝꽝 울리던 마을(집)" 대신에 '별'을 썼는가. 그러한 공간이 바로 별이라는 말이다. 우리는 그곳에서 얼마나 떠나와 있는가. 우리는 그러한 별을 가지고 있기는 있는가. 시인은 우리의 안과 밖을 동시에 묻고 있다. 그 곳은 안의 풍경이면서 바깥의 풍경이기도 하다. 시인 개인의 내면 풍경이 우리 모두의 입장에서 보면 그러한 별(지구)을 잃어가고 있다는 것의 함의가 되는 것이다. 그런 의미로 읽을 때, 어느 환상적인 마을의 입구에 서 있던 우리들은 그 마을의 사라짐을 온몸으로 체감할 수 있는 것이다. 농촌에서 살았다면 누구나 겪었을 법한 어떤 시절의 경험을 환기시킴으로써 일견 단순한 내용을 담고 있는 듯한 이 시는 그러나 우리들의 현실을 뼈아프게 흔들고 있는 것이다. 이 별의 풍경은 2연에서는 더 깊어진다. 유순한 한 마리의 짐승, 겨울이 닥나무 글거리에 몸을 다치며 짐승처럼 왔다가 헛간이나 덕석가리에 자리를 잡고, 개울은 그 겨울에게서 물고기를 보호하기 위해 얼음 옷을 꺼내 입고는 먼 길을 떠난다(2연). 이쯤 되면 별이나 겨울, 개울은 같은 생명체로 육화된다. 그러다가 가끔 잠이 안 오는 날에는 시적 화자인 '나'는 안의 세계에서 바깥에 서 일어나는 엄청난 생의 비밀을 목도하기도 한다. 나와 세계 사이에 가로놓인 '봉창 유리'를 통해, 별의 가장자리인 그 곳에서 혹독한 겨울을 견뎌내던 마을 어른들이 끝내 죽어가는 것을 훔쳐보기도 하는 것이다. 그러나 이 엄청난 일도 자연의 순리로 본다면 지구 밖의 "더 따뜻한 별로 날아"가면서 자신의 생의 위치를 바꾸는 것일 뿐. 현실적인 의미로는 삶과 죽음의 맥락이 잠시 자리를 달리한 것으로밖에 보이지 않는다. 시적 화자의 시야는 더 크고 넓어진 다. 반짝이는 하늘의 '다른 별들' 중 어디 '우리별', 지구처럼 부지런한 별이 있겠느냐고 3연에서 확장된 공간은 그대로 4연의 자부심으로 이어지는 것이 다. 5, 6연은 그것의 구체적 증명이다. 소한만 지나면 이미 봄을 몸에 담고 있는 아버지는 "별이 빨리 일어나지 않는다며" 아직 캄캄한 땅을 가래를 돋구 며 갈아엎으려 하시는데, 그런 날 새벽 문득 바깥에 나가보면 아직 눈이 가득 한 것이다. 그러나 아버지의 부산만으로도 얼마나 설레는 별의 이야기인가. 그래서, "나는 그 별에서 소년으로 살았다"(7연)는 자부심을 가지고 있는 것이

다. 모든 것이 별로 존재했던, 한없이 아늑하고 즐거웠던 세계. 시적 화자가
직접 경험한 사실을 환기한다.

"나는 그 별에서 소년으로 살았다"는 표면적으로는 회감(errinerung)으로
처리되어 있지만, 없어진 자연을 우리에게 제시하는 메시지로서 기능하면서
생태학적 상상력으로도 우리를 일깨운다. '별'은 우리 몸과 의식의 고향이며
근원이다. 우리 안의 별이기도 하고, 바깥의 별 하나뿐인 지구이기도 하다.
우리는 지금 그 '어느 농사꾼의 별에서' 너무 멀리 떠나온 것이 아닌가? 환상
적인 하나의 공간의 환기를 통해 우리들의 실존 속 "어딘가가 아픈"(「茁浦에
서」), 삶의 터전 전체에 대한 위기를 일깨우기도 하는 점이 이 시의 문제의식
이다.

새로운 서정의 징후와 가능성
— 서림, 「독한 꽃」(유토피아 없이 사는 법 3)

이 도시에서
그녀에게 詩는
푸른 숲이다. 이슬방울 맺히는
새벽 물푸레나뭇잎이다.
그녀에게 詩는
둥글고 부드러운 빵이다.
폭신폭신한 이불이다.
발기한 남근이다.
무기이다. 약이다. 술이다.
그녀는 詩로 숨을 쉰다.
詩의 푸른 숲에서
물푸레나무 잎사귀 속에서
헉헉거리며 산소를 마신다.
한밤중 詩의 살을 뜯어먹는다.
머리통부터 발바닥까지
부스러기 남김 없이 아작아작 씹어

배를 채운다. 먹어도 먹어도
금새 허기지는 배를 달랜다. 속인다.
詩로 덮고 잔다.
자꾸자꾸 발로 차내린 것을
끌어올리며 덮고 잔다.
그녀는 詩로 오르가즘에 오른다.
詩의 손가락을 쑤셔박고 마스터베이션.
그녀에게 詩는, 황산같은
시어머니 학대에 저항하는 무기,
미친 듯 불 뿜는 자동소총이다.
싯퍼렇게 벼린 식칼이다. 마마보이
남편과의 불화를 견디는
신경안정제이다. 세고 센 양주이다.
中年의 골수 파고드는 허무의 늪
건너는 조각배이다. 노도 돛도 없는
가랑잎배이다. 꿈이 없어
싸나운 꿈자리로 하얗게 설치는
그녀에게, 詩는 독한 수면제이다.
싸나운 꿈을 먹고 피는
독한 꽃이다.

—「독한 꽃」(유토피아 없이 사는 법 3) 전문

서림의 <노예> 연작과 <유토피아 없이 사는 법> 연작에서 우리 시대의
새로운 서정의 싹을 발견한다. 범속하게 말해서 이들 시는 문명비판적으로
읽힌다. 그러면서도 그 바탕은 서정을 깔고 있다. 우선 이들 시는 주체가 스스
로를 세상 '바깥'이 아니라 '안'에 위치시키려고 한다. 현 시단의 시를 특징
지우고 있는 중요한 현상 중의 하나는 시인들이 스스로를 세속 바깥에 위치시
키려 한다는 점이다. 그것은 특히 우리가 '정신주의 시'라고 명명하는 일련의

시들에서 두드러지게 나타난다. 이들 시에서 시인은 대부분 적나라하게 드러나는 자본주의적 세계의 진창에 발을 내디디지 않고 그 가장자리에 물러서 있다. 가장자리에 있다는 것은 현실을 객관적으로 볼 수 있는 위치에 서 있다는 뜻이며, 현실과 초월 사이에서 깊이 있는 사색을 끌어내어 독자를 감동의 세계로 몰아가게 할 가능성을 가지고 있다는 뜻이기도 하다. 그러나 많은 경우 이런 태도는 현실의 깊이를 머리 속에서만 느끼고 그 해결책 또한 추상의 수준에서 머물게 할 위험성이 있다. 다른 하나의 태도는 현실의 진창 속에 들어가서 그 현실에 훼손되어가는 주체들을 그리면서도 주체가 그 속에서 균형을 잡지 못하고 무비판적으로 허우적거리거나, 혹은 훼손되어가는 주체의 모습을 역설과 아이러니, 혹은 풍자의 차원에서 싸늘하게 묘사하는 경향이다. 그러나 이 경우 역시 문제는 따른다. 주체가 세계에 압도되는 시들은 합리적 이성적 주체와 그 질서의 가능성을 간과하게 됨으로써 현실의 주체로서의 인간의 가능성을 몰각한다는 점에서 문제점을 노정한다. 이러한 시는 대개 도시적인 것, 근대성을 부정하는 데서 머문다.

그러나 서림의 시는 다르다. 그의 시는 '산업사회에서도 서정은 가능한가' 하는 화두에서 출발한다. 단적으로 돌아갈 고향도 찾아갈 자연도 없는 시대를 견디어 가는 훼손된 주체늘의 노래이다. 서림이 시도하는 도시적 서정시는 비판적 주체나 서정적 주체로서 적극적이고 능동적으로 대상과의 합일을 모색한다. 여기에는 합리적, 이성적 주체, 그리고 언어에 대한 전통적 믿음이 있다. 그러나 그는 또한 단아한 전통적 형식으로는 이 세계의 횡포를 견디어 내기에는 역부족이라는 것을 잘 알고 있다. 서림의 시들은 서정적 자아가 지니고 있던 요소들을 온전히 보존하면서도 바뀌어버린 현실을 담아내기 위해 그가 고투하면서 찾아낸 산물이다. 필자는 그의 이런 의식의 단초를 「독한 꽃」이라는 작품에서 찾아보려 한다.

이 도시에서
그녀에게 詩는
푸른 숲이다. 이슬방울 맺히는
새벽 물푸레나뭇잎이다.

　전반부 몇 행만 보면 이 시는 결 고운 서정시로만 읽힌다. 자아와 세계는 더할 나위 없이 화평한 관계를 유지하고 있으며, 긴장이란 털끝만치도 없는 듯이 보인다. 그러나 이어지는 구절들의 행렬은 화자가 얼마나 시대와 문명에 대응하기 위한 고투로서 시를 선택했는가를 드러내 준다. 이 시도 그렇지만 '유토피아' 연작에서 그의 주체들은 엄청나게 훼손된 양상으로 드러난다. '푸른 숲'과 '이슬방울', '새벽 물푸레나뭇잎'은 화자가 아무 걱정 없이 들어가 쉬는 공간이나 대상이 아니다. 문명에 훼손된 주체들이 그들의 생존을 위해 질기게 붙들고 늘어지는 대상이다. 그래서 위의 구절은

그녀는 詩로 숨을 쉰다.
詩의 푸른 숲에서
물푸레나무 잎사귀 속에서
헉헉거리며 산소를 마신다.

라는 구절로 이어질 수 있는 것이다. 서림이 파악한 이 세계는 더 이상 숨을 쉴 수도 없게 된 곳이다. 자연은 이미 죽어 있거나 살아 있더라도 안식을 찾기에는 너무 오염되어 있다. 이 황폐한 땅에서도 그는 생존을 포기하지 않고 "숨을" 쉬며, "헉헉거리며 산소를 마"시는 대상을 찾고, 그것을 붙들고 늘어진다. 그 역할은 다름 아닌 '언어'(詩)가 맡는다. 필자가 앞에서 그의 시에는 언어에 대한 전통적 믿음이 있다고 한 이유가 여기서 해명된다. 언어는 그에게 삶의 끈을 놓지 않게 만드는 생명줄이다. 언어는 다양한 층위로 변용되

면서 서정이 불가능해 보이는 이 세계에서 세계와의 일치를 꿈꾸는 주체의 안간힘을 발악적(?)으로 떠올려 준다. 그의 시의 주체는 도시문화와 문명을 비판하면서도 그것을 숙명적으로 받아들이고 있다는 점에서 다른 시들과 차별성을 가진다. 주체는 당면한 상황의 심각성에 훼손되어 있지만 냉혹한 현실의 긴장을 이겨내기 위해 엄청난 끈질김으로 버팅긴다. 그는 온몸을 다하여 이 세계의 속살을 만지며, 그 속에서도 용해되지 않을 생명을 키운다.

현실이 냉혹하면 할수록 주체의 대응도 강렬해야 한다. 서림에게 있어 그것은 탄력적인, 살아 있는 언어와 문체로 나타난다. '둥글고 부드러운 빵', '이불', '발기한 남근', '무기', '약', '술'로 달리하는 언어의 양상은 문명의 황폐함을 견디는 것이 얼마나 어려우며 지긋지긋한 것인지를 실감 있게 보여 준다. 그는 시로 마지막 한 모금까지 헉헉거리며 숨을 쉬며, "시의 살을 뜯어 먹"으면서 "부스러기 남김 없이 아작아작 씹어/배를 채운다." 그러나 사정없이 주체를 억압하며 훼파하는 문명 앞에서 시란 얼마나 하잘 것 없는가. 시로서는 "먹어도 먹어도/금새 허기지는 배"가 되어 배를 달래고 속일 수밖에 없다. 그는 또한 시로 "자꾸자꾸 발로 차내려지는" 인생을 덮는다. 시는 삶의 한 방식이고 도구이며, 의식주의 대상이다. 뿐만 아니라 시는 문명과 삶의 억압을, 주체의 결핍을 대리 충족의 욕구로 보상하는 기제가 된다. 그는 "詩로 오르가즘에 오"르고, "詩의 손가락을 쑤셔박고 마스터베이션"을 하기까지 한다. 그러나 특징적인 양상은 주체가 세계에 저항하기 위해 엄청난 생명의 에너지와 함께 그칠 줄 모르는 공격성을 내장한다는 점이다.

> 그녀에게 詩는, 황산같은
> 시어머니 학대에 저항하는 무기,
> 미친 듯 불 뿜는 자동소총이다.
> 싯퍼렇게 벼린 식칼이다. 마마보이
> 남편과의 불화를 견디는

신경안정제이다. 세고 센 양주이다.
中年의 골수 파고드는 허무의 늪
건너는 조각배이다. 노도 돛도 없는
가랑잎배이다. 꿈이 없어
싸나운 꿈자리로 하얗게 설치는
그녀에게, 詩는 독한 수면제이다.

　　세계의 공격성을 그는 "황산같은"이라는 어사로 표현한다. 일순간에 시들게 만들어 버리는 세계의 횡포를 견디어 내기 위해서는 시는 더 거칠어 져야 한다. "미친 듯이 불(을) 뿜"어내야 한다. 훼손된 주체의 세계에 대한 응전양식이 바로 자신도 주체할 수 없는 엄청난 말의 욕망이다. 같은 지면에 발표한 「쉬임없이 그는 말을 하네」에서 말은 "흙탕친 급류로 쏟아"지며, "뒷말(言)이 앞말의 대가리를 누르고/아가리를 밟고 정신 없이 튀어나오"며 "K1 자동소총처럼 덜덜 춤"춘다. 공격의 다른 양상은 "시퍼렇게 벼린" 식칼로 표출된다. 그러나 언제까지나 이런 공격성만을 드러낼 수는 없다. 시는 남편으로 표상되는 세계와의 불화를 견디게 하는 "신경안정제"로, "세고 센 양주"로, 허무한 생의 물살을 건너게 하는 '조각배'와 '가랑잎배'로 외양을 달리 하며 살아남아야 한다. '노와 돛'을 갖기엔 세계의 횡포 앞에 주체는 너무 무력하다. 그러나 "꿈이 없어/싸나운 꿈자리로 하얗게 설치"게 하는 시대에 '독한 수면제'로밖에 기능하지 못한다고 하더라도 그의 시는 '싸나운 꿈'마저도 먹고 '독한 꽃'을 피우려 한다. '독한 꽃'이라는 어사 속에 앞의 내용들이 다 수렴된다. 다른 시에서 그는 "오존주의보가 내려도/폐에 구멍이 뚫려도/남극 뻥뚫린 오존층 구멍이/내 머리 위까지 덮친들,/땡볕에 드러난 지렁이처럼/말라비틀어지며 기어갈 수밖에 없다."(「오존주의보가 내려도」)고 썼다. 불모의 세계를 회피하지 않고 대결하는 안간힘을 보여 준다는 점에서 '지렁이'와 '독한 꽃'은 별반 다르지 않다. 그의 시는 훼손된 주체가 유토피아를 찾아가는, 서정과 주체의 회복을 찾아가는 힘든 과정을 생기와 실감으로, 무엇보다 끈질긴 생명성으로 보여 준다.

우리는 여기서 시를 살며 시를 쓰는 주체가 '그녀'라고 한 것에 유념할 필요가 있다. 시는 여성처럼 연약한 것이지만 그 나약함이 강인함과 생명, 그리고 공격성까지를 끌어들여 세상을 견뎌내고 건너가게 하는 힘이 되는 것이다. 이 여성성은 서정에 대한 믿음에서 발효되며, 서정은 인간주체에 대한 믿음에서 출발한다. 이런 생기는 그의 문장들로 그 열기를 더한다. 그의 「독한 꽃」의 언어는 속사포 같다. 독자들은 이 시를 읽으면서 절제되지 않는 날것의 빠른 문장들이 쉴 틈을 주지도 않고 마구 쏟아지는 탄환의 밭을 건너오는 기분을 어깨에 실을 수 있을 것이다. 언어의 묘미를 놓친다면 그의 시를 읽는 재미는 반감된다.

때늦은 사랑의 실감을 위하여

— 정복여, 「조용한 복도」

옆집이 이사를 갔다
복도는 문득
소리의 빈 자루
망연 입을 벌리고 있는 커다란 해안
썰물처럼 빠져나간
도마질 소리, 와르르 웃음소리
못살아 탁탁 빗자루 소리
갈치 구워지는 그래도 소리
된장 찌개 다시 보글 소리
와장창, 쿵, 드드륵들
모두 사라진
저 고요의 갯벌을 향하여
내 방 냉장고가 베고니아가
청거북이 형광등이 내 슬리퍼가
자꾸 자꾸 기어나간다
내 귀를 때리던 그 천둥 폭풍우들은

오늘 보니 내게 오던 햇볕
갈매기 기웃
날 똑똑 두드리던 날개, 웬걸
내 방에 쏴 철썩 쏟아지던 안녕
눈부시게 뜨던 팡파르 태양,
다시 그 아우성을 기다리는
나는 이제 조용한 갯벌
마냥 주저앉은 그런 빈 자루

— 「조용한 복도」 전문

　　정복여 시가 현실 쪽으로 서서히 나오고 있다. 그는 최근 「이웃집 남자」,
「조용한 복도, 「이웃집 여자」, 「이별」, 「일요일의 공원」 등 5편의 시를 발표
하고 있는데, 모든 시편들이 자신 속에 칩거하는 자아에서 벗어나 타인들의
삶의 모습을 고개를 돌리고 있다는 것은 고무적이다. 이는 우선 제목부터가
'이웃집'이라는 수식어가 들어가는 시가 두 편이나 있는 데서도 그렇고, "한
사람의 경계가 지워진 두 사람"(「일요일의 공원」) 같은 표현이 구체적으로
드러난다는 점에서도 그렇다. 지난 해 그가 냈던 첫 시집에 줄곧 나타나던,
'돌'. '방', '물', '거미집' 등 자아가 들어가 쉬는 존재의 거소들을 다룬 일련의
시편들에 비하면 진전이라 할 만하다. 그 공간들은 세계를 부정적으로 보면서
절망한 자아가 들어가 쉬는 공간이면서, 세계와 대결하려는 힘을 만드는 곳으
로 기능했다. 물론 자아가 칩거를 택할 수만은 없어서 필연적으로 탈출구를
마련하고 있었지만, 심지어 자아는 "등에 업힌 아이의 깊은 눈동자"에도 포박
당해 "남은 내 시간을 더듬어"보는 존재(「귀가」)로 형상화되어 있었다. 그런
시인의 태도를 생각할 때 이번 시들에 나타나는 변화는 눈여겨볼 만하다.
이 글에서는 그의 「조용한 복도」를 중심으로 내밀하지만 의미 있는 그 변화의
촉수 같은 것을 감지해보고자 한다. 우선 시의 전반부를 인용한다.

옆집이 이사를 갔다
복도는 문득
소리의 빈 자루
망연 입을 벌리고 있는 커다란 해안
썰물처럼 빠져나간
도마질 소리, 와르르 웃음소리
못살아 탁탁 빗자루 소리
갈치 구워지는 그래도 소리
된장 찌개 다시 보글 소리
와장창, 쿵, 드드륵들
모두 사라진
저 고요의 갯벌을 향하여
내 방 냉장고가 베고니아가
청거북이 형광등이 내 슬리퍼가
자꾸 자꾸 기어나간다

— 「조용한 복도」 전반부

그는 "이사를 간 옆집", 그 빠져나간 썰물에 대해 쓰고 있다. 물론 옆집에 사람이 살고 있었을 때도 교류를 하지 않았다. 그 점에서는 고요를 찾는 명분을 갖고 있는 시인은 일상인이나 다름이 없다. 더더욱 그들은 혼자 있는 시인에게 대단히 불편하고 성가신 존재였던 것. 내밀한 고요를 즐기려는 시인은 그들에 의하여 방해를 받는다. 그것은 듣고 싶지 않아도 열려 있는 귀 때문에 그렇다. '도마질', '웃음', '빗자루', '갈치 굽는' 소리, '와장창, 쿵, 드르륵들'이 무방비로 흘러 들어온다. 이 소리들은 '못살아', '그래도', '다시'에 암시되듯 일상의 어떤 심각한 국면까지를 포함하는 소리들이다. 시인은 총체적인 감각으로 대상에 들어가지만 이 시에서 가장 우선시되는 감각은 청각이다. 시각이 아닌 다른 감각으로 대상에 접근하고 있다는 사실 하나만으로도 이 시는 오늘의 우리 삶을 돌아보게 한다.

기실 우리는 지금 시각이 지배하는 문화 속에 살고 있다. 자본주의의 문화는 시각에 의해 지배되는 문화다. 안방마다 텔레비전이 우리를 붙들고 놔두지를 않는다. 울퉁불퉁한 망막 속으로 뉴스와 광고들이 들어와 무수한 알을 깐다. 애드벌룬에서 지하도 바닥에 붙은 광고까지, 공원의 인구시계로부터 어제의 교통사고 숫자까지 이 거리는 온통 번쩍거리고 있다. 시각이란 무엇인가. 많은 경우에 그것은 거짓의, 표면의 삶을 가리킨다. 아마 이렇게 가다 우리는 평생 한번도 고민다운 고민, 생각다운 생각 한번 하지 않고 죽어가는 존재가 될 것이다. 이 때 시가 필요해진다. 시는 우리 삶을 통째로 끌고가고 있는 이런 시각적인 문화의 발뒤축을 건다.

정복여의 시가 그렇다. 이 시에서 방해받지 않는 자아의 공간을 만들기 위해 시도되었던 감각(특히 청각)은 부재가 만들어내는 끈적한 분위기 속으로 들어가는 데도 유효한 장치가 된다. 우리는 싯구를 따라가며 상황의 반전을 경험한다. 골칫거리였던 이웃이 정작 이사를 가고 나자 복도는 "망연 입을 벌리고 있는 커다란 해안"이 되고, 썰물처럼 빠져나간 시끄런 소리들이 그리워지는 것은 웬 일일까. 시인뿐만 아니라, 시인의 몸이 담겨 있는 방안의 세목들인 "청거북, 형광등, 슬리퍼"가 떠나간 그들을 향해 "자꾸 자꾸 기어나간다". 때늦은 사랑의 실감이라는 존재론적 역설의 상황은 이어지는 구절에서 훨씬 증폭된다. 시인의 깨달음이 감각의 최대치를 만나 몸을 얻는다.

> 내 귀를 때리던 그 천둥 폭풍우들은
> 오늘 보니 내게 오던 햇볕
> 갈매기 기웃
> 날 똑똑 두드리던 날개, 웬걸
> 내 방에 쏴 철썩 쏟아지던 안녕
> 눈부시게 뜨던 팡파르 태양,

다시 그 아우성을 기다리는
나는 이제 조용한 갯벌
마냥 주저앉은 그런 빈 자루

— 「조용한 복도」 후반부

"내 귀를 때리던 그 천둥 폭풍우들"이 "내게 오던 햇볕"이며, "날개", "철썩 쏟아지던 안녕", "눈부시게 떠던 팡파르 태양"이었다는 때늦은 깨달음. 끊임 없이 자신을 침범하던 일상의 성가시고 너절하던 것들이 기실은 자신의 찬란한 보석이었음을 온몸으로 감지하는 순간이다. 가까이 있을 때 못 느끼던 그들의 온기를 때늦은 시간에 느낀다는 존재론적인 역설, 부재가 만드는 이 무늬는 아래의 시에서 훨씬 더 끈질긴 모양으로 드러난다.

가는 곳마다 한 아이가
내 목을 감아쥐고 매달린다
가슴에 등에
뜨끈하고 축축한, 자루 같은
길은 자꾸만 내 안으로 고꾸라진다
가로수가 줄줄이 내게 꽂힌다
아이의 눈동자 속에서
둥둥 우리의 방이 떠온다
방안엔 깨어진 약속의 화분
훌라우프처럼 커져 나뒹굴어진 반지가
커다란 머리통과
방금 구운 빵처럼 부풀어
힘겨운 아이의 몸통을 풀어내리면
그때마다 팔다리 쑥쑥 자라
내 몸을 옥죄이며
엄마, 엄마,

날 파고드는 낯선 살
내가 그 때
한번도 본 적 없는 어떤
사랑을 낳았단 말이니
어디서 자라 날 찾아왔단 말이니

— 「이별」 전문

이 시는 이별의 순간에 달라붙는 어떤 강렬하고 곤혹스런 느낌을 그린 것이다. 이제 홀가분해졌다고 마음 정리를 하는 순간 "내 목을 감아쥐고 매달"리는, 더욱이 "눈동자 속에서/둥둥 우리의 방이 떠"오고, "깨어진 약속의 화분"과 "훌라우프처럼 커져"버린 반지와 함께 "방금 구운 빵처럼 부풀어오르는" 아이는, 끊을 때 비로소 더 불어나며 자신을 엄습하는 사랑의 감정이다. 가까이 있을 때는 "한번도 본 적 없는 어떤 사랑"의 얼굴이 "자란 모습으로" 찾아오는 이 섬뜩한 실감. 그것을 도대체 시인하기 싫은 시인은 "어디서 자라 날 찾아왔단 말이니" 하고 딴청을 부리고 있지만, 때늦은 사랑의 발견이라는 아픔의 격류 속에 휘말려 있는 자아의 모습을 「이별」은 섬뜩하게 묘사하고 있는 것이다. 그것도 굳어 있는 시의 정신과 정서를 깨트리는 방식으로 실감을 더하면서.

몸을 대거나 곁에 있던 사람들에 의하여 빛을 쪼이고 힘을 얻으며, 그들 때문에 시인의 날개가 더 크고 튼튼할 수 있다는 인식은 떠나버린 그들을 향하여 촉수를 담그고 있을 때 몸으로 감지한 것들이다. 사실 시인이 혼자서 이룩하는 깊이와 비상도 무시할 수 없는 것이지만, 그것은 자족적이며 추상적이라는 한계를 가지게 마련이다. 사람은 혼자 살 수 없다. 이웃과 함께 만들어 낸 골짜기와 봉우리가 더 깊고 우뚝할 수 있다. 그런 점에서 정복여의 이 시는 조심스럽지만 그가 현실, 구체적인 일상의 세사(細事) 쪽으로 나아가는 과정 속에 놓여 있는 시라는 단정을 조심스럽게 내려볼 수 있으리라. 물론

이는 시인의 몸이 자신에게 주어진 시간을 묵묵히 견디어내는 과정에서 타자와의 연결고리를 갖는 특유의 현실의식을 두고 말함이다.

읽기에 따라서 이런 역설적인 인식이 90년대 초 "어쩌랴 하룻밤새 팽개친 것/버린 것이 되붙으며 내 몸은 무거워지니/이래서 나는 하늘을 나는 꿈을 버리지만/누가 알았으랴 더미로 모이고 켜로 쌓여/그것들 서서히 크고 단단한 날개로 자라리라고"라고 했던 신경림의 「날개」 같은 시에서도 다른 모양으로 시도되었다고 볼 수도 있을 것이다. 그러나 그것은 어디까지나 인식의 문제일 뿐, 상황이나 주어진 여건들은 엄연히 다른 것이다. 또, 만약 그렇다고 해도 정복여가 새롭게 잡은 부분의 광채는 사라질 수 없다. 정복여의 시는 무엇보다 언어가 살아 있다. 예를 들어, 언어의 혈연적인 유대는 이 시에서 돋보이는데, 집을 바다로 설정해 놓고 명사(폭풍우, 갈매기, 날개, 팡파르 태양, 갯벌), 동사(기어간다, 때린다, 쏟아지다), 부사(기웃, 철썩, 눈부시게) 등 모든 언어를 선택하고 있다는 데서도 드러난다. 아울러 같은 상황을 묘사하면서도 감각에 빛을 주면서 싱싱하고 날렵한 그 감각에 우리의 몸을 가볍게 실을 수 있도록 감정을 증폭시키는 방법을 쓰고 있는 것이다.

몇 줄로 결론을 줄이자. 에둘러서 왔지만, 정복여의 시는 세상에서 놀라운 신비는 우리 곁에 사람이 있었다는 사실의 일깨움에 있다. 이 자본주의 사회에서, 사이버의 가상 현실을 현실로 인식하는 오늘, 정복여가 발견한 진리는 단순하면서도 충격적이다. 이 목소리를 자신만의 흔들릴 수 없는 개성으로 만드는 과정의 험난함을 우리 함께 지켜보기로 하자.

일상을 간섭하는 모성의 무늬

— 유자란, 「세탁소를 찾아서」

어머니께서친정으로돌아가셨다안개가자욱한이른아침이었다기차역에서
플랫홈을빠져나가는엄마의뒷모습이유령처럼하얗게지워질무렵,어머니에대
한연민도아스라하게지워졌었다며칠지나옷장을열어보니앗,거기······미처
챙겨가지못한엄마의사랑이복병처럼숨었다가무딘가슴을쓰윽,베었다옷걸이
에줄줄이사탕처럼잘다림질해주신옷들로도엄마는딸의병신같은마음을때려,
콩녕관을울렸다년나쁜년이야엄마의마음도몰라주는호랑말코같은년이야·····
···그죄의식의울림을흩으려나는소리쳤다아니야엄마는······나의불편하기짝
이없는과거야,가난이야,보이고싶지않은뒷모습이야,부끄러움이야,나의상처
야······그래도엄마의목소리는지워지지않았다이년아,나는바로너의상처다
네온갖드러운욕망을세탁해주는세탁부다구멍난상처를짜깁기하는손이다바늘
이다구겨진일상들을,뜨거운사랑하나로달아올라다림질해주는다미리다이년
아,내가바로너의온통메마른삶에촉촉한슬픔을방사하는분무기다지상에단하
나,널위해존재하는영혼의세탁소다······나는오랫동안옷장에기대울었다그
렇게운날은사라하사막에서도신의커다란분무기가물을뿜어대고미세한물분자
들이사막을적시는동안하늘엔쌍무지개가떴다걸렸다

— 「세탁소를 찾아서」 전문

1.

1995년 7월 『현대문학』에 발표되었던 그의 등단작인 「나의 데카당스」라
는 작품을 기억한다. '너에게로 가는 길'이라는 구절이 문장의 군데군데 고른
치아처럼 박혀 리듬을 살려 주던, 세상 속으로 들어가는 것에 대한 두려움과
호기심이 반쯤 섞여 있는 화자의 내면을 그린 시였다. 그러나 이 시에서 가장
눈 여겨 볼 부분은 '나 속에 있는 또 하나의 나', 끈질기게 자신에게 달라붙어
있는 거짓 자아를 떼어내고 자신 속으로 온전히 들어가는 것이었다는 사실을
이번에 언급할 시를 보면서 떠올린다. 진행되어야 할 부분이 남아있는데 끝나
버린 영화를 보는 느낌이 없지 않았던 그 시의 연장선상에 「세탁소를 찾아서」
가 놓인다. 이 시는 모정을 마음결의 무늬로 떠올리고 있다. 어머니를 보내고,
어머니가 남긴 다림질해진 옷가지 속에서 그녀의 사랑을 발견한다는, 어찌
보면 평범할 수 있는 소재를 다룬 이 시가 우리 가슴의 현을 울리는 까닭은
무엇인가.

2.

우리 문학사에서 어머니를 직간접으로 다룬 시들은 하늘의 별처럼 많다.
하지만 이런 류의 시들은 화자의 입장에서 이미 대상화된 모정을 관념적으로
드러냄으로써 깊이를 잃어버린 시들이 대부분이다. 그러나 "호미도 날이언
마라난"으로 시작되는 고려조의 「思母曲」은 십 수세기를 지난 지금에도 우
리의 심금을 울리고 있지 않은가. 소월의 「엄마야 누나야」와 같은 시는 또
어떤가. "어머니가 두 팔을 벌려/돌아온 애기를 껴안으시면/꽃 뒤에 꽃들/별
뒤에 별들/번개 뒤에 번개들/바다에 밀물 다가오듯/그 품으로 모조리 밀려들

어"온다는 서정주의 「어머니」는 자연 현상 그 너머를 다 포괄하는 존재로서의
모성을 우주적 드라마로 보여 주는 한 전범이 된다. 그냥 꽃이 아닌, 꽃 뒤에
꽃이며, 별 뒤에 별, 번개 뒤에 번개까지를 벌린 팔 안에 품는 존재가 어머니다.
우주의 모든 현상도 모성을 위해 존재하는 도구에 불과한 것. 그래서 당신께서
"애기야"라고 부르실 때, "머언 밤 수풀"이 다 "허리 굽혀서 다가오"며 심지어
"어머니의 임종을 내버려두고/벼락 속에 들어앉아" 배은망덕한 "꿈을 꾸"는
그 순간까지도 그 "꿈의 마지막 한겹 홑이불은 영원과, 그리고는 어머니뿐"(서
정주, 윗시)일 수 있는 것이다. 어머니는 배경으로 늘 못난 자식을 적신다.
우리는 어머니와 통화하면서 돈 몇 만원 때문에 울먹이는 마음결의 무늬를
다룬 박남철의 「미꾸라지」와 같은 작품들도 기억한다. "날아가는/국화꽃 꽃잎
한 장"을 "별이 붙"들 듯이, "가장 먼 곳에서/가장 가까이 달려오는" 젖은
꽃잎(강은교, 「국화꽃 한송이」), 한없이 가냘프지만 영원에 있대어 있는 것이
모성이다. 그래서 흰줄표범나비는, 몸통이 거미에게 파먹혀 가면서도 "죽음을
받아들이는 힘으로/푸른 햇살 아래" 깨알같이 잔뜩 "신생(新生)의 꿈(알)들!"
(고진하, 「흰줄표범나비, 죽음을 받아들이는 힘으로」)을 밀어내놓는 것이다.
본능과 이지(理智), 죽음을 넘어서는, 영원에 잇대어 있는 모성, 그 섬찟한
힘이라니!

3.

마음결의 무늬로 직조되어 있다는 점에서 이 시는 등단작과 별 차이가 없는
것처럼 보인다. 그럼에도 이 시가 이채를 띨 수 있는 것은 일상을 간섭하며
밀물지듯 쳐들어오는 모성의 무늬라는 사적인 문법 속에서 누구나 공유할
수 있는 하나의 밑그림을 생생하게 그리고 있다는 점이다.

안개가 자욱한 이른 아침 화자는 어머니를 친정으로 떠나보낸다. 플랫홈을

빠져나가며 사라지는 엄마의 뒷모습은 유령처럼 하얗다. 쪼끄매진 몸에 대한
연민 역시 지워지며 홀가분해진다. 어머니가 체류했던 시간에 두 사람은 아무
런 말도 없었을 것이다. 어머니와 딸은 불편한 분위기를 묵묵히 견디어냈으리
라. 무언의 말들이 벌레처럼 그들 몸을 스멀거리며 기어갔으리라. 꾀죄죄한
옷차림의 눈치 없는 어머니. 딸은 그런 어머니가 불편했고, 어머니는 또 그런
어머니를 의식하는 딸이 원망스러웠을 것이다. 타자의 시선(부연하자면 이
문맥에서 최소의 타자는 남편이며 이웃일 수 있다.)의 지배를 받고 있는 화자
는 어머니를 "나의불편하기짝이없는과거"로, "가난"으로, "보이고싶지않은
뒷모습"으로, "부끄러움"으로, "상처"로 여긴다. 굳이 라깡을 들먹거리지 않
더라도 현실원칙에 편입된 화자는 그런 어머니를 어서 빨리 떨쳐버리고 싶지
않았을 것인가. 떨쳐 버리고 싶은, 그것에 길항하는 두 기운을 그러나 두 사람
은 말로 하지 않고 견딘다. 두 사람간의 어색한 침묵은 불편과 불만의 끈적끈
적한 무늬가 스멀거리던 빽빽한 질량의 시간이었을 것이다. 어머니를 보냄으
로써 딸은 그 답답한 시간에서 벗어나 홀가분해진 시간의 자유를 맛보려 한다.
시인은 "엄마의뒷모습이지워질무렵...연민도아스라하게지워졌었다"라고 적
고 있지만 그것은 차라리 빨리 지워버리고 싶은 화자의 마음의 무늬였을 것이
다. 그러나 웬일인가. 이제는 됐다고 느끼는 순간 어머니는 느닷없이 옷장
속에 "복병처럼숨어" 잘 다림질된 옷들로 화자의 "무딘가슴을" 벤다. '쓰윽'
이라는 의성어는 날에 베이고도 한참 있다가 흘러나오는 핏물처럼 그의 가슴
을 느닷없이 침입하는 효과로 기능한다. 무심결에 당하는, 흥건하고 뜨뜻한
그 칼날. 다림질은 어머니의 편에서는 용서의 표시이지만 화자의 마음결에서
는 죄의식의 날카로움으로 작용한다. 죄의식의 울림은 말들을 부른다. 그것이
"미처챙겨가지못한" 이하에 계속되는, 대화의 양식을 띤 화자의 독백적 진술
의 문장이다. 자책 속에서 어머니와 또 한 차례 대결한다.
　현실원칙에서 덜 벗어난 화자는 격렬하게 발악을 하지만 화자의 내면 속에

서 어머니는 쌍욕을 퍼부으며 그녀를 넘어뜨린다. 격렬한 대화는 바로 자의식의 강도를 드러내는 것이다. 그것은 타자의 시선의 지배에서 어머니와의 소통, 어머니 몸과의 합일에 이르는 과정이며, 바로 자신에게로 이르는 과정이기도 하다. 어머니란 바로 자신("나의불편하기짝이없는과거")으로 수렴되기 때문이다.

극점에서 화자는 스스로의 내면에서 울려나오는 어머니의 목소리를 통해 어머니가 바로 화자의 '상처'며, '세탁부'며, '짜깁기하는 손'이며, '바늘'이며, '다리미'며 '슬픔을 방사하는 분무기'이며, '영혼의 세탁소'인 것을 인정한다. 그것은 필연적으로 눈물을 부르며 눈물은 강력한 감염력으로 새로운 큰 울림을 이끌어 낸다. 화자의 메마른 내면은 거대한 '사하라사막'으로, 세탁 분무기에서 촉발된 어머니의 촉촉한 슬픔은 '신의커다란분무기'로 변용되는 것이다. "미세한물분자들이" 메마른 화자의 "사막을적"실 때 촉촉한 슬픔에 자아는 위무받으며 새로운 생명으로 촉발되고, 화자와 어머니 사이의 "하늘엔쌍무지개가" 뜨고 걸린다. 쌍무지개는 무엇인가. 이편과 저편을 이어주는 화해와 어루만짐, 소통의 표징이 아니던가. 눈물이 이끌어 주는 생명의 길. 시인은 삼십대에 어머니가 세탁소라는 걸 발견했다. 그러나 그것은 생의 고비마다 또 생존의 현실원칙에 발을 들여놓을 때마다 잊어버릴 수 있는 것이다. 언제고 새로이 잊고 찾음을 반복해야 하는 대상이 어머니라는 '세탁소'이다.

시인은 섬세한 배려를 한다. 첫 문장의 '안개' 역시 어머니를 가리는 표면적 기능에도 불구하고 기실은 다림질의 분무기라는 의미기능으로 작용한다. 그리고 모든 것이 세탁소라는 의미소로 수렴되도록 단어와 문장을 배치한다. 무엇보다 대화의 어법을 빈 화자 내면의 독백적 진술은 이 시의 생동감을 증폭시키는 역할을 한다. 그러나 군데군데 결점이 없는 것은 아니다. 예를 들면 아무리 화자의 내면이 만들어낸 문장이라 하더라도 어머니의 목소리에 "구겨진 일상들을"과 같은 관념어를 배치하는 것이 그렇다. 그것은 "호랑말코같은년"이라고, 더더욱 '드러운'('더러운'이 아닌)이라고 말했던 사람의 입에서 내뱉을 말은 아닌 것이다. 발화의 양식은 격에 맞을 때 자연스럽게 우리를 열어 놓을 수가 있다. 화자의 억압에 대한 반란에서 튀어나오는, "이년아"를 연발하는 어머니 쌍욕의 무르익은 어조에는 우리 내면을 울렁거리게 하는 뜨끈하고 끈질긴 것들이 고여 있었다. 그러나 화자의 자의식과 함께 독자의 자의식도 울렁거리며 불꽃을 튀길 때 갑자기 튀어나오는 '일상'과 같은 계산적이고 인위적인 말투는 찬물을 끼얹고 마는 것이다.

한국 현대시의 정신과 무늬

인쇄일 초판 1쇄 2003년 08월 22일
           2쇄 2015년 02월 23일
발행일 초판 1쇄 2003년 09월 03일
           2쇄 2015년 02월 25일

지은이 손 진 은
발행인 정 진 이
발행처 새미
등록일 1994.03.10, 제17-271호

서울시 강동구 성내동 447-11 현영빌딩 2층
Tel : 442-4623~4 Fax : 6499-3082
www.kookhak.co.kr
E- mail : kookhak2001@hanmail.net
가 격 11,000원

★ 새미는 국학자료원 의 자매회사입니다.
★저자와의 협의 하에 인지는 생략합니다.